僕は今すぐ前世の記憶を捨てたい。

～憧れの田舎は人外魔境でした～

4

Boku wa Imasugu
Zense no Kioku wo
Sutetai
4

illust◆スズキイオリ
design◆BEE-PEE

Contents

Character

•人物紹介•

杉山 空

前世の記憶を薄っすら持った三歳児。魔素欠乏症の療養のため魔砕村の祖父母のもとへやって来た。臆病な性格で田舎の魔境ぶりに翻弄されまくるが、美味しいもののためなら頑張れるかもと最近思っている。

フクちゃん

身化石から孵った空の守護鳥。使う魔力に応じて大きくなったりできるが、見た目はごく普通の鳥に近い。実は飛ぶより走る方が得意だったりする。名前は見た目から空が命名。

米田幸生

空の祖父。怖そうな外見で表情があまり動かないが、空を家に迎えてからはすっかり孫バカになりつつある。空とまだ上手におしゃべり出来なくて、時々こっそり落ち込んでいる。

米田雪乃

空の祖母。上品な初老の女性といった雰囲気だが、孫が可愛くて仕方がないため空にとても甘い。氷や雪を操る魔法が得意。

ヤナ（ヤナリヒメ）

米田家の守り神。本性はヤモリ。300年ほど前に米田家の当主と契約し守り神になった。子供が好きで面倒見が良く、空のお姉さん的存在。よく天井や梁に張り付いている。

杉山紗雪

空の母。田舎で理想通りに強くなれず挫折して東京に出てきた。（通称：田舎落ち）四人の子の良き母だが実はちょっとうっかりさん。意外と脳筋で中身的には幸生によく似ている。

矢田明良

5歳。元気で優しい男の子。空のことをよく気にかけている。

野沢結衣

5歳。元気な女の子。ツインテールがトレードマーク。

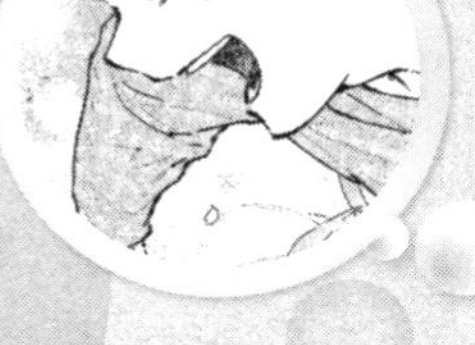

野沢武志

7歳。やんちゃそうな雰囲気の男の子。面倒見が良い。

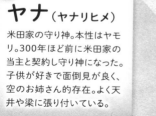

プロローグ　冬来たりなば鍋遠からじ

山々を赤く染めた木々も気付けば葉を落とし、やがて景色はすっかり茶色く寒々しくなった。そんな秋と冬の境目のとある日。

空は暖かな囲炉裏《いろり》の傍で絵本を開きながら、そわそわちらちらと目の前の自在鉤《じざいかぎ》に掛かった鍋を眺めていた。

鍋の中身は色々な野菜と肉を沢山入れた汁物だ。雪乃が作る汁物は大体味噌味で、それがいつもとても美味しい。

お昼ご飯に食べましょうねと言われたものの、煮えるごとに少しずつ良い匂いが漂ってきて、空は全く絵本に集中出来なかった。

(ご飯……合わせるなら何が良いかな。白米にお漬物?　おにぎりも良いな……)

まだお昼には早い時間だというのにお腹がきゅうきゅうと音を立てる。この村に来て魔力が足りるようになっても、相変わらず空の体は燃費が悪い。

けれど最近の空は、自分の体の燃費の悪さが意外と良いものだと思い始めていた。

何と言っても、美味しいご飯を沢山食べることが出来るのだ。小さな体のどこに消えていくのか不安になるような量を食べられてしまうのだが、いくら食べても最後までちゃんと美味しく感じられる。

朝ご飯も十時のおやつも、お昼ご飯も三時のおやつも、晩ご飯も、いつだって変わらず美味しい。美味しいご飯が沢山食べられるというだけで、空はとても幸せだった。

（エンゲル係数っていうやつが怖い気がするけど……大きくなったら恩返しするから、今は甘えるのだ！）

空はとうとう絵本を放り出して囲炉裏の前にごろりと腹ばいになり、目を瞑って静かに鍋の音を聞く。鍋はくつくつと音を立てていて、蓋の隙間から漏れた湯気が良い香りを振りまく。

「はぁ……いいにおい」

「ピッ」

空がうっとりと呟くと、隣から小さな返事が返ってきた。

「フクちゃんもそうおもう？」

顔を横に向けて、隣にいた小さな相棒に問いかける。空の守護鳥のフクちゃんは、今日はいつもより少し大きく、ニワトリくらいの大きさで空の隣に座っていた。

「ピピピ……ホピ……」

思うからこれを取ってほしい。

フクちゃんの小さな声からそんな気持ちを何となく読み取り、空はフクちゃんの背に視線を向けた。

ニワトリくらいの大きさのその背には、ふわふわの羽毛に埋もれるように何かが張り付いているのが見える。

空は手を伸ばしてその羽毛をちょっと持ち上げ、埋もれるものに声を掛けた。

「ヤナちゃん、まださむい？」

フクちゃんの背に張り付いているのは、本性であるヤモリの姿をしたヤナであった。

今朝は天気が良かったせいか、いつもよりも朝の空気が冷たく寒かった。寒さが苦手で辛いというヤナは、朝から体温の高いフクちゃんに張り付き、離れないのだ。

小さなヤモリは空の言葉に寝かせていた首をちょっと持ち上げると金色の瞳を煌めかせ、細い尻尾をちょろりと動かした。

「もう寒くないのだぞ！　しかしフクの羽は思いのほか心地良くて離れがたくてな……」

小さなヤモリの姿から、いつもと変わらぬヤナの声がする事に空はまだ少し慣れない。けれどもう寒くないということにはホッとした。

「よかったぁ。フクちゃんあったかいもんね」

「ホピピッ⁉」

朝、顔を合わせるなり、寒い！　と叫んでヤモリの姿になったヤナにくっつかれ、暖まるまでだからと言われて我慢していたフクちゃんが驚いたように背の方を振り返る。

羽繕《はづくろ》いしたいのもずっと我慢していたのに心外だ、と言わんばかりに、フクちゃんは羽をぶわりと膨らませてブルブルと身を震わせた。

「あっ、こらフク！　落ちるだろうが！」

「ホピッ！」

落ちれば良いのにと言いたげに、フクちゃんはタッと走り出し、囲炉裏と空の周りをぐるぐると回った。

「わっ、こら、走る、なっ！」

走り回るフクちゃんとその背で跳ねながらも必死でしがみつくヤナを眺めながら、空はくすくすと笑う。

囲炉裏のある部屋は暖かく、鍋の良い匂いが広がって幸せな気持ちにさせてくれる。

きっともうすぐ雪乃がやってきて、出来上がった鍋と山盛りのご飯を用意してくれるだろう。

冬の田舎《いなか》も美味しい予感がいっぱいで、空は幸せそうに笑った。

一　冬に待つ楽しみ

「……空、大根採るか？」

天気が良い日の朝食の席で、幸生は唐突にそんな言葉を零した。

空は目をぱちくりさせ、少し考え、それから頬にご飯粒を付けた顔をパッと綻ばせた。

「じぃじ、だいこんっておにわの？　ぬくの？」

「ああ、頃合いだからな」

米田家の裏の畑は秋から冬の間にすっかり様子を変えている。蔓の這う大きな棚や背の高い夏野菜は種を採ったあと綺麗に撤去されてしまった。

今は来年の春を目指す野菜の苗や、大根や白菜といった冬野菜、成長の早い葉野菜や蕪など背の低い植物が主に植えられている。

空は頻繁に畑に遊びに行くので、ここ最近は目に見えて太ってきた白菜や大根を楽しく眺めていた。

その大根の収穫が今日だというのなら、頷かない訳がない。

「やる！　おてつだいする！」

空がコクコクと頷いてそう言うと、それを見ていた雪乃がくすりと笑う。

「じゃあ暖かい格好しなくちゃね」

「うん！　ばぁば、だいこんってなにしてたべるの？」

「今日採る分は少し干して、それから沢庵《たくあん》漬けにするつもりよ。空、沢庵好き？」

沢庵と聞いて空は目を輝かせた。

空はご飯のお供になる物が大体何でも好きだ。ご飯と合う事は絶対的な正義なのだ。

とは言っても嫌いな物はまだ空には苦いという物くらいで、ほとんどないのだが。

「すき！　カリカリして、しょっぱくて、ごはんおいしいよ！」

勢い込んでそう言うと、雪乃は嬉しそうに目を細めた。

「じゃあ、空が沢山食べられるように沢山漬けましょうね。あとは、おでんや煮物にしようかしらね」

「うん！」

空はその提案に満面の笑みで頷いた。

雪乃が作る料理は何でも美味しいが、寒くなったら温かい料理が増えてそれも嬉しい空だった。

朝食をたっぷり食べ、空は元気よく幸生たちと一緒に外に出た。

「きょうはおうちだし、フクちゃんはヤナちゃんとおるすばんね」

「ホピ……」

そう言って部屋に置いて行かれたフクちゃんがしょぼんと項垂れる。少し可哀想だが、その背にはヤモリの姿となったヤナが今日もしっかりしがみ付いている。

「フクはヤナと留守番するのだぞ！」

寒いのが嫌いなヤナはフクちゃんの温かな体に張り付くのが癖になったらしく、最近はいつもこの調子だ。

昼近くになり体も家の中もすっかり暖まると離れるのだが、朝のうちはどうしても暖かい場所から動きたくないらしい。

それでも家に結界を張って守るというお役目はきちんと果たしているので、フクちゃんも仕方なく張り付かれるのを我慢しているのだった。

「じゃあ、だいこんいっぱいとってくるね！」

いってきます、とフクちゃんに手を振って、空は意気揚々と家の裏に向かった。

秋に買ってもらったコートを着て暖かくし、長靴を履く。いつもの草鞋《わらじ》ほどの防御力や寒さへの耐性はない長靴だが、家の敷地内なのでこれで十分だ。

風は冷たいが、空はそのひんやりした空気も楽しむように大きく吸い込んで鼻歌を歌いながら歩き出した。

「だいこん、だーいこん、おでんににもの、たくあん、さらだ……いためたのもおいしいよね！」

おかしな調子の歌が、途中から感想に変わっている。

後ろで雪乃が笑いを堪えている事には気付かず、空はご機嫌で畑の中に入り、足を止めて周囲を見回した。畑の彩りは大分寂しくなっているが、それでも緑の作物が並んでいる。

「えっと……こっちはかぶ？　あっちはねぎと、はくさい……」

畑に植わる作物を近い方から順に指さし、そして空は首を傾げて後ろにいる幸生の方を振り向いた。

「じぃじ……だいこん、どこ？」

「うむ……あそこに植えてあったのだが、逃げたか」

「えっ⁉」

あそこと言って幸生が指さしたのは畑の奥の広い区画だ。そこには確かに崩れかけた畝《うね》が何本もあるがそこには作物らしき姿がほとんどない。ぽつりぽつりと緑の葉が見えるが、大半は空いているのだ。

「にげちゃったの？　ぼくのたくあん……」

空が残念そうに呟いて肩を落とすと、雪乃がその頭を優しく撫でた。

「大丈夫よ、空。塀があるから、大根はこのお庭から外には出ていないわ。ここのあちこちに隠れているのよ」

「そうなの？」

「うむ……その辺におるはずだ。昨日うっかり、明日にするかと呟いたのを聞かれていたのだろう」

幸生はいつもの厳めしい顔をさらにぎゅっと引き結び、畑をぐるりと見回した。

米田家の庭のうち、菜園になっている場所はそれなりの広さがある。真ん中は色々な野菜を育てる畑なのだが、それらをぐるりと囲むように果樹や低木が色々と植えてあるのだ。

幸生はそのうちの一つ、裏庭への入り口のすぐ傍にある榊の木に近づき、しゃがみ込んで空を手招きした。

「なぁに？」

空がトコトコと近づくと、空は榊《さかき》の向こう側をそっと指さす。榊は常緑樹なので、寒くなっても緑の葉を茂らせたままだ。

空がその茂みの向こうを覗き込むと、榊の葉に隠れるようにして地面からそれとは違う緑色がにょきりと出ていることに気がついた。

根元から放射状に広がるギザギザの葉っぱ。その特徴的な葉は空でも知っている。榊の陰には五本の大根がこっそりと隠れて生えていた。

「あっ、だいこん、いた！」

空が声を上げると大根の葉が微かに震える。その動きを見た空は慌てて自分の口を両手で塞ぎ、幸生を見上げる。

「これは足が遅い。すぐには逃げんから、大丈夫だ」

幸生にそう言われて空はホッと息を吐いた。これは、ということは足が速い品種もいるのかもしれない。

空は小さな手を伸ばして、見つかってしまった不運な大根の葉を宥めるようにそっと撫でた。

「ごめんね、ぼく……たくあん、おいしくたべるね！」

大根は答えはしなかったが、諦めたのかもう動かない。

「抜くぞ」

「うん！」

空が頷くと、幸生は両手を伸ばして二本の大根を一度に掴み、容赦なく引っ張った。

ズボッと音を立てて太い大根が地面から現れる。

次の瞬間、辺りにひどい不協和音が響き渡り――

「んひゃあぁぁ！」

――空は背筋がぞっとするような音に悲鳴を上げ、耳を押さえてその場にうずくまった。

それは例えるなら、黒板を爪でひっかいたような、すごく下手くそなバイオリンの音のような、そんなキーともギーとも区別の付かない音だった。非常に不快で神経を逆撫でするような音だ。

音はそう長くは続かなかったが、空はその不快さにブルブルと頭を横に振った。

「やなおとー！　じぃじ、なにこれ!?」

ぎゅっと口を引き結んでいた幸生は、孫の問いに手にした大根をずいと差し出した。

「これは、大根の叫び声だ」

そう言われて空は大根をまじまじと見つめる。

多少泥は付いているが白い肌。真っ直ぐに健康に育ったといわんばかりの長く太い根。

その白い肌のどこにも顔や口のようなものはなく、これが叫んだとしたら一体どこからと疑問に思わざるを得ない。

「どこからこえでたの⁉」

「知らん」

首を横に振る幸生を見て、空は後ろにいる雪乃の方を振り向いた。しかし雪乃も首を横に振る。

「ばぁばも知らないのよ。本当に、どうやってあんな音出してるのかしらねぇ。でもただうるさいだけで別に害はないから大丈夫よ」

「あるよー！　ぞわぞわするもん！」

空がたしたしと足踏みすると、雪乃が困ったように笑う。

「でも、採らないと沢庵が作れないわ。おでんも煮物も無理ねぇ……」

「たくあん……！」

空はハッと息を呑んだ。たった二本抜いただけでは沢庵は作れない。畝いっぱいに植えられて毎日成長を楽しみに眺めていた大根たちが、この庭のあちこちにまだ隠れているのだ。

「空は見つけるのを手伝ったらどうかしら？　抜くのは私かじぃじがやるから」

「が、がんばる！　ぼく、がんばってさがす！」

あの音は我慢できないくらい不快だが、だからと言って沢庵もおでんも諦めることは出来ない。

空はぐっと拳を握って力強く頷いた。

「とりあえず、残りのを抜くぞ」

ここで見つけた大根は五本。まだ三本が隅っこで逃げたそうに揺れている。空は耳を手でしっかり塞いで幸生がそれを抜くのを見守ったのだが。

ズボッと大根が引っこ抜かれた途端、キィィィー！　とまた叫び声が響く。

「んにゃあぁぁぁ！」

耳を塞いだのに不快感はその手を通り抜けて空の背筋を震わせた。

「なんで⁉」

「何でかしらね……耳を塞いでもうるさいのよ。でも、そのうち慣れるから大丈夫よ」

雪乃も幸生もちょっと顔をしかめたがそれ以上嫌がるようなそぶりは見せていない。雪乃は傍にあった別の低木の陰に大根を見つけると、ためらう様子もなくひょいと引っこ抜いた。

「ふきゃあぁぁ！」

空はじたばたと足を踏みならし、叫び声に耐えた。その間にも幸生は残った大根を抜き去っている。気持ち悪がってうーうーと唸る空に、幸生が畑の入り口の方を指さした。

「……空、籠を持ってこれるか」

「あ、うん！」

幸生に言われて空は慌てて耳から手を離すと幸生が指さした方に走った。そこに幸生が朝の早いうちに用意しておいた籠が重ねてあるのだ。

結構大きい竹籠なのだが、今の空はそれなりに力がついたので一つずつならちゃんと運んでこられる。

籠の隙間に指を入れてよいしょと持ち上げる。空の体の三分の二くらいはありそうな大きさなので前方に抱えると結構歩きづらい。よたよたと一生懸命運ぶその姿は籠に足が生えて歩いているようだ。それを幸生も雪乃も微笑ましく見守った。

「はい、じぃじ！」

空は得意そうな笑顔で籠を幸生の前に置いた。

「うむ、ありがとう」

「えへへ。ぼく、だいこんさがして、かごもってくるね！」

抜くのは嫌だし叫び声の聞こえない場所まで遠ざかりたいくらいだが、手伝える事があって良かったと空は安堵した。

まだあまり戦力になっていない自覚はあるのだが、家族と一緒にこうやって何か作業をするのが空は好きだ。頑張ってお手伝いした後、美味しいご飯が出てくるとなればやりがいもある。

空は二人のところにせっせと空の籠を運び、手が空くと木の下や陰、草むらを覗き込んで隠れている大根を探した。

「あ、いたよ！」

「今行くわ」

そうして見つけた大根を引っこ抜いてもらう。

その度に叫び声に我慢出来ず、空はその日何度も可愛い悲鳴を上げた。


「だいこん、いっぱい！」

庭中をぐるりと回って収穫された大根は、紐で結ばれて家の軒先に吊り下げられた。

少し前までそこには干し柿がのれんのように下がっていたのだが、今度は大根だ。

葉を切り取られ、何本も段にして紐で結ばれた大根の姿は空が初めて見るものだった。テレビや写真でしか見たことのないような風景は空にはとても珍しく、田舎らしくて逆に新鮮だ。

その上これがやがて美味しい沢庵になるというのだから、いくら眺めても飽きない。

「空ったら、そんなに眺めてもすぐには水分が抜けないわよ？」

「うん……でも、なんかこれすき！」

縁側に座ってニコニコと大根を眺める空の頭を撫で、雪乃は余った大根の葉を広げた笊《ざる》を可愛い孫の隣に幾つも並べた。

「はっぱもほすの？」

「ええ、炒めたのは美味しいけど、一度に全部は使えないもの。カラカラにしたら長持ちするのよ」

「だいこんのはっぱのふりかけ、すき！」

大根の葉っぱを炒めた物はご飯に合う。すなわち正義だ。

細かく切った葉っぱをじゃこやショウガなどと一緒にごま油で炒め、ごまやかつお節など好みの物と合わせて醤油で味を付けるだけなのだが、とても美味しいのだ。

「今日食べる分はとってあるから、葉っぱはふりかけにして大根は煮物にするわね」

「うん！」

空はその素敵な提案に元気よく頷き、ぶら下がる大根をまた見上げる。

庭の大根は沢庵漬けにする分を収穫したが、三分の一ほどは冬の間に食べる分として残してあった。

庭中から回収してきた大根を幸生が畝にズボリと埋め戻し、周りに簡単な柵を立てて逃げられないように囲っていた。もうすぐ雪が降るので、そうしたら雪に埋めて保存するとまた長持ちするらしい。

雪乃はそれらの大根をどんな料理にしてくれるんだろうと、空は想像してみた。

おでんやふろふき大根にして、とろっと柔らかく煮てもらっても良いし、鶏肉などと一緒に少し歯ごたえを残して煮た料理も美味しい。下茹でしてからバターと醤油で焼いた大根ステーキもきっと美味しいだろう。

（あと何があったかなぁ……シャキシャキのサラダに炒め物……大根もちっていうのもあったよね？）

様々な美味しい大根料理が食べられるのなら、悲鳴を上げ地団駄を踏んであの不快な叫び声に耐えた甲斐があるというものだ。

（大根いっぱい食べたら……あの音が平気になったりしないかなぁ）

そんな事を考えながら、空は夕飯の大根に思いを馳せたのだった。

大根の収穫から何日か後。

空は目の前のかまどに掛けられた大きな鍋をじっと見つめていた。

どうみても空がすっぽり隠れられそうな業務用サイズの大鍋だ。しかもそれが三つも並んで、全てが同じようにコトコトと煮えている。

業務用の鍋が乗っているのはレンガと土で作られた大きくて立派なかまどだ。村で使う共用の物なので、横に広く幾つも口が並んでいる。その上にはしっかりした屋根も掛けられていた。

空はその屋根の下で並んだ鍋が立てる音にうっとりと耳を澄ませ、辺りを漂う不思議な匂いを胸いっぱいに吸い込んだ。甘いような、そうでもないような、空が今まで嗅いだことのなかった匂いだ。

「ばぁば、まーだ?」

「そうね、そろそろ良いかしらね」

隣にいた雪乃は待ちきれない様子の空に微笑みながら、大鍋の蓋を開けて中を覗き込んだ。

鍋の蓋を持っている手とは逆の手にふっと息を吹きかけ、クツクツと煮えている鍋に直接手を突っ込んでその中身をちょいと指で摘まむ。

空は毎回それを見る度にちょっとぎょっとしてしまうのだが、雪乃は全く熱さを感じていないらしく、平気な顔で摘まんだ物を空に見せた。

細い指に摘ままれたのは煮上がって丸々と膨らんだ大豆だった。

雪乃はその大豆をぎゅっと指で潰して、煮え具合を確かめる。豆は力を入れなくてもその指先でやわらかく潰れてしまった。

「うん、良いみたいね」

雪乃はそう呟いて頷くと、空の方を向いた。

「空、中にいる美枝ちゃんたちに、お豆が煮えたって声を掛けてきてくれる？」

「うん！」

空は元気よく頷くと、パタパタと走ってすぐ傍にあった平屋の建物の入り口を目指した。

二人が今いるここは、村の東地区の集会所だ。ここではよく地区の女性たちが集まって、皆で漬物を仕込んだり何か作業をしたりしている。

空は今日、雪乃にくっついて味噌の仕込みというイベントを見学に来たのだった。

「みえおばちゃん、おまめにえたって！」

「あら。ありがとう、空ちゃん！　じゃあ準備しなきゃね！」

集会所の中には十人くらいの女性たちがお喋りしながらせっせと働いていた。

今日皆で食べたり分けたりする料理を作る人や、大きなテーブルに綺麗な布を敷いたりタライや樽を消毒したりといった下準備をする人、麹《こうじ》や塩の分量を量っている人など、作業は色々だ。

魔法が得意な雪乃は、外に設えられた大きなかまどで豆を煮る係をしていたのだ。雪乃なら薪窯でも魔法で調整するので火加減が上手いのだという。

「空ちゃん、ちょっとそっちのお庭に面した窓を大きく開けてくれる？　雪乃ちゃんがお鍋を持ってきてくれるから」

「はーい！」

空は言われたとおりに玄関を出て庭に面した窓の方に向かった。大きな掃き出し窓は手を掛ければカラカラと簡単に開く。空はそれを真ん中から開いて両方に押して、窓を目一杯開ける。

するとかまどの火を始末していた雪乃が声を掛けた。

「空、熱いお鍋を持って行くから、ちょっとどいててね」

「うん！」

空が避けると部屋の中から女性が駆け寄り、窓辺に大きな鍋敷きを持ってきてトントンと並べた。

雪乃は大鍋を三つ一度に魔法でふわりと持ち上げるとそれを横に浮かせたまま歩いてきて、その鍋敷きの上に慎重に下ろす。

「さ、冷まして潰すから、タライをお願い」

「雪乃さん、潰すのは皆でやるからとりあえず冷まして分けてくれればいいわ」

女性たちが手に手に大きなボウルやタライを持ってやってくる。

「そう？　じゃあちょっと待ってね、先に冷ますわ」

もうもうと湯気が立ちこめる鍋に雪乃が細い手をかざすと、白い湯気がさぁっと薄れてあっという間に消え失せた。

「よいしょ、と」

その手をひらりと上げると、今度は煮られていた豆がザァッと水音を立てて、一塊になって鍋から持ち上がった。その段階で雪乃はざっと水気も抜いてしまう。

それから豆は宙に浮いたまま、女性たちが持つ器の数に合わせて同じ量ずつパカリと割ったように分かれ、それぞれの器の中へと吸い込まれていった。

「わぁ、ばぁばすごい！」

「ふふ、ありがとう」

外から見ていた空はいつ見ても器用な雪乃の魔法に感嘆の声を上げた。

「雪乃ちゃんちのはこれとこれね。さ、中に入って続きしましょ！」

豆を入れたタライを二つ、美枝が作業用の大きなテーブルにどんと置いて二人を手招きしてくれる。

「ええ、ありがとう。空、中に行こうね」

「うん！」

空は大きく開いたままだった窓を雪乃と一緒に閉め、それから玄関の方に向かった。

靴を脱いで中に入ると、集会所の部屋の中は茹で上がった豆の匂いでいっぱいだった。空は流しに連れて行ってもらって手を綺麗に洗い、それから米田家の分として取り分けられたタライの前に急ぐ。

「わぁ……まめ、おっきくなった！」

たっぷりと水を吸って、やわらかくなるまで長時間煮られた豆はぷっくりと膨らんでいる。何だかそれだけでもう美味しそうだ。空はその豆に顔を近づけ、くんくんと匂いを深く吸い込み楽しんだ。

「おまめって、ふしぎなにおい……おいしそう」

「ふふ、今から食べたらお味噌にする分がなくなっちゃうわ」

「ぼく、がまんする！」

自分の食欲に対する歯止めのなさを考え、空は茹でたての豆を味見する事は素直に諦めた。

今日の味噌の仕込みは、雪乃に誘われてからずっと空が楽しみにしていたイベントなのだ。その材料を自分で減らしてしまう事は出来ない。

（自分で味噌を仕込むって、なんかすっごくスローライフだよね！）

「じゃあまずは潰すのよ。魔法でやると簡単なんだけど……空も少しやってみる？」

「うん！」

雪乃はまずテーブルの前に用意してきた踏み台を置いて空をそこに乗せた。今日のために雪乃が縫った割烹着《かっぽうぎ》タイプのエプロンと三角巾を身につけた空は、うきうきと腕をまくって準備万端だ。

「小さい樽を一つ持ってきたから、空が作った分はそこに入れようかしらね」

「えっ！　じゃあ、それぼくのみそ⁉」

「ええ。出来たら樽に、空って書いておきましょうね」

「うん！」

空は嬉しそうに頷いた。

「よかったらこのタライ使って。余ってるから」

嬉しそうな空を見て、同じテーブルを囲んでいた美枝が予備に用意していた小さめの木のタライを貸してくれた。

「ありがとう！」

「助かるわ。じゃあえーと、五キロくらいでいいかしらね」

貸してもらったタライに雪乃が豆を取り分ける。そして空にも持てそうな大きさのすりこぎ棒を渡してくれた。

「これでぎゅっぎゅってして、満遍なく潰してね。疲れたらばぁばに言ってちょうだい」

「わかった！」

空は元気よく頷いてすりこぎをしっかり握って豆にぎゅっと押しつけた。

やわらかくなるまでしっかり煮られた豆は、その動きに合わせて砕けるように潰れてゆく。

「んしょ、んしょ……」

勢い良く潰そうとすりこぎを動かすと、豆がすべって逃げてしまう。空はタライの隅っこを使うようにしながら懸命に豆を潰した。

その脇では雪乃が残った大量の豆を担当し、ミキサーにかけるように風魔法で回して粉々にしている。あらかた砕けたら今度は少し練るように潰せば、あっという間にこの工程は完了だ。

「相変わらず鮮やかねぇ、雪乃ちゃん」

向かい側で作業をしていた美枝がにこにこと褒める。

美枝は片手で持てる小さな杵《きね》のような道具で豆を潰していた。

他の女性たちも色々だ。面倒だからと手で捏ねるようにしてあっという間に潰す人もいれば、雪乃のように魔法を使う人もいる。雪乃に加減が苦手だから潰してくれと頼みに来る人もいた。

こんなに大量の豆を潰すなら便利な機械が一つくらいあっても良さそうなものだが、そういう物は特に用意されていない。村人にとっては大体の事が自分たちの腕力や魔法で片付くので、便利な機械にはあまり興味がないのだ。

「空ちゃんが味噌作りに興味持ってくれるなんて、雪乃ちゃん良かったわね」

「ええ。空は畑仕事とか料理とか、そういうのを私達と一緒にやるのが好きみたい。色々させてあげたいのよね」

「いいわねぇ。うちの明良なんて、一緒に行く？　って聞いたら保育園の方が良いって言うのよ。一緒にお料理してくれる孫、私もほしいわぁ」

美枝の言葉に皆が笑い、口々にうちもほしいだの、うちはもう十分だのとふざけて言い合う。

空はその間、女性たちのそのやり取りが全く耳に入らないほど、真剣に豆を潰していた。

「できた！　ばぁば、どう？」

空はようやく満足がいくまで豆を潰すことが出来たと確信して、パッと顔を上げた。

するとすっかりおしゃべりに夢中になっていた女性たちが、ハッと気付いて空を見る。

「……だめだった？」

突然注目されて空はキョロキョロと居心地悪そうに周囲を見回した。すると雪乃が慌てて首を横に振る。

「ふふっ、ダメじゃないわよ！　よく潰せてるわ、頑張ったわね、空」

「うん！」

空はホッとして頷いた。空の豆はちゃんと均一に潰れていた。すりこぎで少しずつ丁寧に作業を繰り返した成果だ。

雪乃はしゃもじで全体をかき混ぜて確かめながら、その丁寧な仕事ぶりを褒めた。

「とっても良く出来てるわ。空はこういう物作りとか、向いているのかも知れないわねぇ」

「ぼくの、おいしいみそになる？」

「ええ、きっとね」

その言葉に空は喜び、味噌が出来たら何を作ってもらおうかと今から考え始めた。

その間に雪乃が米田家の分として分けられた米麹と塩を混ぜ合わせ、そこからさらに空の豆に入れる分を取り分ける。

「空、次はこれを潰した豆によく混ぜてね」

「うん！」

タライの中にざっと塩と麹が入れられる。空はそこに小さな両手を突っ込むと、一生懸命混ぜ始めた。

「えい、んしょ、うにゅ」

潰した豆はもろもろと崩れる硬めの粘土のような感触だ。手で揉むとほんのりと温かい。

空の小さな手では少々混ぜにくいのだが、自分の腕の力が強くなりますようにと念じていると、少しずつ楽に混ぜられるようになってきた。

「おいしくなーれ、おいしくなーれ……おみそしるに、やきおにぎり……きゅうりにつけたのもすき……おいしくなーれ」

ぶつぶつと願いの中に欲望を混ぜながら一生懸命味噌を混ぜる。途中で雪乃が豆の煮汁を少し入れてくれると、滑らかになって混ぜやすくなった。

やがて薄茶の豆の中にポツポツと白い粒が均等に混ざった状態になる。

空はそれを雪乃にチェックしてもらって、これなら大丈夫と合格をもらった。

「ばぁば、つぎは?」

「次はこれをこねこねしてお団子にするのよ。なるべく空気が入らないように握ってね」

雪乃が見本として団子状に丸めたものをつくって見せてくれたので、空はさっそく混ぜ終わった味噌を手に取ってペタペタと握る。空の小さな手では小さな団子しか作れないが、なるべくぎゅっと空気を抜くように丁寧に作る。

「むう……むずかしい」

「ゆっくりでいいわよ」

小さな団子を一つ作ってみたが、あまりきれいに出来たとはいいがたい。空はもう一つ、二つと挑戦し、出来たものはタライの端っこにちょこんと並べた。三つ目に作った物はそれなりに綺麗に丸く仕上がっていて、数をこなせば上手になりそうだと希望が持てる気がした。

さて、ではまた次の団子を、と次の味噌を取ろうとしたところで空はふと手を止めた。

手を伸ばした先の固まりがもにょんと揺れた気がしたのだ。

「……？」

パチパチと瞬きをしてよく見つめたが、味噌は動いていない。気のせいかと思ってまた手を伸ばすと、その手の先で味噌にすすすとくぼみが出来て指が空振りした。

「……⁉」

空は自分の手を見つめ、出来たくぼみをもう一度見た。すると、その視線の先で味噌がもにょんと揺れてくぼみが埋まる。

「ば、ばぁば！　みそがうごいた⁉」

空が慌ててそう訴えると、無数の味噌団子を魔法で宙に浮かせて大きな木桶の中に機関銃のように投入していた雪乃が振り返る。そしてパッと笑顔を見せた。

「動いたの？　活きが良い味噌ね」

「いき……⁉」

空は雪乃の言葉に驚いて、その笑顔と手元のタライとを交互に見る。そしてまた恐る恐る味噌に手を伸ばし、指でちょんとつつ……こうとしてやはり逃げられた。

「さっき麹を入れたでしょう？　あれの元気が良いと、混ざった味噌も元気が良くて美味しくなるのよ。空が一生懸命混ぜたから、ますます元気になったのかもね」

「こうじ……げんき……」

確かに麹は菌なので、生きていて元気じゃないと美味しい味噌は出来ないだろう。理屈はわかる。

だが味噌が動いて伸ばした手を避けたという事実が、空にはまだ理解できない。

しかしそれを頭の中でぐるぐると回していたら、空は段々腹が立ってきた。

(逃げられたら……お団子に出来なかったら、樽に入れられない！　味噌が出来ない！)

空はキッと眉を上げてタライの中の味噌を睨む。

そしてさっきよりも素早く手を伸ばし、味噌に避けられる前にさっと一塊掬い取った。

「よし……あっ、うごいちゃだめ！」

よし、と思ったのも束の間、手の中の味噌がもにょもにょと身を捩るように動き出す。

空は逃げるそれを両手で押さえつけ、無理矢理ぎゅっと握りこんで歪な団子を作った。団子にしてからそっと手を開くと、諦めたのか味噌はもう動かない。これならすぐに逃げられる心配はなさそうだと判断して、空はそれを雪乃に見せた。

「ばぁば、これ！　またにげちゃうまえに、たるにいれて！」

「はいはい。じゃあこの小さい樽に投げ入れてちょうだい。外にはみ出ないように気をつけて、出来れば角を狙って、バシッとね」

空が見やすいように雪乃が樽を斜めに傾ける。空は言われた通り味噌が角に当たるよう、慎重に狙いを定めて団子を投げ入れた。

ベチッ！　と音を立てて味噌団子が樽に叩きつけられ、ぺしゃりと隅に張り付くように広がる。

「やったぁ！」

空はちゃんと上手く投げられたことに喜び、既に作ってあった三つの団子も続けて投げ入れた。

「空、ばぁばはもう大体終わったから、この樽をこうして押さえていてあげるわ。どんどん味噌を捕まえて団子にして、投げ入れてちょうだい」

「……うん！」

味噌を捕まえるという言葉への理解を脳が一瞬拒否しかけたが、空はそれを振り切るように元気よく頷く。

そしてもう遠慮も隠しもせずもにょもにょとうごめき揺れる味噌に、出来る限り素早く手を突っ込んだ。

「にげちゃ、だめ！　ぼくの、おいしいみそに、なるの！」

もう空は悠長に団子を作るのを完全に放棄した。わしっと味噌を固まりで掴んでは、小さな手で精一杯ぎゅっと潰して空気を抜く。そしてそれをすかさず雪乃が構える樽の中に叩き入れる。

「空ちゃん、手伝おうか？」

「だい、じょう、ぶ！」

美枝の提案を断り、空は段々と避ける動きが素早くなる味噌を必死で追いかけた。千切っては投げ千切っては投げを繰り返すうちに、空の動きもどんどん良くなっている。

片手をひらりと振ってフェイントをかけて避けさせ、そこをもう片方の手で掬い取る。もはやこれは味噌と空の真剣勝負なのだ。

「頑張って、空ちゃん！」

味噌と真剣に戦った。


「今の動き良いわよ！」

「隅に追い詰めて！」

いつのまにか自分たちの作業をほぼ終えた女性たちが空を応援してくれる。空はその声援を背に味噌と真剣に戦った。


「これ、で、さいご！　えいっ！」

空はとうとう最後に残った僅かな味噌を掬い取り、バシッと勢い良く投げつけた。

タライの隅々まで見回してももう味噌は一欠片も残っていない。

「おわった……？」

「ええ、終わりよ。頑張ったわねぇ、空」

「もう、みそにげない？」

「樽に入れてしまえば大人しくなるわ。多分味噌も、別に逃げ出したいわけじゃなかったのよ」

ぜぇぜぇと息を荒らげて空は雪乃の顔を見た。空の手を何度もすり抜けて抵抗したのに、逃げ出したくなかったとはどういう事なのかわからない。

「きっと空と遊びたかったのよ」

「えええ……そんなぁ」

空はため息を吐いて肩を落とした。

あんなに必死だったのに遊ばれていただけだったなんて。

がっかりする空に、雪乃は塩が入った器を差し出す。

「さ、空。表面をペタペタして平らにしたら、このお塩を全体に満遍なく撒《ま》いてね」

「うん……」

最後の仕上げだとがっくりしていた体を起こし、空は台から下りて床に置いてもらった樽の中に手を入れる。

ぺちぺちぺたぺたと表面を丁寧に撫でて叩いて平らにし、それから塩をパラパラと隙間なく撒いた。

「これでいい？」

「ええ、良いわよ。あとは綺麗なさらし布を敷いて、と……」

雪乃は真っ白な布で味噌の表面を満遍なく覆い、蓋をする。

「はい、空。空のお味噌の出来上がりよ」

空はついに戦いに勝利し、自分の味噌を完成させたのだ。

「できた！」

「ご苦労様、空！　全部自分で頑張って、えらかったわ！」

「えへへ……ばぁば、いっぱいいてつだってくれてありがと！」

「どういたしまして。お家に帰ったら重しを載せて倉にしまいましょうね」

「うん！」

小さな樽は空が抱えてどうにか持ち上げられるくらいの大きさだ。空が毎日食べる量を考えれば、まったく足りないくらいの分量でしかない。

それでも、自分で頑張って味噌を仕込んだという事が、何だかすごく楽しく、そして大切な経験に思えた。

空は蓋をされた樽が何だか急に愛しくなって、思わずきゅっと抱きしめた。素朴な木の味噌樽が何だかキラキラと輝いて見えるような気がするほどだ。

「ぼくのみそ……おいしくなーれ!」

出来上がったら最初はお味噌汁にして、皆で食べようと心に決める。

今からその日が待ち遠しくて、空はお腹をぐぅっと鳴らしながら嬉しそうに笑ったのだった。


その日の夜。

「空が味噌を……味噌汁に?」

夕飯が終わると空は疲れたのか、早々に眠たいと言って布団に入った。

空は今日の味噌との死闘について、夕飯を食べながら幸生やヤナに一生懸命語っていたのだが、食べ終わる頃には電池が切れたようにうとうとと眠りかけていた。

そんな可愛い孫を寝かしつけ、幸生と雪乃、そしてヤナは囲炉裏の傍で少しだけ晩酌だ。

「そうなのよ。自分の味噌が出来たら最初はお味噌汁にしてもらって、それをじぃじやばぁばや、ヤナちゃんと一緒に飲むんだって。楽しみにしてたわ」

それを聞いてヤナがくすくすと笑う。

「空は可愛いのう。皆と喜びを分かち合いたいというその気持ちが、可愛くて良い子なのだぞ」

「本当にね」

幸生など空の可愛さに既にやられてさっきからずっと天を仰いでいる。

出来上がった味噌汁を、空にどうぞと言われて素直に食べられるのかどうか、雪乃は今から少し心配になった。

心配事といえば、もう一つあるのだが。

「空がね、もう一回同じ量のお味噌を自分で作って、東京の家族に送りたいって言うのよね……」

「良いではないか。紗雪たちも喜ぶぞ？」

「喜ぶとは思うんだけど……」

雪乃は倉にしまった空の味噌樽を思い出す。

空が全身全霊を込めて美味しくなれと願いながら格闘して仕込んだその樽は、雪乃の目にはどう見ても過剰な魔素をまとってキラキラと煌めいているように見えた。

「紗雪はともかく、隆之さんや他の子供たちには、あの味噌は魔素が強すぎるんじゃないかと思うのよねぇ」

「そんなにか？」

「そんなになのよ。少しだから良いけど、もっと仕込んだ量が多かったら……あのまま何年も寝かせたら、うっかり精霊とか生まれちゃうんじゃないかって言うくらい気合いが入った味噌だったわ……」

ヤナは味噌の精霊というものが生まれる様を想像してみた。

今のところヤナはそんな存在は見聞きしたことはないが、もしかしたら専業の味噌屋などにはいたりするかもしれない。しかし何となく茶色くて豆くさそうだ。

そんな精霊やら神霊やらが、自分の縄張りで生まれるのはちょっと嫌だな、と思う。

「……空の味噌は若いうちに食べる事としような。東京の分は、送る前にちと魔素抜きをすれば良いのだぞ」

「そうね……うん、そうしましょう」

こうして空の知らないところで、空の味噌から味噌の精霊が生まれるのは阻止される事が決まった。

ちなみに、雪乃とヤナがそんな相談をしている間、幸生はずっと天を仰いでいた。空の味噌汁が振る舞われる日も、多分幸生は天を仰ぐのだろう。


味噌作りからまたしばらく経ち、ぐっと寒い日が続くようになってきたある日の事。

「さ、どうかしら……うん、良さそうね」

「わぁ、あったかい！」

空は両手を広げ、その場でぴょんとジャンプした。そして首元に巻かれた暖かなマフラーを手で持ち、顔を埋めて嬉しそうに笑う。

「ばぁば、ありがとう！」

「どういたしまして！　うまく出来て良かったわ」

空が身につけているのは雪乃が編んでくれたセーターとマフラーだった。

どちらも空色の毛糸で編まれ、セーターは裾の方に、マフラーは両端に白い糸で雲の模様が描かれている。

お祖母ちゃんの手編みのセーターというものを前世含めて初めて身につけた空は、その愛情のこもった暖かさに満面の笑みを浮かべていた。

(何か……くすぐったい気持ちがする。けど、嬉しい！)

セーターは少し大きめで、空が育っても着られるように作ってくれている。けれど軽いのは毛糸の質なのだろう。

「すごくあったかくて、かるい！」

「そう？　毛糸が良いからかしらねぇ」

このセーターもマフラーもとてもやわらかく暖かい。触れている空の首や顔はちっともチクチクしない。もしかしてお高い毛糸なのではと空はちらりと思った。

雪乃は自分の手編みのセーターを身につけた可愛い孫をよいしょと抱き上げ、嬉しそうに笑ってくるりと回った。

「ばぁば、こんなのつくれて、すごい！」

「あら、そう？　ふふ、紗雪が生まれる前に大きな街で買った編み物の本が、またこうして役に立って嬉しいわ」

ここに来てから沢山食べて空は大分重くなった。その増えた重みも、自分の手編みの服を喜んでくれたことも、雪乃にはとても嬉しい。

もう随分昔に翻訳された外国の編み物の本を手に入れてから、最初は幸生に、それから紗雪に、雪乃は時折こうして毛糸のセーターやマフラーを編んできた。

手元で目が増えていく度にいつも変わらず期待と喜びがあったが、孫の為のその時間は一際楽しいものだった。

「ばぁば、これ、ひつじ？」

可愛い孫の問いに、雪乃は微笑みながら頷いた。

「それはねぇ、おかっぱ羊の毛糸で出来てるのよ。県内の村で育てているんだけど、可愛い羊よ」

「……おかっぱ？」

空は羊と無縁の言葉を聞かされて脳内に疑問符を浮かべた。普通の羊を想像していたので、おかっぱという言葉とそれが結びつかない。

「ひつじって……がいこくからきたんだよね？」

「あら、よく知ってるのね！　そう、昔はいなかったけど外から持ち込まれたのよ。今では結構あちこちで飼ってるんですって。その中でもうちの県の羊はおかっぱ羊って呼ばれてるのよ」

「おかっぱ……なんで？」

「毛が真っ直ぐでさらっとしてるのよ。前が見えなくなるから、伸びてくると切っておかっぱにしてあげるんですって」

（直毛の羊……？　うちの県って事は、よそでは違うのかな）

羊の毛はくるくると巻いているもの、という先入観が空にはある。直毛の羊という生き物が上手く想像できなかったが、そういうヤギがいたような気がするからそんな感じだろうかと首を傾げた。

「えっと、ここだと、おかっぱになるの？」

まさかと思い空が聞くと、雪乃はあっさりと頷いた。

「そうよ。生まれてからしばらくはくりくりなのに、大人になるとさらさらの直毛になるんですって。もっと北だと、もっこもこで顔も見えない毛玉みたいになる地域もあるらしいわ。やっぱり動物も育つ場所によって結構違うのね」

（……一体どんな羊!?）

おかっぱや毛玉の羊とか、動物の地域性というのが想像を超えてしまい、空は暖かなマフラーに顔を埋めてそっと目を閉じた。もしかしたらこのチクチクしない手触りの良さは直毛だからなのだろうか。だったらそれはそれでありがたいじゃないかと、空の中の思考を放棄したい部分が囁く。

「あ、あみやすそう、だね？」

苦し紛れに感想を述べると、雪乃はちょっと残念そうに首を横に振った。

「それが、よりが掛かりにくいから糸にするのが難しいんですって。編むときも糸が割れやすいのよねぇ」

「そうなんだ……でも、あったかいし、ちくちくしないよ」

空がスリスリと頬で触れながらそう言うと、雪乃は嬉しそうに頷いた。

「そうね、そこがこの毛糸の良いところね！　さ、空の分が出来たし、次は東京の子供たちの分を作ろうかしら！」

「みんなのもつくるの？」

「ええ。とりあえずマフラーくらいなら季節の内に間に合いそうだから。空に皆の分の色を決めてもらおうって思うんだけどどうかしら？」

雪乃の言葉に空はパッと顔を輝かせてこくこくと頷いた。

「ぼく、いっしょにえらびたい！　りくとか、みどりがすきだとおもう！」

勢い込んでそう言うと、雪乃がその顔を優しい笑顔で覗き込む。

「出来上がったら、空が選んだ色よって言って送るわね」

「うん！」


そんな話をした次の日。

空は雪乃に連れられて村の北地区にやってきた。

「さ、ここよ」

着いたのは、北地区を流れる川のすぐ傍の家だった。住居とおぼしき母屋はこぢんまりとしていて、その横に立つ倉庫のような簡素な建物の方が大きいという造りの家だ。

雪乃は勝手知ったるとばかりに門を潜り、母屋《おもや》の玄関の戸を開けて大きな声で呼びかけた。

「ごめんください。彩子さん、いるかしら？」

「はーい！　あら、雪乃さん」

呼びかけに応じて出てきたのは中年の女性だった。色の濃い作務衣に大きなエプロンを掛け、髪をきちんとまとめて三角巾に隠している。何か作業をしていたところだったのか、濡れた手をエプロンで拭いながら玄関にやってきた。

「こんにちは、突然ごめんなさいね」

「あら、いいわよ。手が離せないなら出てこないもの。今日はどう……あら？　もしかしてお孫さん？」

「ええ。空、ばぁばのお友達の染谷彩子さんよ」

「こんにちは、そらです！」

空が元気に挨拶すると彩子はにこりと明るい笑みを見せた。

「可愛いわねぇ！　雪乃さんが自慢するわけだわ！」

「うふふ、ごめんなさいね、つい可愛くて」

最近人と会う度に孫自慢をしている雪乃はちょっと恥ずかしそうに頬を染めた。

空もそれにちょっとだけ照れ笑いを浮かべる。

「今日は染め物の相談？　とりあえず上がってちょうだいな！」

「ありがとう、お邪魔するわ」

「おじゃまします！」

彩子に招かれ、二人は染谷家にお邪魔することになった。

「じゃあ、東京のご家族の分の毛糸を染めたいのね」

「そうなの。せっかくだから空に手伝ってもらおうと思って」

温かいお茶を飲みながら、雪乃は訪ねてきた理由を彩子に話した。空は出してもらったお菓子をかじりながら、話す二人を見上げる。

「空くんの毛糸の色はどうだった？　気に入ったかしら」

彩子の言葉に空は頷き、今日もしている空色のマフラーを見せた。

「ぼく、このいろすごくすき！」

「あら、嬉しいねぇ！　その色は雪乃さんが染めたのよ」

「ばぁばが？」

驚いた空が雪乃を見上げると、雪乃は微笑んで首を横に振った。

「ばぁばは手伝っただけよ。見せてもらえばわかるわ」

「……うん？」

「じゃあ、仕事場に行きましょうかね。毛糸は持ってきたのよね？」

「ええ。生成りのを沢山持ってきたわ」

雪乃は持ってきた魔法鞄から、大きな毛糸の束を幾つも取り出した。ねじったパンのような形状の糸を見て、空が不思議そうに一つ手に取る。雪乃がそれをくるりとほどくと糸は大きな輪っか状の束になった。

毛糸といえば玉になったものというイメージしかなかった空は、見たことのない大きさの糸束を不思議そうにくるくる回す。

それを見ていた雪乃と彩子がくすりと笑い、それから空を促して隣の建物へと移動した。

「わ、ひろい……」

隣の倉庫のような建物の中は広い作業小屋になっていた。

色々なものが積まれた棚が壁際に並び、広い洗い場があったり、糸や布がぶら下がった物干しのためのロープが何本も渡されたりしている。下の方には大きな木のタライやバケツ、鍋など色々な物が作業テーブルの上や下に置いてあった。

「さ、空くん、こっちへどうぞ」

空は彩子に手招かれ、作業小屋の奥の方に足を進めた。床は石かコンクリートのような灰色で、一部が少し高くなっている。その高いところには床に大きな穴がぽっかりと空いて、穴の中には何かの液体が入っていた。

「あな？」

「ここには大きな瓶《かめ》が埋まってるのよ。あっちは藍染め、こっちは愛し染めの液ね」

「いとしぞめ？」

聞き慣れない言葉に、空は不思議そうに瓶の中を覗き込んだ。藍染めは知っているが、もう一つは知らない言葉だ。

覗いた瓶の中には乳白色の液体が八分目くらいまで入っていた。彩子が木の棒を持ってきてそれをグルグルと回す。回しても乳白色の液体の色は変わらない。

「雪乃さん、そこにある細い混ぜ棒取って、空くんに渡してくれる？」

「ええ。これで良いかしら？」

雪乃は作業机の上から金属の棒を一本取ってきた。長さは六十センチくらいだろうか。細く長い棒の先はスプーンのようになっている。雪乃はそれを空にハイと手渡した。

「これ、なにするの？」

「空くん、それでこの瓶の中をかき回すの手伝ってくれる？　落ちないように気をつけてね」

「かきまわす……」

棒は金属っぽいが軽い素材で出来ていて、長さはあるが空でも軽く持って動かす事が出来そうだ。

空は瓶の傍にしゃがみ込んでそれをちゃぷりと瓶に入れると、両手でくるくると回し始めた。

回すと言っても空の腕の長さではその範囲はたかが知れている。あまり役に立っているようには思えないな、と思いながら空が瓶を覗いていると、彩子が声を掛けてきた。

「空くん、空くんの東京の家族のこと聞かせてくれる？」

「ぼくの？　とうきょうの？」

「ええ。そうね……空くんの兄弟は何人？」

「さんにん！　おにいちゃんと、おねえちゃんと、おとうとのりくだよ！」

空が笑顔を浮かべてそう言うと、彩子もうんうんと頷いた。

「じゃあまず陸くんのことを聞かせてちょうだい。どんな子かな？」

「えっとねー、りくは、ぼくのふたごのおとうとなの！　げんきで、やさしいよ！　おとうとなのにぼくよりせがたかくて、ときどきおにいちゃんぶってた……あ、でもいまはぼくも、おなじおおきさだとおもう！」

空は久しぶりに東京の家族について聞かれたことが嬉しくて、一生懸命陸について話した。彩子も雪乃も、それを面白そうに聞いてくれる。

「りくはね、きれいないしとかすきなんだよ！　まるいのとか、しろっぽいのとか、おさんぽいってさがすのがすきだって」

陸は集めた石を宝物だと言って箱に入れて、空にもよく見せてくれた。空が保育園に行けるようになったら一緒に探そうとよく言っていた。

別れ際に空にくれた丸い石は、そんな陸の一番のお気に入りだった。

「りく……げんきかなぁ」

空は無意識でぐるぐると回し続けていた手をふと止めて、窓の外に目をやって小さく呟く。

そんな空の背にそっと手を当て、雪乃が優しく撫でた。

「元気だっていつも手紙が来るじゃない。この冬は無理だったけど、春にはきっと会えるわ。空……ほら瓶の中を見てご覧なさい」

「え？」

雪乃に促され、空は視線を下に戻した。さっきまで乳白色の液がぐるぐると渦巻いていた瓶の中を見る。

「え……みどりいろになってる⁉」

空は驚いて目を見開いた。瓶の中の液体が知らぬ間に色鮮やかな緑色に変わっていたからだ。空がぼんやりしている間に彩子が染料でも入れたのだろうかと思ったが、そんな動きはしていなかったはずだ。

目を丸くしている空に、彩子がいたずらが成功したような顔で笑った。

「これが愛し染めだよ。さ、雪乃さん糸を入れてちょうだい」

「ええ」

雪乃は糸の束を二つ、液の中に滑り込ませるように瓶に入れた。彩子がそれを木の棒で絡め、深く沈めてかき回す。

すると今度は突然、緑色だった液体が瓶の外側からすぅっと乳白色に戻ってゆく。空が驚いて見つめている間に緑色の部分はどんどん真ん中に集まり、やがて中心に沈むように全て消え失せ、元の乳白色だけになった。

「わぁ……いろ、なくなった！」

「色は、ほら。この通り、ぜーんぶ糸に入ったよ」

緑色の部分がなくなったのを確かめてから彩子が木の棒を持ち上げると、そこに絡んでいた生成りの糸は僅かな間に新緑のような美しい緑色に染まっていた。

糸を引き上げた瓶の中の液体は完全に乳白色に戻ってしまっている。空はその液体と糸を不思議そうに何度も見比べた。

「きれいなみどり……」

「これはね、空くんが思う陸くんの色だよ。この染色液はココロウツシっていう花で出来ていてね。その花の力で、混ぜた人が誰かを思う気持ちを映して色を生み出してくれるのさ。だから愛し染めって言うんだよ」

その不思議な作用に空は口をぽかんと開けて彩子と糸と雪乃を交互に見やった。

雪乃は嬉しそうに毛糸を彩子から受け取り、近くのロープに掛けていく。

「綺麗な色ねぇ」

「本当に、良い色だわね」

「……りくの、いろ」

それは、新緑の木々から写し取ったような若葉色だった。記憶の中にいる陸に確かに相応《ふさわ》しい色に思えて、空の目頭がじわりと熱くなる。

(僕の中に、ちゃんと家族がいる……皆に、早く会いたいな……)

ぐしぐしと目元を袖で擦り、そんな気持ちをぐっと呑み込んで空は顔を上げた。

「つぎやりたい！」

「よし、じゃあどんどん染めちゃおうね！　次は誰がいいかな?」

「つぎはおねえちゃんにする！　おねえちゃんはね、こゆきっていうんだよ！」

自分の中に家族の姿を探すように、憶えていることを一つ一つ確かめるように、空は一生懸命語り、棒で瓶をかき回す。

雪乃はその姿を見て、こっそりと少しだけ涙を拭った。

春が待ち遠しい、と思いながら。


「これが、出来た毛糸か。どれもよい色なのだぞ！」

「えへへ、ありがとう！」

空は家に帰って、出来上がった糸をヤナに見せた。

糸はどれも綺麗な色に染め上がり、雪乃が魔法で乾かしたので元通りふわふわだ。

陸の緑、小雪の薄桃色、樹は鮮やかな青。母の紗雪は優しい橙色で父の隆之は大人っぽい紺色だった。

「この赤は誰のなのだ？」

椿の花のような鮮やかな赤い糸を手に取り、ヤナが首を傾げる。

「それはね、ヤナちゃんのだよ！」

「ヤナの？」

「うん！　これでヤナちゃんに、まふらーでおふとんなの、つくってもらうのどうかなって！」

人の姿の時はマフラーにして、ヤモリの姿の時は布団代わりに潜ったらどうかと空は考えたのだ。

いつも黒に赤い椿柄の着物を着ているせいか、空の中のヤナのイメージはその椿の赤になったらしい。

ヤナは赤い毛糸を手に取り、大事そうに抱えて頬をそっと寄せた。

「ヤナの……そうか。ヤナはすごく嬉しいぞ。空、ありがとう」

「えへへ。あんでくれるのは、ばぁばだけどね！」

空が照れ笑いすると、その膝にいたフクちゃんが何となく不満そうに羽を膨らませた。

「ホピ……」

布団が出来てヤナに張り付かれなくなるなら嬉しいが、マフラーはちょっと羨ましいらしい。

空はそんなフクちゃんにニッコリ笑って、横に置いてあった自分のマフラーで小さな体をぐるぐると巻いた。フクちゃんの小さな白い体は水色のマフラーにすっぽり埋もれてしまう。

「フクちゃんはねー、ぼくのこれのあまりで、ばぁばがちっちゃいまふらーあんでくれるって！だから、ぼくとおそろいね！」

「ホピッ！　ホピピ！」

それまでまっててね、と言うと、フクちゃんは高らかに鳴いてまたふわりと膨らんだ。

今度は嬉しくて羽毛が逆立ったらしい。

「お揃いも良いな！　ヤナもそっちにしようかなー」

「ホピッ⁉」

揶揄《からか》うようにヤナがそう言うと、フクちゃんがブルブルと首を横に振ってビービーと威嚇《いかく》する。

外で冷たい風が吹いても、米田家は今日も温かく賑やかだった。

二　狩りとお留守番

日々は過ぎ、少しずつ冬らしい曇り空が増え、冷たい風雨が吹き付ける日が増えてきた。

そんな悪天候の合間に嘘のように晴れたその日、空は朝食のあと、雪乃に連れられて村の中央の神社にやって来た。フクちゃんも一緒だ。

そして今日は神社へ来るまでの道行きも、到着した境内や拝殿の中も、見回せば空と似たような年頃の子供たちとその親たちでいっぱいだった。

「おはようございます、アオギリ様」

「アオギリさま、おはよーございます！」

「ピッ！」

「うむ、おはよう。空と……フクだったか。よう来たのう」

アオギリ様は拝殿の入り口で子供連れの家族を迎えていた。雪乃と一緒に空もフクちゃんも元気よく挨拶する。

それから空は周りをくるりと見回した。

集まった子供たちは境内を走り回ったり、友達同士で集まってお喋りをしたりと賑やかなことこの上ない。

空はこんなに沢山の子供を見たのは夏の祭り以来のような気がして、物珍しくあちこちを眺める。

「あ、そら、おはよー！」

「おはよー、アキちゃん！」

子供たちの中には明良もいて、空を見つけて手を振ってくれた。

明良とは美枝が一緒に来ていて、美枝と雪乃も挨拶を交わす。

「美枝ちゃんは今年は子守の当番だったわよね？」

「ええ、ここで皆のこと見ているわ」

「空の事もよろしくお願いね」

「ええ。雪乃ちゃん、頑張ってきてね」

雪乃は美枝の言葉に頷くと、しゃがみ込んで空に目線を合わせた。

「じゃあ空、ばぁばもじぃじたちと一緒に狩りに行ってくるから、ここでフクちゃんや皆とお留守番して、遊んでてね。アオギリ様や大人の言うことはちゃんと聞いてちょうだいね」

「うん！」

「ホピッ！」

事前に今日の説明を聞かされていた空は元気よく頷いた。フクちゃんも任せろとばかりに胸を張って高く鳴く。

今日は村人総出で、冬前の狩りが行われる日だ。

山の木々が葉を落とし草が枯れるこの頃になると、村の周りには村に残った冬野菜や干した作物、村人の力でまだ茂る草木を狙って鹿や猪などの動物が集結するのだという。

それらは普段はアオギリ様が張る獣用の結界に阻まれて、村に入って来る事はほとんどない。

しかしアオギリ様はもうじき眠りについてしまう。

眠りにつくとアオギリ様の結界は少しばかり弱まり、どうしても薄い場所や小さな穴が空いた場所が出来たりする事があるらしい。そうなるとそこから山の獣が村に入り込むことがあるのだそうだ。

そんな訳で、アオギリ様が眠りにつく前に村人がほぼ総出で大規模な狩りを行い、村の近辺にいる獣の数を減らすのだ。空は雪乃に今日の事をそう教えてもらっていた。

それだけではなく、冬に備えた肉の確保のための行事という意味も大きいらしい。

狩りは村内の山際の何カ所かで行われるのだが、その時だけアオギリ様がその場所の結界に穴を開けて獣を誘う。

その間、うっかり討ちもらした魔獣がその穴から村に入ってきても危なくないよう、狩りに参加できない小さな子供は神社に集めて守りを厚くし、まとめて面倒を見ることになっているのだ。

ある程度自衛出来る年齢になったり、安心できるほど強い子供は狩りに参加したりもするらしい。

「そらちゃん、おはよー！」

「あ、ユイちゃんおはよう！」

雪乃からお弁当の入った包みを受け取っていると、後ろから声が掛けられた。空が振り向くと、野沢家の武志と結衣と、その両親が立っていた。

「空、おはよ。今日は結衣のことよろしくな！」

「タケちゃんおはよう！　タケちゃんは、かりにいくの？」

空が聞くと武志が嬉しそうに頷く。

「へへー、強くなると参加できるんだぜ！　俺はウサギとかなら挑戦してもいいって言われてるんだ。解体とかも習うから、楽しいぞ！」

「いいなー、タケちゃん！」

「そ、そうなんだ……」

明良は羨ましそうな声を上げたが、解体と聞いて空は思わず少し怯んだ。

前世でも今世でも空が目にしたことがある肉は、綺麗に処理されたりパックされたりしたものか調理済みのものだけだった。

皮を剥いだり血や内臓を抜いたり、食べるためには当然そういう事が必要だと知識ではわかっているがまだ実際に見たことはない。

もう何年か後にはそんな行事に自分も参加するのだろうか、果たして出来るのだろうか、と空は考え、少し怖気づく。しかしそんな空を横で見ていた雪乃が、魔法の言葉を教えてくれた。

「空、良いこと教えてあげましょうか。子供たちが狩った動物は、全部狩った子のものになるのよ。自分で食べたいだけお肉を狩って良いの」

その言葉の効果は抜群だった。空の顔がさっと上がり、瞳がキラリと煌めく。

狩ったら全部自分の物。何という甘美な言葉だろう。

「じゃあぼくがかったら、ぜんぶぼくの？　たべたいだけ⁉」

「ええ、そうよ！　参加するにはある程度強くなって、周りの大人の許可をもらわないとだからまだ先だけど……お肉食べ放題目指してがんばりましょうね！」

「うん！」

空はまだ見ぬ肉に思いを馳せ、零れかけた涎《よだれ》を拭う。

お腹いっぱい気兼ねなく肉が食べられるなら、空はいくらでも頑張れる気がした。

「がんばって、つよくなって、いっぱいたべる！」

「ふふ、その意気よ。でも今日はまだ、皆とお留守番しててね」

「うん、いってらっしゃいばぁば！　おにく、たのしみにしてるね！」

「任せてちょうだい！　沢山獲って来るわね！」

雪乃は可愛い孫の応援に張り切って出かけて行った。

あとに残ったのは大勢の子供たちと、その子守をする数名の若者や大人たちだ。

子守の人達は、空よりも小さくまだ手の掛かる乳幼児たちの面倒を見ながら、自分で遊べる年頃の子供たちが危ないことをしないよう、目の届かないところに勝手に行かないように見守っている。

「そら、かくれんぼしよう！」

「うん！」

空は明良に誘われ、結衣や遅れてきた勇馬、それからかくれんぼに参加したいという何人もの知らない子たちと一緒に境内や拝殿を駆け回った。隠れ場所は沢山あるので、鬼を変えて何度もやっても飽きが来ない。

アオギリ様は拝殿の階段に腰を掛け、遊ぶ子供たちを楽しそうに眺めていた。

「アキちゃん……ぼく、ちょっときゅーけーするね……」

しばらく遊んだあと、空は足を止めて明良に休憩を申し出た。少し疲れたなと思った頃にお腹が鳴り、肩に乗っていたフクちゃんが空の頬をツンツンと突《つつ》いて休もうと促してくれたのだ。

空はまだ他の子供たちよりも体力がない。明良や結衣は空より年上だし、同じ歳の他の子も田舎育ち故に空よりずっと体力がある。そんな子たちと一緒に駆け回っていたのだから、疲れるのも当然だった。

「そらちゃん、つかれちゃった？　だいじょうぶ？」

「うん。ぼく、なかでちょっとおやすみする」

「わかった、じゃあまたあとでな！」

時刻はちょうど十時頃だ。燃費の悪い空の体はそろそろ燃料を必要とする。

空は明良たちに手を振って拝殿に入ると、子供たちの荷物が置いてある場所から雪乃が置いていった風呂敷包みを探して手に取った。

中身はおやつのおにぎりや水筒だ。それからどこかそれを食べるのにちょうどいい場所はないかと辺りを見回した。すると拝殿の奥の方でアオギリ様が空の方に手を振り、手招いてくれたのが見えた。

「空、一休みか？」

「うん。おなかすいたから、ひとやすみ、です！」

空が風呂敷包みを掲げて嬉しそうに報告すると、アオギリ様はにこりと笑って拝殿の脇にある小さな出口の方を指さした。

「ならばあちらの建物で食べたら良い。ここは開け放しておって寒いからの。あちらにはちょっとした作業や休憩をするのにちょうど良い部屋があるのだ」

「いいの？」

「うむ。空はまだちと村の子より弱かろう。休みを挟むのは良いことだ。我と一緒にお茶を飲もう」

空は傍で小さな子をあやしていた美枝に手を振り、アオギリ様と連れだって拝殿を出た。

屋根付きの渡り廊下で繋がった建物は、社務所や神主の龍花家の住居となっているらしい。

渡り廊下のすぐ先にあった戸をアオギリ様が開けると、そこは囲炉裏のある畳の間になっていた。

「あら、アオギリ様。どうされました？」

「うむ、澄子《すみこ》か。ちと茶でも飲もうかと思うてな。空を誘ってきたのだ」

囲炉裏の傍には繕い物をしている巫女姿の女性が一人座っていた。白く長い髪を後ろできちんと結んだ、上品で穏やかそうな雰囲気の老婦人だ。

澄子、と呼ばれたその人はアオギリ様の後ろにいる空を見て微笑み、どうぞと中へ誘ってくれた。

「こんにちは、そらです！」

「あら、元気ねぇ。私は龍花澄子ですよ。ここの神社の神主の奥さんなの」

「かんぬしさんのおくさん……やよいおねーちゃんたちの、おばあちゃん？」

「ええ、そうよ。どうぞよろしくね」

そう言って澄子は優しい笑顔を見せた。澄子はこの神社の仕事を手伝っているが、もう年なので裏方に回ると言って表の仕事は全て弥生に任せて滅多に顔を出さない。

今日も弥生は子守に参加して子供たちと追いかけっこしていたが、澄子は裏で片付けものなどをしていた。辰巳や大和は村のどこかで狩りに参加している。


「お茶を入れますね。空くんも何か飲むかしら？」

「ぼく、ばぁばのおちゃがあるから、だいじょうぶ！　アオギリさま、ここでたべていい？」

「うむ。囲炉裏の傍に来るとよい。暖かいからの」

「ありがとう！」

手招きされたので、空は囲炉裏の傍に腰を下ろした。暖かな空気が心地いい。皆と一緒に走り回っているときは気にしなかったが、一度休むとやはり空気の冷たさを感じてしまう。

空はさっそく風呂敷包みを丁寧に開いた。中身はおにぎりの包みと竹筒の水筒だ。

「いただきます！」

空のおにぎりは竹の皮で包まれて紐で結ばれていた。空はお弁当箱よりもこの包み方が気に入っていて、それを知っている雪乃が毎回こうして包んでくれるのだ。

この古めかしさが空には逆に新鮮で、物語に出てくるアイテムのようで何だかうきうきして、おにぎりがより美味しい気がして嬉しい。

今日のおやつのおにぎりは、中に鮭を入れて外側を葉っぱの漬物で包んだものと、大根の葉のふりかけを混ぜたものだ。大きなおにぎりはどちらも二つずつ入っていた。

空はさっそく鮭のおにぎりを手に取って大きな口を開けて齧《かじ》り付いた。その間に澄子がお茶を入れ、アオギリ様に差し出す。

空が大きなおにぎりを両手で持ってリスのように頬を膨らませ、時折頬についた米粒をフクちゃんに取ってもらっている様を面白そうに眺めながら、アオギリ様もお茶を飲み少しばかり干菓子を口に運ぶ。

アオギリ様は金色の瞳で空を見つめながら、それでいてどこか遠くを見ているようでもあった。

大きなおにぎりを三つ食べ終えたところでやっとお腹が落ち着き、空は満足そうにお茶を飲んだ。竹筒の中の麦茶は何故か温かく、ちょうど飲み頃の優しい温度なのが嬉しい。

ふはぁと満足そうな息を吐くと、それを聞いていたアオギリ様がくすくすと笑う。

「空は、よう食べるのう。しかも美味そうに食うなぁ」

「だって、ばぁばのおにぎり、おいしいから！」

「そうかそうか。飯が美味いのは良いことだな」

「ばぁばのごはん、いっつもおいしいよ！　きょうもね、じぃじとばぁばが、おにくいっぱいとってきてくれるって！」

空が期待に目を輝かせてそう言うと、アオギリ様はさらに面白そうに笑った。

「わはは、米田のが行く場所は、穴の周りの結界を厚くしてくれと頼まれておるぞ！　幸生が張り切りすぎて穴をでかくするかもしれんとな」

「アオギリさま、そういうのできるの？」

「うむ、出来るぞ。まぁちょいちょいとな」

「すごーい！」

空が素直に尊敬の眼差しを向けると、アオギリ様は笑って空の頭を撫でた。

アオギリ様の大きな手は、実は少しだけ爪が細長く尖っている。けれどその爪が幼子を傷つけぬよう、注意深く優しく手が動く。

空はその優しさを感じながら、アオギリ様の顔をふと見上げた。アオギリ様に聞いてみたい事があったのを思い出したのだ。

「ねえアオギリさま……あんね、アオギリさまは、どうしてねちゃうの？」

「うん？　冬になるとか？」

「うん。うちのヤナちゃんは、さむいのきらいだっていうけど、ふゆもねむらないよ？」

「ふむ……」

空の問いにアオギリ様は少し首を傾げる。それから言おうかどうしようかと少し悩むような顔をした。

「ううむ……空は賢いようだから、わかるだろうかの？　我らのような人でないものはな、存在するのに様々な制約がある場合が多いのだ」

「せーやく？」

（漢字で書くと何だろ……制約、かな？）

頭の中で漢字を想像しながら、空はアオギリ様の言葉にじっと耳を傾けた。

「そう。何と言えばいいのかの……そも、我らのようなものが意思を持ち姿を持ち、人の隣人になるには、それまでの間に色々な過程があり、色々な要素が必要なのだ……そしてその色々なものが、我らの習性を決めてしまう」

「よくわかんない……」

抽象的な表現に空が首を傾げると、アオギリ様も困ったように首を傾げる。すると傍にいた澄子がくすくすと小さく笑った。

「そうですねぇ……ね、空くん。空くんの傍にいるその子は、どうやって生まれたの？」

「フクちゃん？　フクちゃんは……ぼくがたすけてほしいって、おねがいしたから？」

「ホピピッ！」

「その姿も空くんが願ったもの？」

「うん。ぼく、こわくない、ことりみたいなこがいいなって」

膝の上のフクちゃんを撫でながら空がそう言うと、澄子はそれを見ながら頷いた。

「その子は空くんの願いから生まれて、空くんを助けてくれるのね。けれど小鳥の姿を得たから、小鳥のような習性に縛られ、喋ることができないのかもしれないわ」

「あ……」

「わかった？　アオギリ様が仰っているのは、それと同じような事なの」

その説明に空は納得してアオギリ様をまた見上げた。

「うむ。我には、我がこの姿を得るまでの年月に応じたそれなりの歴史……物語がある。それ故、我は年の半分を眠りと共に過ごすという制約を受けておるのだ」

「ものがたりって、どんなの？」

空の素直な問いに、アオギリ様は少しだけ寂しそうな、困ったような顔をした。

「それは、空にはまだちと早い話であるからな……もう少し大きくなったら聞かせてやろう」

「えー、いまききたい、です」

空が残念そうにそう呟くと、澄子がアオギリ様の横で手をひらひらと横に振った。

「恋物語だから、自分から言うのが恥ずかしいのよ」

「これ、澄子！」

慌てるアオギリ様の姿に澄子はまたくすりと笑い、なら今日は別の物語を聞かせてあげると微笑んだ。

「べつのものがたり？」

「そう、この村の子供たちが大好きな、オコモリ様のお話。空くんはもうオコモリ様には会ったかしら？」

「オコモリさま⁉　あったよ！　とんぼがきたとき、たすけてくれたの！」

空が嬉しそうに頷くと、澄子はオコモリ様を思わせるような優しい笑顔を見せた。

「オコモリ様はね、昔々、この村に住む普通のお婆さんだったの」

「そうなの？　おじぞうさまなのに？」

「ええ。オコモリ様はごく普通に生まれてこの村で育ち、働いて、結婚して、子供を産み育てて、孫が生まれて……そんな、よく働く普通のお婆さんだったのよ。もちろん、ちゃんと名前も別にあったの」

空はオコモリ様の昔話に目を丸くして聞き入った。


一方その頃。

東地区のスイカやトウモロコシの畑だった場所ではそろそろ狩りが始まろうとしていた。

夏の間この畑は、作物の逃亡防止や勝手な飛散防止のために木の板で作った背の高い塀で囲われていた。

今は隣り合った広い畑を区切っていた部分と山に面した部分の板が取り払われ、コの字型の塀で囲まれた一面のだだっ広い畑となっている。朝から集まった全員で、まずその余分な板を取り払う作業を行っていたのだ。

塀の板は来年も使うので丁寧に束ねて安全な場所に運ばれた。

がらんとした広い畑には、入り口から手前三分の一ほどの場所にだけ、獣を寄せる餌とする為の作物が植えてある。大根や白菜、菜っ葉など限られた種類の冬野菜だ。

「さて、塀の移動は終わったが……野菜はどうする？　全部はいらねぇだろうし、もったいねぇからある程度抜いちまうか？」

東地区勢として参加している善三が畑の一角を指さして幸生に聞いた。

幸生はその問いに首を横に振った。

「今年は餌を走り大根、跳び白菜、暴れ冬菜に絞ってみた。どれも狩りが始まれば勝手に端に逃げるか、適当に反撃するはずだ」

ここの畑は幸生を始めとした農作業が得意な者たちが共同で管理している。

魔獣をおびき寄せる餌用といえども、育てた野菜を狩りの間に食われたり踏み荒らされたりするのは忍びないと、自力で逃げたり反撃する力を持つものに限定して育てていたらしい。

「野菜が走って村の中に逃げねぇか？」

「入り口を閉めてあるし……逃げたら後で狩れば良い」

周りにいた村の衆もその意見に顔を見合わせ、そうだな、そうするかとそれぞれ頷く。

「じゃあ狩りが終わったら残った野菜も狩って、鍋にでもするかぁ。幸生さんの育てた野菜は美味いからな！」

「おう、いいな。なら猪肉《ししにく》がいいよな」

「すぐは固ぇだろ」

「うちに食べ頃で冷凍したのがちっと残ってたはずだから、そういうの出し合おうや」

方針が決まるともう狩りが終わった後の話をしながら、幸生たちは畑の奥の方に適当に散らばって間隔を開けて一列に並んだ。幸生はその列の中心辺りに立つ。

村人たちはさらにその後ろにも二本の列を作った。一番前の列の隙間を埋めるように、二列目に経験の浅い若者や、肉弾戦が少し苦手な者たちが並ぶ。

その後ろの三列目に並ぶのはもっと若い、武志のようなやっと狩りに参加させてもらえるようになった子供たちだ。

前線は幸生や善三、その他の実力者が並んで大物を狩り、その間をすり抜けた若い魔獣を若者らが狩る。さらにその足元をすり抜けてくる小さな野兎などを子供たちが狩るのだ。

人間が列に並び終えると、今度はそこに魔獣使いの田亀に先導された犬たちが賑やかにやって来た。

少し前に犬居村から出稼ぎに来た犬たちで、茶色や黒、白と毛並みの色も様々な日本犬だ。

冬の間は田亀の所に居候《いそうろう》し村の警備を手伝っているのだが、自分たちの食い扶持《ぶち》を稼ぐためにこうして狩りにも参加しにきたのだ。

「よーし、じゃあお前らは前の方な。くれぐれも米田さんが戦う辺りには近づくなよ！」

落ち着いた大人の犬たちは、田亀の指示に慣れた様子で最前線に立つ村人の傍に散っていった。

残ったのはワンワンキュンキュンと浮かれた様子で鳴くまだ年若い犬たちだ。

「ほら、お前たちは若いのや子供たちに付くんだ。兎を追うのは得意だろ」

田亀が若い犬たちを適当にばらけさせ、後ろにいる子供たちの傍に配置していく。

それが済むと田亀はまだ残っている犬たちを連れて、別の地区へと移動していった。犬たちは数が多いので四地区それぞれに分かれて参加するのだ。

「犬も来たし、やるか」

「いや、ちょっと待て。雪乃さんたちの準備が出来たか確認してからだ」

配置が済み、やる気に満ちた幸生が足を踏み出すのを横にいた善三が一旦止める。そして畑の端の方に視線を向けた。


一方、雪乃は魔法が得意な人と一緒に、畑の塀の傍に氷の山を作っていた。狩った獲物の仮置きの為の場所を作っているのだ。

「このくらいでいいかしらね？」

雪乃たちの魔法によって出来たこぶし大くらいの氷は、塀の脇に積み重なって白い帯を作っている。魔法で出したり井戸から引っ張り上げた水を使って氷を作り、それを手分けして適度に広げたのだ。

狩った獲物はすぐに血抜きをして冷やさねば味が落ちてしまう。その為に、氷や水の魔法が得意な人達が大活躍だ。

「いいんじゃねぇかな。いつも通り血抜きやら水洗いは俺や他の奴がやるから、雪乃さんは解体後の冷凍を頼むよ」

「ええ、わかったわ。あ、でも美味しそうなのがいたら、ちょっと狩りにも参加するわね」

水魔法が得意な者の一人、明良の祖父の矢田秀明が雪乃に頷き、それから前線の方に視線を向けた。

「雪乃さん、善三が手ぇ振ってるぞ」

「あら、あっちも準備できたかしら？」

雪乃が振り向くと、善三がパタパタと手を振り、両手で大きく丸を作った。それを見た雪乃も善三に手を振り返し、同じように丸を作って合図する。それからその片方の手を天に向けた。その手に青白い光を放つ球がフッと現れる。

「えいっと」

小さな掛け声と共にその手が軽く振られると、光の球は真っ直ぐ天に向かって飛んでいった。

やがて見上げるほどの上空にまで昇った球が、一際強い光を放ってパァンと大きな音と共に弾ける。すると、それを合図にしたのか不意に空気がざわりと動いた。

辺りを包んでいた何かが少し遠ざかり、代わりに山からヒヤリとした風に似た不穏な気配が流れてくる。すぐにそれに気付いた子供たちが不安げに辺りを見回した。

するとその前にいた若者たちが振り向いて、大丈夫だと彼らを宥めた。

「アオギリ様が結界に穴を開けてくれただけだ。近くにいるやつから気付いてどんどんこっちに来るから、準備しとけよ！」

兄貴分たちに言われて、子供たちがハイ！　と元気に返事をする。

それらを前の方の大人たちが微笑ましく見守り、同時に自分たちも近づいてくる地響きに気合いを入れた。

「来るぞぉ！」

誰かが大きな声で叫ぶ。畑の塀を取り払えば目の前は山へと続く緩やかな傾斜地だ。下草が綺麗に刈られて手入れをされた林が広がっている。

その向こうからドドドドド、という地響きと振動が徐々に近づいてくるのがそこにいる全員に伝わっている。

しかし一番後ろの子供たちが少し緊張しているくらいで、悲壮な空気は誰にもない。前に立つ大人たちは冬の肉がどのくらい欲しいだの、今年の脂のノリはどうだろうだのと暢気な話をしていた。

一番危険な場所に立つ幸生はといえば、空はどのくらい食べるだろうか、美味しいと喜ぶだろうか、またじぃじすごいと目を輝かせてくれるだろうかと、その頭の中は孫でいっぱいだ。

「おう、幸生。孫可愛さに狩りすぎるなよ？　おい、聞いてるか？　おい！」

微動だにしない幸生に、隣にいた善三が心配して声を掛けた。幸生はそちらをちらりと見て、うむ、と頷く。

「聞いてる……雪乃にも大物は五頭くらいで我慢しろと言われている。だが少なくないか？　せめて十……二十……いや、五十くらいはいいんじゃ……」

「やめろ！　狩り尽くすな！」

「空ならきっと食う」

「さすがに無理だっつーの！　いや……無理だろ？　無理だと言え！」

空の底なしの胃袋をふと思い出し善三は不安に駆られ、ブルブルと頭を横に振った。

その時、森の木々がざざっと大きく揺れ、その向こうからついに魔獣の群れが姿を現した。ドッと森が溢れるように、木々の合間から無数の獣が列を成して凄まじい勢いでなだれ込む。

その先頭にいるのは見上げるほど巨大な猪だった。それが細い木をなぎ倒しながら幸生に真っ直ぐ迫る。幸生は顔を上げてフン、と鼻をならすと、足を軽く上げて勢い良く地を蹴った。

「ピギィィィッ⁉」

次の瞬間、大猪が突然地に沈んだ。ドゴンと大きな音を立ててその巨体が転げ、下半分が土に隠れる。幸生は自分が作った落とし穴に落ちた猪に僅か一歩で近づくと、その巨体の脳天を振り上げた拳で思い切り叩く。

「ギュアアアアアッ！」

ゴッ！　と鈍い音が辺りに響き、大猪の悲鳴が再び上がった。そしてそれっきり大猪は沈黙し、力を失って穴の中にへたり込むように絶命した。

「あのデカブツが一撃かよ。気合い入りすぎじゃねぇか？」

それを横目に善三が呆れた様子でため息を吐いた。善三は小さくぼやきながら、右手の指に挟んだ細長い竹串をくるくると遊ぶように回して出番を待つ。

だが待つまでもなく、倒れた大猪の横を抜けて一頭の牡鹿《おじか》が善三の方に真っ直ぐ向かって来た。

跳ねるように軽快に走ってきた鹿は善三の少し手前で速度を落とすと、その立派な角の間に炎を灯した。魔法が得意な個体だったらしい。

真っ赤な炎は角の間で凝縮され、見る間に燃えさかる火の玉となる。そしてそれが善三に向かって勢い良く撃ち出され――る直前、しかし唐突に牡鹿はふらりと体を傾け、ドッと倒れた。口からは泡を吹き、何度か足が宙を掻いたが、やはりそれっきり牡鹿はピクリとも動かなくなった。

牡鹿の眉間には、さっきまで善三の手にあった竹串がいつの間にか深々と突き刺さっていた。

――昔々、普通のお婆さんが、普通の生活をしていた頃の事。

ある年、どこから来たのか村に悪い風邪が流行り、多くの村人が病に倒れた。その病によってお婆さんは自分の夫と息子夫婦、果ては孫までをも一度に失ってしまった。

どんな巡り合わせか自分だけ生き残ってしまったことを彼女はひどく嘆き、けれど思い余って後を追うような事も出来なかった。

お婆さんは悲しみに暮れ、毎日泣きながら過ごしていたが、やがて村の中で同じように病で家族を失った者から助けを求められた。

働き手が減った家で子供が放っておかれたり、母を失って幼子と父が途方に暮れたりと、そういう家族から昼の間子供を預かり、代わりに食料を分けてもらうことになったのだ。

子守として、おばあ、ばあちゃんと呼ばれながら何人もの子供たちの世話をするうち、それは彼女の心を少しずつ癒やし、やがて新たな生きがいとなった。

この老いぼれにもまだ出来る事がある。ばあちゃんと呼んでくれる子供たちの可愛さよ。

そうしているうちに彼女はすっかり笑顔を取り戻し、失った家族の代わりに預かった子供たちを大層可愛がった。時に厳しく叱ったりもしたが、そこにある温かい心に、村の子供たちは皆彼女のことを慕ったのだ。


ところが、ある厳しい冬の終わりのこと。

普段は村に近づかぬはずの獣の群れが来たと、村が騒ぎになった事があった。

大人たちは総出で村を守り、村に入った獣と戦った。しかし獣の中にいた狡猾《こうかつ》なものが、その裏をかくように村の奥へと忍び込んだ。

そこには子供らが預けられている一軒の家があったのだ。

外にいた幼子を見つけて、獣は柔らかな獲物だと喜び襲いかかった。

しかしそこに立ち塞がったのが、子守のお婆さんだった。

鍬《くわ》の柄一本をきっと構え、お婆さんは獣を打ち払った。子供たちを家に入れ、しっかりと全ての戸と閂《かんぬき》を閉めて、決して開けてはいけないと言い聞かせ、彼女は一人、家を囲む獣らと果敢に戦った。

しかし彼女は村人としては元々さほど強くはなかった。獣の牙が、爪が、その体を傷つけ、弱らせてゆく。

それでもお婆さんは子供たちを背に一歩も引かず、とうとう村人が助けに駆けつけるまで、子供たちを守り切ったのだった。

村人が家に駆けつけて見たものは。

辺りに広がる赤い血と、倒れ伏した獣たち、そして折れた棒を抱えたまま事切れたお婆さんの姿だった。

村人が家の扉を開ければ、全員無事だった子供たちが転がり出て、ばあちゃん、ばあちゃんと泣きながら彼女に縋り付いた。

村人たちはお婆さんの勇敢さと子供らへの愛情に深く感謝し、彼女を丁寧に村の墓地に埋葬した。

そしてそのあと、お婆さんを思って泣く子供らへの慰めに、彼女を模したお地蔵様を作った。

子守の婆さん、改め、オコモリ様と呼ばれるようになったお地蔵様はこうして生みだされた。

その地蔵は村の人々に感謝と共に深く愛され……やがてその思いは力となってその地蔵の存在自体を変化させた。オコモリ様は子供たちに危険が迫ると助けに現れる、本当の守り神へと生まれ変わったのだった。

「……というお話なのよ」

「ふぇぇぇ……オコモリさま、かわいそう……」

空はオコモリ様が生まれるまでの昔話を聞きながら鼻をぐすぐすと啜った。

あの強くて優しいお地蔵様のお婆さんに、そんな悲しい物語があったなんてと半泣きだ。

（お地蔵様になって、今もなお助けてくれるなんて……オコモリ様、すごい！）

そんな空の涙をアオギリ様が手ぬぐいで優しく拭い、頭を撫でる。

「子守のババと、地蔵と……果たして両者に同じ魂が入っておるのかは、わしにもわからぬ。だがアレはそうやって人の思いから生まれ、子を守る力を得た。だから、子供の危機にしか現れない……現れる事が出来ぬのだ。これもまた、その成り立ちゆえの制約よな。まあ、夜遊びをする悪い子を叱る時にも現れるらしいが」

「それが、せーやく……」

空が呟くと、アオギリ様はそうだと頷いて空の丸い頭をまた撫でた。

「人は不思議よな。例えば美しい森や山を見て、ここには神が住まっていそうだと言う。あるいは薄暗い沢を見て、ここには妖怪がおるかもしれぬと怯える。何にでも何かの存在を想像し、そこに物語をつけて他者へと語り……やがてそれを真にしてしまうのだ」

「そうですね。そうして生まれた畏怖が伝承や信仰になり、やがて人ならざるものを生み出し力を与える。それと同時に、そこに至るまでの物語に根ざした制約を負う事が多いのが、また面白いですわね」

アオギリ様と澄子が微笑みながら語った言葉に、空はなるほどと内心で頷いた。

（そうやって、人の気持ちから神様とかが生まれて、でも人の想像に縛られちゃうんだ……なんて不思議なんだろう）

人々が想像し語り継いできた昔話に登場する妖怪、あるいは先祖代々大切にしてきた神様。

そんなものが、星が落ちて世界が変わった後に書物の中から立ち上がり歩き出したような。そんな光景を空は想像し、ファンタジーだ、と心の中で呟いた。

「ヤナちゃんとかコケモリさまにも、そういうのあるの？」

「家守は守る家から離れれば力を減らすだろうの。コケモリのような山守も、基本的には自分の縄張りから出る事はないぞ。あれらは縄張りを定める事で力が大きく増すのだ。本来は弱い生き物の事が多い」

「そっかぁ……じゃあえっと、フクちゃんは、おしゃべりできないだけ？　とおくにはいけるのかな」

空が膝の上のフクちゃんを見下ろすと、小さな白い鳥はひょこりと首を傾げた。

「それは空と契約した形になっておるから、空からあまり離れぬだろう。だが家守よりは多少自由があるやもしれぬな」

「けーやく？」

聞き返すと、アオギリ様は真面目な表情を浮かべて頷いた。

「契約というのは人の言葉だが……まあ、空と深い縁《えにし》が結ばれているということだの。ちと難しいのだが、人とそういう縁を結んだ人ならざるものは、その者に属することとなる。縁や血に絡まり、新たな形を得る。それはつまり、己を縛る物語から解き放たれる事を意味するのだ」

空はその話の意味がよくわからず首を傾げた。

アオギリ様は空にわかる言葉を探してしばし考え、やがてポンと手を叩いた。

「そう……例えばの、わしがその、弥生と夫婦になったのなら……多分、わしは半年眠らずに済むようになるということだ」

「そうなの⁉」

空はビックリして目を見開いた。アオギリ様は照れながら頷き、しかしすぐにため息を吐いた。

「そうなのだ……わしはもう弥生が生まれた時からずっと口説いておるのになかなか承知してもらえぬのだが……その為ではないのにどうも信じてくれなくてのう」

「アオギリ様、それは子供にする話ではありませんよ」

続きそうだったアオギリ様の話を、澄子が微笑みながらすっぱりと止めさせる。

（あっ、ちょっとそれ聞きたかったのに……）

続きが気になる空は止められてしまい残念に思った。

しかし弥生が生まれた時からの話となると、ちょっと時間が掛かりそうだ。

（そのうち誰かに聞いてみようっと）

空は話を誤魔化そうとする澄子から干菓子を貰い、ボリボリ囓りながら頭の隅にメモをした。


「とにかくまあ、あれだ。良いか、空」

「はい？」

「この世は、生きている人間が一番強いのだ。お前たちの思いは、時に我らのようなものを生み出し、あるいは討ち果たすこともあるほどの可能性を秘めておる」

アオギリ様は空の目を真っ直ぐに見て、そう告げた。

「だからこそ、我らのようなものの中には、人を求めるものがおる。手っ取り早く己の存在を安定させる為に、人を必要とするものが」

「……それ、こわいはなし？」

「怖いかどうかはわからぬ。力あるものと寄り添い共に暮らすことは、双方にとって利益がある場合が多い。だが、悪いこともある」

悪いことというのがどういうものか、空には具体的にはわからない。

けれどアオギリ様も隣の澄子も真剣な顔をしていて、空は姿勢を少し正してその顔を見返し、耳を澄ませた。

「良いか、空。我はもうすぐ眠る。我が眠れば動くものがあるかもしれぬ。前にも言うたが、どこか遠くから呼び声が聞こえても、耳を傾けず、知らぬ振りをしなさい。決して応えてはならぬ。七つになるまでは、決して」

「ななつ……」

「お主はちと珍しい魂の色をしておるから、もしかしたら大丈夫かもしれぬ。だが、子供は守られてしかるべきもの。そのもしかに頼る必要はないのだ」

魂の色、という言葉に空はドキリとして思わず胸を押さえた。すると微かに空が震えたことを感じたのか、膝の上からフクちゃんがぴょんと跳び降りてアオギリ様の前に進み出て、ぐいと首を反らして胸を張った。

「ホピピッ、ホピ！」

「何だ、フクが守るのか？　うむうむ、それは良い心意気だ」

「ふふ、可愛いわね」

「えへへ、ありがと、フクちゃん」

空がお礼を言うと、フクちゃんは嬉しそうに羽をふわりと膨らませてくるくるとその場で回る。

皆がフクちゃんを見て和んでいると、不意に部屋にあった時計がポーンと一つ音を立てた。

それを見上げた澄子が慌てたように立ち上がる。

「あら、やだ。もう十一時。お昼に子供たちに出すお味噌汁の準備をしなきゃ！」

「おみそしる？」

今日神社で過ごす子供たちはそれぞれおにぎりなどのお昼ご飯を持ってきている。留守番の大人たちがお昼前に温かい汁物などを用意し、それを振る舞う予定でいたのだ。

「ええ。もう誰か準備を始めてるはずだわ。私も手伝ってきますね、アオギリ様」

「うむ、ご苦労だの」

傍にあった畳んだエプロンを手に取り、澄子はパタパタと部屋の入り口へと向かい、戸を開けて振り向いた。

「お昼になったら空くんも貰いに来てね」

「うん！」

絶対行くという決意を込めて、空は元気よく頷いて澄子に手を振った。

空がおやつに持ってきた風呂敷包みの中はもう空っぽだ。しかしお昼の分はちゃんと別に用意して持ってきていた。

「空は、昼にも握り飯を持ってきたのか？」

「うん！　えっとねー、おひるのはろっこなの！」

「ほう、よう食べてえらいのう」

好きなだけ食べているだけなのに褒められて、空はえへへ、と笑う。

それから、そろそろまた明良たちとの遊びに戻ろうかと風呂敷や竹の皮を手に取り、なるべく丁寧にひとまとめに畳んだ。

「……ね、アオギリさま」

「ん？　どうした？」

「ぼくのたましいって、なんかへんなの？」

さっきのアオギリ様が言った一言が空にはどうしても気になって、風呂敷を畳みながら顔を上げずに問いかける。

自分に残るうっすらとした前世の記憶や、それに影響を受けた心がおかしいのだと言われたらどうしようと思いつつ、それでも聞かずにはいられなかった。

アオギリ様はそんな空のつむじをしばし眺め、それからううむ、と一つ唸った。

「どう言えばいいのかの……さっきのも一応わかったようだから、これもわかるかの？」

空が顔を上げれば、アオギリ様はむぅと口をへの字にして悩んでいた。

「わかんなくてもいい……です」

「そうか？　ふむ……空の魂にはの、何というかこう、ちと影のようなものが差しておるのだ」

「かげ？」

「そう……影は印象が悪いかの？　少しばかり色がついておると言った方が良いかもしれん。その色が、空に影響を与えておるように見える」

空は何となく自分の体を見下ろした。けれど自分では何も見えない。毎日顔を洗う時に鏡を見ているが、特に気になることもない。アオギリ様のような存在にしか見えないのだろうかと思いながら、空は言葉の続きを待った。

「輪廻《りんね》……生まれ変わりというのは、空にわかるかの？　それは確かにあるし、魔法学とやらで実証もされておる、らしい」

「うまれかわり……」

その言葉に空の胸がまた跳ねる。それと同時に、それが実証されているのなら空のように前世の記憶が消えない事も不思議ではないという事なのかと、少しホッとしたような気持ちも湧く。

「人は生まれ変わるときに大抵は真っ新《さら》な魂で生まれてくる。だが、生来不思議な色を纏《まと》う者がわずかだがおる。わしが見たところ空のような状態は……アレは何と言うたかな、ほらあの、学校で子供がもらってくる家での勉学の」

「しゅくだい？」

「おう、それそれ。それだと思うのだ」

空が言い当てると、ポンと手を叩いてアオギリ様はスッキリした顔で笑った。

「ぼく、しゅくだいがあるの？」

「うむ、恐らくな。生まれ変わる前に何か心に残した事があって、それが今の空にぺたりと貼り付いておるのよ」

空は自分の前世の記憶について考えてみたが、よくわからなかった。そんな風に宿題と思えるような心残りを特に感じないのだ。

強いて言うなら田舎で過ごしたことがなかったという記憶からくる、田舎でスローライフをしてみたいという願いくらいではないかと思う。

それならば、ここに来たことで既にかなり叶っている気がするのだが。

空が考え込んでいると、アオギリ様がそういえばと小さく呟いた。

「この間、トンボが来たときな。わしに手を振って名を呼んでくれたろう」

「うん」

「あの時、空の声は何故か不思議とよう聞こえたのだよ」

「ぼくのこえが……なんで？」

上空にいたアオギリ様に届くかどうかなど考えもしなかった。ただお礼が言いたくて大きな声を出し、手を振った。あの時アオギリ様の名を呼んだのは自分だけではなかったはずだ。

「さて、何故かの……魂に残した宿題というのはな、今の生にも影響を残すことが多い。それは苦手なものや得意なものとして現れたり、魔法や能力などにも関わる事がある。もしかしたら空は、誰かに声を届けたいと願ったことがあったのかもしれぬな」

「こえ……」

やはり心当たりがなく、困ったような顔をした空の頭をアオギリ様は優しく撫でた。

「まあ要するに……わしには魂の様子から、空が普通の子より少々賢そうだとか、面白い能力があるかもしれんとか、そういう事が多少わかるというだけだ。宿題やら何やらはわからずともあまり気にするな。そういうのは大人になる頃には消えていることも多い」

「じゃあぼく、へんじゃないの？」

「変というなら、もっと変なものもこの村の周辺には溢れかえっておる。米田の夫婦のように人間か疑うくらい強い者もおるしな。人ではないという意味では我だって十分変であろう」

アオギリ様は首を横に振り、ケラケラと笑った。

空はその言葉に自分の祖父母を思い浮かべ、確かにそうだな、と思わず納得してしまった。

「誰もが、誰とも真に同じではないのだ。ならば変でない者などおらぬようなものよ。そんな事は気にせず、好きなように過ごすがよい」

「……うん！」

空がホッとした気持ちで味噌汁を貰い、お昼のおにぎりを食べている頃。

狩り場ではまだまだ賑やかに狩りが続いていた。

用意された氷の上には既に大量の獲物が横たわり、周囲には血の匂いが広がって、小さな子供などには大分刺激が強い景色が広がっている。

狩りの獲物は猪や鹿、野兎などがほとんどだ。たまにそれらを追って来た大蛇や巨大なトカゲ、カマキリなどの虫も現れるが、やって来た端から同じように狩られていった。

大物は大人たちが狩り、子供たちは友達や犬たちと協力して、足元を抜けてきた野兎を追いかけて行く。

若い犬たちもさすがに狩りが始まれば無駄吠えもせず、素早く連携して獲物を追い立てた。

時折大根や白菜まで辿り着くものもいたが、食べられる前に大根は走って逃げ、白菜はロケットのように高く打ち上がって難を逃れる。冬菜は食いつかれる前に葉っぱが動いて捕食者の横っ面を叩き、怯んだ隙にそれらは子供たちに狩られていった。


雪乃は幸生が狩った三頭の大猪と立派な牡鹿を氷漬けにして、うーん、と考え込んだ。

目の前の猪はどれもかなりの大物で、多くの肉が取れるのは間違いない。

「うーん、モモ肉を吊してハムにしたいんだけど……ちょっと大きすぎるかしら」

猪は車で言えば軽トラックくらいは軽くありそうだ。そのモモと言えば、皮を剥いだ上でも立派すぎる大きさなのは間違いない。肉はたっぷり取れそうだが、大きすぎて少々扱いに困るというのが雪乃の悩みだった。

脂身と肉をバランス良く配置したハムにするにはもう少し小さい猪の方が美味しい。

「これの肉は村に提供して適当なのと交換してもらおうかしら……」

などと一度は考えたのだが。

「いえ、自分で狩った方が早いわね！」

雪乃はあっさりとそう結論づけると、スタスタと歩いて最前線に向かった。

小さな鎌一つで鹿の角を切り飛ばしている村人の脇を通り抜け、邪魔にならない程度の場所で足を止める。それから雪乃はふわりと魔力を放ち、林の中に残る魔獣の気配を探った。林の奥には様子見をしたり、村人に怯えて引き返そうかと迷っている魔獣がまだかなりの数隠れている。

その中からほどよい大きさの何頭かの猪に目星をつける。

まず見失わないように、隠蔽《いんぺい》した魔力で撫でるように印をつけ、それからそれらの尻をパシンと魔法でひっぱたいた。

驚いた猪が慌てて走り出す。それらがうっかり違う方向に行かないように、ちゃんと自分の前まで走ってくるように、と雪乃はそれとなく魔法で誘導する。

ザザザッと落ち葉を蹴散らしながら、五頭の猪が真っ直ぐ雪乃目がけて駆けてきた。雪乃はどれも求めた大きさである事を目で確かめて満足そうに頷くと、両手を大きく広げた。

「凍りなさい」

呟くのは、ほんの一言。

たったそれだけで、すぐ目の前まで来ていた猪が即座に動きを止める。

ドザザッと走ってきた勢いそのままに、猪たちは次々その場に滑るように転がって動きを止めた。

全ての猪の瞳が真っ白に濁り、毛皮にはうっすらと霜が煌めく。内臓から凍り付かされた猪は自分たちに何が起こったのかも理解しないまま、一瞬で生命活動を停止した。

雪乃はその五頭の猪を魔法でふわりと浮かせて、塀の傍で解体や血抜きの指示を出している秀明のところに持って行った。

「秀明さん、これも血抜きして中を綺麗にしてもらえる?」

「お、食べ頃の若いのだな。凍らせたのかい?」

「半分ね。内臓だけ凍らせて、後は冷やしてるだけだからカチコチじゃないわ」

雪乃が氷の上に猪を下ろすと、秀明はそれに少しだけ手で触れて猪の体内の水分を探った。

「さすがだな、これなら血抜きもちゃんとできる。どれ、こっちに頼む」

秀明が置く場所を指示し、雪乃がそこに猪たちを横たえた。

洗浄も血抜きも魔法を使えばあっという間に済んでしまう。内臓は別で取り分け、後で犬たちの冬場の餌として加工されるから無駄はない。

綺麗になった猪の腹に氷を詰め込み、雪乃は満足そうに頷いた。

「これで良し……今年は生ハムっていうのにも挑戦したいのよね。もう少し取ってこようかしら」

「今年も獲物は豊富だが……まあ、ほどほどにな」

孫の存在に常になく暴走気味の雪乃を止めるべきか、秀明は一瞬悩んだ。しかし山に獲物はまだまだ豊富にいる。

ここ何年も米田夫妻は自分たちではあまり食べずに人に譲ってばかりいたのだ。孫の為に多少張り切っても大目に見るべきだろうと結論づけ、また山の方に歩いて行く雪乃を見送ったのだった。

「おにく！」

空は目の前にドンとおかれたどんぶりに、スプーンを握りしめて大興奮した。

山盛りの白いご飯の上には、囲炉裏に熾した炭火で焼いた鹿肉と猪肉が何枚も重なり合って盛られている。

「新しいお肉がたっぷり獲れたから、古いのは早く食べきってしまわないとね」

そう言うわけで、今日の夕飯は焼肉になったのだ。空はぜひにと希望して大盛りの焼肉丼にしてもらった。

「いただきまっす！」

パチンと手を合わせると、空はさっそくどんぶりを傾け、肉とご飯を掬って掻き込むように口に運んだ。

掬った部分に乗っていたのは脂身の少ない鹿の肉だった。まだご飯も少し熱いので、ほふほふと息を吐きながらそれをぎゅっと噛みしめる。

「……おいひい！」

鹿の肉は空が思うよりもずっとやわらかく、そして赤身の旨味があった。脂は少ないが肉自体の味が濃く、醤油ダレと良く合う。

もぐもぐとよく噛んでいるとあっという間に口の中から消えてしまったので、空は次にまた違う色合いの肉を掬って口に入れた。

「んむ……これもおいしい……」

この肉は猪のものだったらしい。脂が甘くてとろけるようだが、炭火で焼いたので余分な脂が落ちているし、薄めに切ってあるのでしつこくはない。ほどよく残ったその脂と醤油ダレが混ざったご飯がまた最高で、それだけでご飯のお代わりが出来そうだ。

「良かったわ。まだお肉は沢山あるからどんどん食べてね」

「うん！」

微笑む雪乃に何度も頷いて、空は勢い良くご飯を食べた。

幸生も、空がよく食べる姿を眺めて心なしか嬉しそうに見える。


「ね、じぃじ、ばぁば。きょう、いっぱいおにくかったの？」

お代わりを作ってもらいながら空が聞くと、幸生も雪乃も満足そうに頷いた。

「沢山狩ったわよ。じぃじは大きいのを多めに狩りすぎて怒られて、何頭分かは村に配ることになったけど……ばぁばもほど良い大きさのを沢山狩っておいたから、猪はハムやベーコンにしましょうね！」

「はむ！　べーこん！」

雪乃が作るそれはどちらもとても美味しく、空は大好きだ。

「しかはなんになるの？」

「鹿は冷凍して今日みたいな焼肉とかステーキが多いかしら？　あとは、味を付けて干して燻製にした物がじぃじの好物だから、それも沢山作るわ」

「……あれは酒に合う」

「ぼくもたべてみたい！」

空はジャーキーのような物を想像して、ぜひ味わってみたいと主張した。孫の食への探究心に雪乃は笑って頷いた。

「最近は都会や外国から色んな料理の作り方の本がここまで来るようになったのよ。空に色々作ってあげられて良かったわ」

料理が得意な雪乃は、外の料理の本を好んで集めている。ハムやベーコンの作り方は、そういう本を見て覚えたらしい。

「ただ、ちょっと多く狩っちゃったから、香辛料が足りなさそうなのよね……紗雪に頼んで取り寄せてもらおうかしら」

胡椒などを始めとした様々な香辛料も、近年田舎まで届くようになった品物だ。外国からの輸入品がほとんどなので田舎に来る頃にはかなりの高額になっているのだが、雪乃はその値段を気にしたことはない。

しかし値段は気にならないが、田舎故に入ってくる量が少ないという悩みはあった。

「……紗雪に頼むなら、先に何か向こうで売れる物を送ってやれ」

「それもそうね。じゃあ明日何か見繕って送って、お願いすることにするわ。はい、空、お代わり出来たわよ」

「ありがとう！」

空は三杯目の焼肉丼を作ってもらって、大喜びでまたスプーンを突っ込んだ。

さすがに三杯目になるとお腹も大分落ち着き、ゆっくりと味わうことが出来る。一杯目も二杯目も美味しかったが、三杯目もやはり変わらず美味しかった。

（僕もいつか絶対、自分で狩ろう……）

そしていつかは自分でも美味しい物を作ってみたいと空は思った。

自分で狩った肉で美味しい料理を作り、大好きな人たち皆に振る舞うのはきっと楽しいだろう。

（その時は、陸とか、東京の家族にも食べてもらいたいなぁ）

美味しい物を食べる時、空は東京の家族の顔をいつも思い出すのだった。

幕間　田舎者たちの茶会

紗雪は田舎の母、雪乃から届いた荷物を前に少しばかり困っていた。

空の様子を知らせてくれるいつもの手紙と一緒に届いたのは、弁当箱くらいの大きさの箱が一つだった。あまり大きくないそれに、今回は何が入っているのかと思いながら紗雪は箱を開けた。

中に入っていたのは、庭で適当に拾ったらしい身化石《みけいし》が二つと、二十センチ位の長さの何かの牙が二本、それと先日空が送ってくれた、メタリックのドングリが三つほど。

一体これは、と不思議に思って手紙を読み、そこに書かれた内容に紗雪は少々頭を悩ませているのだ。

手紙にはこう書いてあった。

『――というわけで、とりあえず都会で売れると聞いた物を選んで入れておきました。面倒をかけて悪いんだけど、これを売ってお金に換えて、塩と別紙に書いた香辛料を買って送ってもらえないかしら？　一体幾らになるかわからないし香辛料がそちらではどのくらいの値段かもわからないので、もし足りなければ教えてちょうだいね。余るようなら紗雪の手間賃にしてちょうだい』

香辛料は、確かに東京の方が簡単に手に入るだろう。外国から来る物がほとんどだから東京でもあまり安くはないと思うが、種類は豊富だ。

アジ横、などと呼ばれる東南アジア街が都内のどこかにあって、そこなら大抵の種類の香辛料が大量に置いてあると聞いたこともある。買う分には問題は感じない。

では何に悩んでいるかというと、これを売る方だった。

「魔素素材……身化石にドングリ……これは猪の牙かしらね？　こういうのって、ダンジョンの自動精算機で精算してくれるかしら？　外から持ち込んだのはダメだって言われたらどうしよう……」

どれもかなりの魔素が含まれている事が紗雪には見ただけでわかる。

以前自分がダンジョンで倒した蛇の魔石よりもずっと多くの魔素が入っているだろう。だからこそ自動精算機に突っ込んで良いものか悩んでしまう。

「うーん、誰かに先に相談してみるべきかしら……」

しばらく考え、紗雪はハッと顔を上げた。

「そうだ、香奈さんがいたわ！」

思い出したのは、紗雪が東京に出てきた時に最初に頼った人の顔だった。


「紗雪ちゃん、久しぶり〜！」

「香奈さん、お久しぶりです！」

数日後、紗雪は家族を送り出してから家を出て、東京臨海春海ダンジョンのすぐ傍にある、東京探索者組合春海支部に来ていた。ここは春海ダンジョンの管理業務と、ここで登録した探索者の管理、教育、仕事の斡旋《あっせん》などを統括している場所だ。

紗雪はその入り口前で、ここで働く川村香奈と待ち合わせをしていた。

「ホント何年ぶり？　紗雪ちゃんたら全然連絡くれないし」

「ごめんなさい。子育てで忙しくて」

「あはは、冗談よ！　さ、あっちでお茶でも飲みましょ！」

香奈に誘われて紗雪は近くのカフェに入った。休憩するにも中途半端な時間のせいか、店内は空いている。二人は適当に腰を下ろし、ケーキセットを頼んだ。

川村香奈は、紗雪と同郷――つまり、魔砕村出身の女性だ。年は紗雪より七つほど上で、紗雪と同じ歳の妹がいる。その妹の奈菜が紗雪の友人だった。

紗雪にとって香奈は子供の頃にたまに遊んでもらった友達のお姉さん、という関係だった。

「けど、ホント久しぶりだねぇ。紗雪ちゃんがこっちに出てきてから何年だっけ？」

「もう十年くらいかしら……あの時は本当にお世話になりました。不義理でごめんなさい」

紗雪がもう一度謝ると、香奈はパタパタと手を横に振って笑った。

「やだ、いいのよ！　こっち来て慣れない中で働いて結婚して子供も出来てじゃあ、忙しくってそれどころじゃないじゃない！　私こそ、忙しくて連絡できなくてごめんね」

十年ほど前、紗雪が故郷を出た時に最初に頼ったのが香奈だった。東京に行くと紗雪から聞いた友人の奈菜が、五年前に東京に行った姉の香奈を頼ったら良いと、手紙を書いて頼んでくれたのだ。

香奈は快く紗雪を迎えてくれ、東京に来て右も左もわからない中、色々と面倒を見てくれた。

住む場所が決まるまで居候させてもらい、アパートの手配を手伝ってもらったりして、仕事が決まって一人暮らしを始めるまでお世話になった人だった。

結婚や出産の報告をしたり年賀状は出していたが、こうして会うのは数年ぶりだ。

「紗雪ちゃんとこ、子供何人だっけ？　三人？　いや、双子ちゃんだったっけ？」

「ええ、一番下が双子で、四人です」

「それじゃあ忙しくて当然だよ。気にしないでよね！」

紗雪は香奈の優しい言葉に笑みを浮かべた。香奈のその昔から変わらない、気さくで優しいお姉さんらしいところが懐かしく思えて嬉しい。

二人は運ばれてきたケーキを食べてお茶を飲み、しばし近況やケーキの感想などを語り合う。

やがてその話が尽きた頃、香奈はお茶を置いて顔を上げた。


「で、今日は急にどうしたの？」

こんなに突然連絡を寄こしたのだから、何か真剣な相談なのかと香奈は身構えている様子だった。

紗雪は慌てて手を横に振った。

「ええと、その……そんなに大したことじゃないんです。香奈さんがここの探索者組合で仕事してるって思い出したから、相談できないかなって思った事があって」

「え、じゃあ探索者関連？　紗雪ちゃんのライセンスまだ生きてたっけ？」

意外な相談に香奈は目を見開いた。

十年前、東京に出てきたばかりの紗雪に香奈は、仕事が見つからないなら探索者になってダンジョンに潜るのはどうかと提案したのだ。しかしその時は、理由があってしばらく戦いからは身を置きたいと断られていた。

「探索者……とも、ちょっと違うかも。ライセンスはちょっと前に更新したんですけど」

紗雪はそう言って、すまなそうな顔で持ってきた袋から先日届いた箱を取り出した。

「これなんですけど……その、実家からこちらでこれを売ってそのお金で買い物を頼みたいって言われてまして」

「どれどれ……うえ⁉」

「これをダンジョンの自動精算機に入れて良いものか悩んでるんですけど……どうでしょう？」

「絶対ダメ！　お願いだから止めて！　精算機のお札がなくなっちゃう！」

香奈はものすごい勢いで首を横に振り、真剣に紗雪に頼み込んだ。

しばらくの問答の末。

紗雪が持ってきた品を自動精算機に投入することだけはどうにか思いとどまってもらい、香奈は安堵の息を吐いた。

同時に、これらの出所が故郷の村だという事も深く納得した。

「そう、雪乃さんが……確かに魔砕村じゃこれくらいの物、当たり前に手に入るわよね……」

「ええ。でも、これ、そんなにすごいんですか？」

身化石もドングリもその辺で拾える子供の遊び道具みたいな物だし、猪の牙だってうんと大きい物なら道具や武器の素材として使われるが、このくらいの大きさの物は捨てられる事も多かった。せいぜいボタンなどの小物にされるくらいだ。

紗雪にとってはその程度の物だが、しかし香奈は首を横に振った。

「都会はどこも魔素資源不足だから、需要がすごいのよ。かといって田舎との貿易は色々協定とか制限があるから、欲しいだけ売ってもらえるってわけでもないし」

「そうなの？　でも……こう言っちゃなんだけど、身化石なんてその辺の石ころですよね？」

「その石ころも、魔砕村のって頭に付けば全然違うのよ。私もこっちに来てから知ったんだけどね」

一口に田舎といっても、その段階には当然色々差があるのだ。人が一切住んでいないような土地になればそれこそ山丸ごと魔素資源のようなものだが、しかし都会の人間がそこから資源を採ってくるのは困難を通り越して不可能に近い。

そうなれば人がかろうじて住んでいるくらいの田舎が最前線になるわけで、その一つがまさに魔砕村なのだ。

「でも、魔砕村の人は外との商売なんてあんまり興味無いでしょ？」

「それはそうですね。村だけでも十分生活できるし」

「そうよね。私も向こうの物を持ってきたらこっちで大金持ち？　とか考えたことはあるんだけど……何かあんまり興味が湧かないのよね」

自給自足の歴史が長いせいか、その気になれば自分の力で大抵のものを狩る事ができるせいか、魔砕村の人にはそもそもあまり物欲がないのだ。

それは都会に出てそれなりの時間が経つ香奈も紗雪も同様だった。わざわざ田舎の魔素資源をこちらに持ってきて換金するほど困っているわけでもない。不自由しないくらいの生活費が稼げればそれで良いと思っていた。

香奈は身化石を一つ手に取り、それを天井の明かりに透かして微笑んだ。

「ああ、でも久しぶりだわ、身化石なんて。懐かしい。この濃い魔素、気持ち良いわね……」

「あ、わかる。私も久しぶりに見た時、すごく嬉しかったんですよね」

二人は子供時代に集めた石について思い出し、何色が好きだった、どこに良いのが落ちていた、などとしばし語り合った。


「じゃあこれは預かっておくわね。換金して、多分明日には口座に振り込めると思うわ。そしたらまた連絡するね」

「ありがとうございます。よろしくお願いします」

結局、雪乃からの荷物は香奈が一旦預かって、組合の売却窓口に持っていって手続きをしてくれるということになった。紗雪のライセンス番号と口座番号を紙に控え、荷物と共に預かる。

それから冷めたお茶を飲み干し、香奈は紗雪をしみじみと眺めて呟いた。

「それにしても……紗雪ちゃんがまたライセンス更新してダンジョンに潜るなんて、びっくりしちゃったな」

「私もそのつもりはなかったんですけど……やっぱり、息子のためには頑張らないとですからね」

東京に来たばかりの頃に香奈の勧めを断った紗雪は、少し申し訳なさそうにそう言った。

香奈は頷き、良い事だと思うと明るく笑う。

「紗雪ちゃんならやっぱり勿体ないし、ぜひ頑張ってよ！　私だって内勤だけど、イレギュラー対応とか時々出てるのよ。戦うの苦手だから都会に来たのにね」

「そうなんですか？」

「そうなのよ。やっぱり魔砕村出身ってだけで全然基礎能力が違うし……まぁたまに体を動かすとすっきりするし、悪くないけどね」

香奈の言葉に、紗雪は春海ダンジョンに行った時の事を思い出す。あの敵の弱さでは特に香奈の運動になるとも思えない。せいぜいデスクワークの気分転換くらいではないだろうか。

そう素直に言うと、香奈はけらけらと楽しそうに笑って首を横に振った。

「さすが紗雪ちゃん！　いや、もう私も年取ってるし、ここくらいで十分よ。私はホント戦闘が苦手で……そう、東京駅で待ち合わせして迷ったからって、駅前の高層ビルの壁を登るような運動能力がある人と比べないで！」

「やだ香奈さん、まだそんな事覚えてたんですか⁉　忘れてください！」

東京に出てきたその日の恥ずかしい思い出を持ち出され、紗雪は顔を赤くして慌てた。

「だって、出口がいっぱいあって方角もわからないから、とりあえず外に出て目の前のビルを駆け登って上から探そうとか……魔砕村くらいの田舎の人じゃなきゃ出来ないし思いつかないわよ！」

そう、紗雪は東京に出てきた日、駅に着いたら人の多さに目を回し、待ち合わせた出口が見つけられず、方角もわからず困り果てたのだ。

迷った挙げ句、とりあえず手近な出口から外に出て周りを見回した。そして目の前の背の高いビルに登れば方角くらいはわかるだろうと考え、登ってみることにしたのだった。

「駆け登ってません！　すぐ隣のビルの壁も使って跳んだんです！」

「どっちでも同じだって！　騒ぎになってすぐ見つけられて良かったけど！」

その騒ぎのお陰で香奈と紗雪は無事合流できたが、その後駆けつけた警察に二人でガッツリ叱られた。田舎から出てきた人がたまにやるのだ、と警察官はため息を吐いていた。

「もうやだ、恥ずかしい……早く忘れてください！」

「絶対無理！　だって、何かもうおかしくて……いいじゃない、これぞ田舎者って感じで。圧倒的強者感あるわよ？」

「そんな感要らないですよ！　もう私はすっかり普通の主婦なんですから！」

紗雪は首を振って否定したが、この場合の田舎者というのはもちろん褒め言葉だった。

「そもそも普通の主婦は二級ライセンスなんて持ってないでしょ。もっと胸張りなさい。田舎に帰るんでしょ、空くんのために」

香奈の言葉に紗雪はハッと顔を上げ、真剣な顔で頷いた。香奈も頷き返すと、優しく微笑む。

「早く、空くんに会いに行けるといいわね」

「はい……そうですね。頑張って、準備しなきゃ」

「ええ、頑張ってね！　私も応援してる。こういう事なら、また頼ってくれて良いからね」

「ありがとうございます。その時は、お願いします」

同じ村を出た者同士、香奈と紗雪はお互いの抱える気持ちが理解できる。強さに差はあるし村を出た理由もそれぞれだが、それでも二人には確かに通じる思いがあった。


「じゃあまたね」

「はい、ありがとうございました」

二人は喫茶店の前で手を振って別れた。

去って行く紗雪の後ろ姿を見ながら、香奈はふと微笑む。

「私も……そのうち、一度帰ろうかな」

香奈もまたこちらで家庭を持ち、子供もいる。

紗雪と会って懐かしい話を沢山して、香奈も何だか魔砕村の家族に孫の顔を見せたくなった。

「村の危険指定が下がるなら、私も久しぶりに頑張ろうかな……さて、とりあえず、これを換金しちゃわないとね！」

騒ぎになるかな、と思いつつ香奈は職場へとゆっくり戻った。

さて出所をどう誤魔化そうか、と頭を悩ませながら。

――その後、振り込んだ金額の多さに紗雪が大慌てで電話をかけてくるところまで、もちろん香奈は予想していたのだった。

三　待ちに待った雪の日

日が短くなり、寒い日が続くとある日のこと。

(最近、寒くなったなぁ。朝起きるのが段々嫌になってきた)

空は縁側の窓から外を眺めてぼんやりとそんな事を考えていた。

雪乃が用意してくれた冬の服やセーターは防寒の魔法などを付与してあるらしく、着替えてしまえば寒さはさほど気にならなくなるのだが、その着替えがためらわれるようになってきたのだ。

暖かい布団から出たくない、と思ってぐずぐずしているとフクちゃんがずいずいと布団に入ってきて、その羽毛を楽しんでいるとさらに寝坊してしまう。

空はまだ寝相が悪いので、皆が寝る布団の頭の方に畳んだ毛布を置き、ヤナとフクちゃんはそこに入って寝ている。朝になるとフクちゃんは空と一緒にいたいらしく、布団にぐいぐい入ってくるのでとても可愛い。

その後しばらくしてから、おいて行かれたヤナがフクちゃんを追って布団に入ってきてピタリと張り付く。嫌がってもぞもぞしているフクちゃんを撫でて宥めている間にご飯が出来て、空が空腹に負けて起き出す……というのが最近の朝の風景だった。

空はまだ冬が始まったばかりなのに、もう春が待ち遠しいなぁと窓の外を見てため息を吐いた。

今日は朝から曇り空で木枯らしが吹き、徐々に天気が悪くなってきている。冷たい雨にみぞれが混じり、屋根に当たっては時折パラパラと音を立てた。

「きょうは、おそといけないね」

残念そうに呟くと隣で空模様を見ていた雪乃が頷く。

「そうね。明日は、多分雪が降るわね」

「ゆき⁉　ふるの？　いっぱい？」

雪未経験の空がその言葉に目を輝かせて雪乃を見た。雪乃は首を横に振って、沢山は降らないと教えてくれた。

「初雪だから、まだそんなに沢山は降らないわ。でも多分この雨は夜の間に雪になって……少しくらいは積もるかもしれないわね」

「つもるといいなー！」

どうせ寒いことが変わらないなら、いっそ雪が降ってほしいと空は思う。

そうしたら、雪遊びという空にとって未知の楽しみが増えるのだ。

「明日の朝のお楽しみね」

「うん！」

大きく頷いて、空は曇天に笑顔を向ける。

「いっぱいふりますように！」

そんな願い事をした、次の日の朝。

「……空、空。朝よ」

「ん……ううん、もうちょっと……」

空は雪乃に優しく揺り起こされ、ううんと唸って布団を掴んだ。

「空、雪が降ったわよ」

「ゆき……ゆきって」

なんだっけ、と呟いた空の目がパッと開く。

「ゆき⁉」

がばりと勢い良く起き上がると、布団の中に潜り込んでいたフクちゃんとヤナが急に浴びた外気の冷たさに悲鳴を上げた。

「ピキョキョッ⁉」

「寒い！　空寒いぞ！」

「ごめんね！」

空は寒さも二人の悲鳴も気にせず、パタパタと縁側に向かって走る。

ガラリと障子を開けて外を見ると、窓の外は既に真っ白だった。

「うわぁ……！　まっしろ！」

縁側から見える庭の景色が、白く彩られてすっかり様変わりしている。茶色かった地面も池の縁の岩も、常緑樹の低木も皆白く染め変えられてしまった。

まだほんの二、三センチの積雪のようだが、それでも見慣れない景色には違いない。空は廊下の寒さに白い息を吐きながら、そんな事も気にならないくらい興奮していた。

「空、寒いから着替えてからゆっくり見ましょうね」

「うん！　ばぁば、すごい、ほんとにゆ……」

横から声を掛けられ、空は興奮しながら雪乃の方を振り向き……そして、ピタリと固まった。

「……え。ええと……だぁれ？」

「あら。うふふ」

空が雪乃だと思って声を掛けた人は、若くて美人の見知らぬお姉さんだった。

いや、見知らぬ、というのは少し違う。その顔は母である紗雪によく似ているからだ。紗雪と違うところと言えば髪の色だろう。青い髪に白い筋が一房入った、着物姿の美しい――

「も、もしかして……ばぁば⁉」

「ええ、ばぁばよ」

「え、なんで⁉　ばぁばが、ばぁばじゃなくなっちゃった⁉」

――何と雪乃は今や、紗雪と同じ歳か少し若いくらいに見える美しい女性に変貌していたのだった。

「えええぇぇぇえ⁉」

空は朝から大混乱だった。

「はい、空。お代わりどうぞ」

「あ、ありがと……」

空は美しく若返った雪乃からお代わりのどんぶりを受け取り、ぎこちなくお礼を言った。

ご飯を口に運びながら時折ちらりと視線を上げると、気付いた雪乃がにこりと微笑む。

その微笑みは紗雪によく似ていて、空はその度に何だかもじもじして顔を伏せた。

よく見れば雪乃の姿は昨日と別人のようになったというわけではないのだ。普段の雪乃も年を取っていても美しい容姿をしていた。

けれど今朝は肌からはすっかり皺が消え、顔にもふっくらとハリがあってどこもたるんでいない。心なしか姿勢もスタイルも良くなったように見える。それだけでいつもよりずっと綺麗だった。

空はもごもごとご飯を食べながらも、頭の中は疑問符でいっぱいで、味が良くわからない気分だった。

「ごちそうさまでした……」

ご飯を食べ終え、空は改めて雪乃を見上げた。

それからふと今朝はまだ幸生が一言も喋っていないことを思い出す。幸生に視線を動かすと、幸生はいつにも増して怖い顔で食後のお茶を飲んでいた。

（じぃじ、顔怖い……背景にゴゴゴゴゴ……とか書いてありそう）

じっと見つめてみるが視線が合わない。よく見れば幸生の視線はうろうろと定まらず、雪乃をちらりと見ては他所《よそ》を見て、また雪乃を見て、他所を見て、を繰り返しているらしい。

「じぃじ」

「うむっ⁉　な、何だ空！」

挙動不審だ。空はそんな幸生と雪乃を交互に見て首を傾げた。

「じぃじ、なんかへん？　ばぁばがばぁばじゃないせい？」

「ぐっ！」

幸生が返事に詰まると、雪乃が楽しそうに笑い声を上げた。そんな声まで若くなっていて鈴を転がすようだ。

「ふふ、じぃじはね、私がこうなると毎年慣れるまで時間が掛かるのよ。変でも許してあげて」

「そうなの？　え、ばぁば、それまいとしなの⁉　なんで⁉」

そういえば、そもそも何故雪乃が突然若返ったのかをまだ聞いていなかったと空は思い出した。

驚いて叫んだ直後にお腹が盛大に鳴り、とりあえず朝ご飯を食べてから説明するわねと言われて忘れていたのだ。

「あ、そういえば後でって言ってたわね。ばぁばが若返った理由ね？」

「うん！　ばぁば、なんでそうなったの？」

空が問いかけると、雪乃は微笑んで窓の外を指さした。

「今日、雪が降ったでしょう？」

「うん」

「ばぁばは、雪が降ると若返るのよ。雪女の家系の出身だから」

「……ゆき、おんな？」

今言われたことがすんなり理解できなくて空はしばらく考えてから、一回目を閉じた。

(ゆきおんな……雪、女……昔話で出てくる……雪女？)

「え……えええぇぇぇ⁉」

本日二回目の驚愕《きょうがく》だった。

「空は雪女って知ってるかしら？」

何と言うこともないように聞かれ、衝撃からまだ立ち直れない空はぐらりと傾くようにどうにか頷いた。

雪乃はいつもよりふっくらとした頬に手を当て、良かったと微笑む。

「ゆきおんな……むかしばなしできいたことある、けど……ほんとにいるの？」

空が恐る恐る聞くと、雪乃はいるのよと軽く頷いた。

「昔話には結構古くから語られてたらしいのよ。そのせいかしらね、昔々、ばぁばのご先祖様は、世界に魔素が生まれた後、ふと気付いたら山奥にいたんですって」

「いた……きゅうに？」

「そう。何て言えば良いかしら……魔素が世界に広がって浸透して、それが人にも馴染んだ時……その頃にね、それまで人が『いる』と言い伝えてきたものが、本当にこの世に一斉に生まれた時期があったらしいのよ」

空は目をぱちくりさせ、ふと、この間アオギリ様とした話を思い出した。人が語る物語から人ならざる者たちが生まれたと、アオギリ様は確かにそう言っていた。

「じゃあ、ばぁばのごせんぞさまも、ものがたりからうまれたの？」

「あ、その言い方はわかりやすいわね。きっとそうなのよ。それでご先祖様は、何でか存在してるけど、まぁしょうがないから最初は山奥で暮らしてたらしいわ。でもそのうち飽きちゃって、実体も安定したから山を下りて暮らすことにしたんですって」

（軽い！　そんな軽く済む話なの⁉）

空は想像を超えつつも軽い話にううんと唸って考え込んだ。

「ええと……とけちゃわないの？」

「最初は溶けて大変だったって話ね。でも溶けちゃっても冬になればまた復活するからって、気にせず暮らしてたらしいわよ」

「そうなの⁉」

驚く空に、雪乃も気持ちはわかると苦笑する。

「そうなんですって。原初の妖怪や神霊は現象のようなものだったから不思議じゃないとか何とか……そんな話だけどばぁばにも理屈はよくわからないのよ」

空は何だかもう驚きすぎて、どこから何を聞けば良いのかわからなくなって黙り込んだ。

雪乃によれば、先祖の雪女は最初こそ村人に恐れられたりもしたらしい。

けれど時は隕石が落ちて世界が変わってしまった直後だった。つまり人類は存亡の危機にあったのだ。多少恐ろしい伝承があったり不思議な力を持っていたりしても、その力で村を守るのを手伝ってくれるという話の通じる相手なら、歓迎するほかない。

「それで、ご先祖様はそのうちに知り合った村の人と結婚することにしたんですって」

どうやらどこの世界にも猛者《もさ》がいたらしい。一年の半分以上溶けて姿を見せない女でも嫁にしたいというのはなかなかすごい。

「けっこん……あ、けっこんしたら、とけなくなる？」

空がそう聞くと、雪乃は驚いたように目を見開き、頷いた。

「空、よく知ってるわね！　そうなのよ。それでそのうち子供も生まれて……それが、ばぁばにずっと繋がってるのよ」

「アオギリさまがいってた……けっこんしたら、ねむらなくてよくなるって」

人と縁や絆を結べば己を縛る物語から解き放たれると、アオギリ様が言っていたことを思い出す。

空が雪乃と幸生を交互に見やると、幸生は照れたように顔を逸らした。

「ばぁばも、じぃじとけっこんしたから、とけないの？」

「うふふ、違うわよ。ばぁばはもう大分雪女の血も薄いから、そうじゃなくても溶けたりしないわ。ばぁばは火の魔法も使えるでしょ？　もう色んな血が混じってるから、雪女から大分遠いの。夏は苦手だけどね」

雪乃はそう言って自分の青い髪を指で一掬いとると、するりと梳いた。

「ばぁばに残った雪女らしいところは……この青と白の髪と、氷や雪を操る魔法が一番得意だってところと、夏が苦手で力が落ちるってところ、雪が降ると若返るところ……あら？　まだ結構あるわね？」

指折り数える雪乃に、空はツッコミ疲れて微笑んだ。

（髪が青くて一筋白いメッシュが入ってるその頭……ファンキーな感じに染めてるだけだと思ってたのに!!）

この村には他にも緑の髪の人や赤い髪の人など、意外と色々な髪色の人がいる。しかしその多くが老人かそれに近い年頃の人なので、空はそれをお年寄りが白髪を色鮮やかに染めるやつだと思っていたのだ。

（もしかして、他の人も染めてるわけじゃないの!?　ユウちゃんちのお祖父さんみたいに、何か理由があるの？）

これからは村で色鮮やかな髪の人を見かける度に気になってしまいそうだ。

そんな事を思いながら小さなため息を吐くと、台所の戸がコツコツと叩かれた。

「フクちゃんかしら」

雪乃が立ち上がって戸を開けてやると、そこにはヤナを背に張り付けたフクちゃんがちょこんと立っていた。

「ホピッ！　ホピピッ！」

寝室に置いて行かれたフクちゃんは不満そうだった。ヤナがまだ布団から出たくないとワガママを言うので仕方なく付き合っていたらしい。

「フクは腹が空いたそうだぞ」

ヤモリのままヤナがそう言うと、フクちゃんはぴょんと空の膝に跳び乗った。

「フクちゃん……おこめもらう？」

「ホピ！」

フクちゃんが頷くと雪乃が小皿を出し、そこに炊いていないお米を少しだけ盛ってくれた。空はフクちゃんの前に皿を持ってきてご飯を食べさせてあげる。

「ヤナちゃんもいる？」

「ヤナは要らぬぞ。ところで、食事も終えたようなのにまだ皆台所におったのか？　なにをしておったのだ？」

「いまね、ばぁばがわかくなったの、なんでってきいてたの」

空が説明すると、ヤナはなるほどと呟いて尻尾を揺らした。

「雪乃は雪女だからの。冬が一番力が強い。それが体にも出るのだぞ」

「ぼく、びっくりしちゃった……ままは？　まま、ふゆでもかわらなかったよ？」

その言葉に雪乃がほんの少し顔を曇らせた。空が首を傾げると、雪乃が首を横に振る。

「紗雪は私にあんまり似なかったのよ。昔は女の子が生まれると大抵は雪女系統の子だったらしいんだけど、紗雪は幸生さん似だったみたい。もう私の血も大分薄いから」

「幸生の血が濃かったのだろ。幸生も先祖返りみたいなものだから仕方ないのだぞ」

「そうね。私の家系の伝統で、女の子だったから雪の字を名前にいれたけど……力の系統が違うのに名前だけ継いだ事、気にしていたみたいだったわ……」

　雪乃はそれを少しだけ後悔していた。生まれた時にはわからなかったから仕方ないとは言え、雪女としての力を継げなかった事を紗雪はよく残念がっていたのだ。

　せめて違う名をつけていればその苦しみが少し減ったのではないかと、雪乃は今でも時折思う。

　その雪乃の顔を見て、空は紗雪の事を思い出した。

「ばぁば、ちがうよ！　ままね、なまえ、すきだっていってた！」

　以前、姉の小雪が紗雪と名前がお揃いみたいで嬉しいと言って、二人で笑っていたことがあったのだ。それを思い出して、空は首を横に振った。

「おねえちゃんね、ままとなまえがおそろいで、うれしいっていってた！　ままもね、ばぁばとおそろいなのよって。だから、おんなのこがうまれたら、ゆきってつけるのきめてたって！」

「そう……そうなの。紗雪……だから、小雪ちゃんに」

「うん！　だいすきななまえだって！」

　空の言葉に雪乃は嬉しそうに笑う。代々継いできたその字を、大事な娘が好きだと言ってくれた。それだけで雪乃の胸が温まる。

「ありがとう、空。ばぁばも、とっても嬉しいわ」

「良かったの、雪乃」

「ええ。さ、そろそろお片付けして……空、お外で雪に触ってみる？」

雪乃は目尻に滲んだ涙をそっと拭くと、空にそう素敵な提案をした。

「うん！　ゆき、さわってみたい！」

「ヤナは遠慮しておくぞ。フクと留守番だ」

「ホピッ⁉」

不服そうなフクちゃんの声にあははと笑った空は、すっかり大事な事を聞きそびれていた。

若返った美しい妻を未だ直視出来ずに、そうは見えないが実はもじもじしている幸生が一体どんな血を引いているのか。

そこにツッコミ忘れたことに空が気付くことはなく。

この話が再び出るのは、当分先になったのだった。


「うわー、ゆき！　あ、さくさくする！」

暖かい格好をして外に出た空は、地面を踏みしめて歓声を上げた。

雪は空がご飯を食べている間も降り続いていたようで、朝一番に見た時よりさらに増えている。

空は十センチくらい積もった雪の上に長靴で踏み出し、人生で初めての感触に感動を覚えた。

「ゆきって、こんななんだ……！」

さくっ、と踏むとぎゅっと足の下で音がする。そうっと足を持ち上げると、空の小さな足形がくっきりと残って白い地面に影を作った。

「ほわあ……なんか、すごい！」

何がすごいのかはわからないが、空にとってはとにかく何かがすごいという気がする。

空の今世では体が弱くて冬に外遊びなどしたことがないし、前世では親も含めて完全なインドア派で、スキーの授業があるような地域にも住んでいなかった。

雪と言えば数年に一回東京でも降ったが、べしゃべしゃして遊ぶほどの量もなく、大騒ぎした割にすぐ消えてしまった記憶しかない。靴やコートが濡れて、払ってもじっとりと冷たく扱いに困り、時に電車を止める厄介者という意識しかなかったように思う。

空は手袋をした手で雪をそっと掬い、ふわふわしたそれに顔を近づけ、何となく鼻を動かした。

「においしない……」

「ふふ、したら困るわ。こんなにあるのに」

（そうだよね、元は水だもんね。でも、水がこんなにふわふわになるの、すごいなぁ）

上を向けば、雪がひらひらと降ってくる様が目に入る。

あとからあとから、羽毛か花びらのように灰色の空から白い物が降り注ぐ。顔に落ちた雪は冷たかったが空には気にならなかった。

触れれば消えてしまうような儚いものなのに、辺りを白く染めるほど降るということが何だかとても不思議で、降る姿の美しさと共に強く心に残る。

空は両手を合わせて、手の中の雪をぎゅっと握ってみた。それから手を開くと、雪は圧縮されて歪《いびつ》な塊になっていた。

「ふしぎ……」

「そうね。空、せっかくだから雪だるまでも作ってみる？」

「ゆきだるま！　しってる！」

パッと顔を上げて空が頷く。雪だるまなら空でも知っている。一度も作ったことがなくても、そのモチーフはあまりにも有名だ。

空はさっそく手の中の塊にさらに雪を追加し、ぎゅっぎゅっと握りこんで丸い玉を作ろうとした。

「んん……？　まるくならないよ？」

手でぎゅっとしただけでは手の形におかしなでこぼこが出来てしまう。へこんだ部分に雪を追加してみたが、今度はそこだけぽこりと膨らんでしまった。

削ろうとしてみたが、固まった雪は小さな手では上手く削れない。空はもうちょっと、もうちょっとと雪を足し、けれど一向に丸くならない塊に首を傾げた。

「む、むずかしい！」

「空の手はまだちっちゃいものね。じゃあ、仕上げはばぁばがしましょうか？」

「ううう……も、もうちょっとがんばる！」

雪乃にしてもらえば綺麗な玉になるのはわかりきっているが、せっかくなので自分でやってみたかった。空はペタペタと少しずつ雪を足し、出来る限り球体に近づけようと奮闘した。

「こんなでどうかな……」

空は地面に置いた雪玉を前後左右から真剣に見つめて頷いた。

雪を足し続け、最終的には持てない大きさになったため、地面に下ろして雪を足したり手で削ったりして、どうにかそれなりに球体っぽい雪玉が出来たような気がする。

初めてにしては上出来ではないだろうかと評価し、顔を上げるとそんな空を楽しげに見つめる雪乃と目が合う。

空はまだ見慣れぬ若い雪乃にちょっと戸惑いつつも、その評価を待った。

「とっても良く出来てると思うわ！　それは体にする？」

「からだ……そうだ、あたまがいるんだ！」

球体を作る事に必死で、雪だるまというのは頭と体がセットである事を空はすっかり忘れていた。

「頭は体より少し小さくね」

「うん！」

空はまたせっせと雪を集める。最初の玉をさっきよりも丸くなるよう意識して気をつけて作り、そこに雪を足していく。

「うーん、やっぱりむずかしい……」

それでもさっきの物よりは大分短い時間である程度の形になった。少し小さめに作ったので、どうにか頭になりそうだ。

「くっつけてみる？」

「うん！」

傍で根気よく見守ってくれていた雪乃に促され、置いてあった雪玉に、今作った物をそっと乗せてみる。

「どうかな……ちょうどいい、かも？」

「ええ、良いんじゃないかしら。上手に出来ていると思うわ」

出来上がった雪だるまを見て空は首を傾げつつ、ひとまずこれで良しとした。

考えてみれば、そもそも雪だるまの適正なバランスというものを空は知らないのだ。雪乃が上手だというのならまぁいいかと妥協し、それからキョロキョロと辺りを見回した。

「空、どうしたの？」

「んと……かおになるもの、なにかないかなぁ」

雪だるまの顔には黒い目に鼻があったような気がする。口はあったりなかったりだろうか。あとはバケツの帽子や、木の枝の手などが定番だと考え、空は何かないかと雪乃に問いかけた。

しかし雪乃は急に真剣な顔になると、ダメよ、と首を横に振った。

「空、この村では、雪だるまには顔は付けちゃいけない事になってるのよ」

「え？　なんで？」

顔のない雪だるまなんて何だか寂しい気がすると空は思う。しかし雪乃は続けた。

「絶対に名前も付けちゃだめよ。そうじゃないと命が吹き込まれて……夜中に動き出して仲間を増やしたりして、悪さをするからね」

「なにそれ!?　こわい！」

空はぎょっとして足元の小さな雪だるまを見た。何の変哲もない、大きさの違う雪玉を二つ重ねただけのただの雪だるまだ。それが急に不気味に思えて少しだけ後退った。

「怖いっていうか……すごく害があるわけじゃないんだけど、いたずら好きで鬱陶《うっとう》しいのよ。徒党を組んで村人に雪玉を投げてきたり、家の前に雪の壁を作ったりするし」

「じみにやだ！」

「嫌でしょう？　一度増えると雪がある間はなかなか全滅させられなくて大変なの。だから、この雪だるまはこのまま玄関に飾っておきましょうね」

空は初めて作った雪だるまが、急に見知らぬ妖怪に変わってしまったように感じた。

そんな雪だるまを雪乃はそっと持つと、壊さないように気をつけながら玄関の屋根の下に置く。

「この辺でいいかしら……あ、手くらいなら大丈夫だから、付けましょうか」

雪乃はそう言うと、庭の方に歩いて行き、どこかから細い棒を拾ってきて二本に折ってくれた。

それを雪だるまの体に上向きにぷすりと刺すと、それだけで何となく可愛さが増す。

「……かわいいね」

「ええ。可愛い雪だるまだわ。動かないしね」

初めての雪だるまを可愛いと思うと同時に、不気味にも思う。自分の中の相反する気持ちに整理が付かず、空は雪が降り続ける曇り空を仰ぎ見た。

（雪だるまでもダメって事は、ひょっとして雪像を作るお祭りとか存在しないのかな……）

有名人や名のあるキャラクターを模した雪像が作られたら、動き出したりするんだろうか。

（まだ怖いから聞かないでおこう）

聞かずに先送りしている事案が段々と降り積もっていることには目を瞑《つむ》り、空は動かない雪だるまの頭をそっと撫でる。

どうやら世の中には、動くと可愛いものと可愛くないものがあるようだ。

空はまた一つ賢くなった……ことにした。


そんな衝撃の一日から二日ほど後。

空は遊びに来てくれた明良と結衣と一緒に、庭で再び雪遊びに挑戦していた。

初雪の日から雪は断続的に降り、今はもう二、三十センチほど積もっている。

しかし道路や庭への道は幸生と雪乃が綺麗に雪かきをしてくれたし、下の方の雪は締まって固くなったので、歩くのに困るほどではない。

今日は晴れ間が出たので、雪乃に見守られながら家の前でまた雪だるま作りを楽しむ。

明良と結衣は若返った雪乃を見ても、空のように仰天したりしなかった。

美枝と雪乃の仲が良いせいか、明良は若返った雪乃を見ても「さむくなったもんねー」と慣れた様子で、結衣はちょっと驚いた後、「わかいおばあちゃんっていいなー！」と女の子らしい感想を述べたのみで、すぐに順応していた。

「アキちゃん、これどう？　まえよりいいかも？」

今日は前回よりも丸い雪玉が作れて、空は完成させた雪だるまを見て満足そうに頷いた。大分でこぼこが減って大きさのバランスも良くなった気がする。

「うん、うまいとおもう！　おれのはどうかなー？」

「さんだんの、かっこいいよ！」

明良は三段の雪だるまを作ってちょっと得意そうだ。

明良も結衣も、雪だるまに顔も名前も付けてはいけないという掟をもちろん知っていた。なので、顔のない小さな雪だるまを沢山作って並べ、どれが形が良いかを話し合う。ずんぐりしたのも壊れにくいし、細長いのも面白い。

結衣は雪だるまではなく、雪を丸っこい紡錘形にして耳と目を付けて雪兎にしていた。これには耳と目が付けられている。

「ゆきうさぎは、めをつけてもいいの？」

「うん！　ゆきうさぎはだいじょうぶだって、ママがいってたよ！」

「そうなんだ……」

どういう基準なんだろうと不思議に思いつつ、幾つも出来上がっていく可愛い雪兎を空は眺めた。雪兎の耳は南天の葉で、目は赤い実だ。南天の木は米田家にもあるが、結衣はこのために家から一枝持って遊びに来ていた。

「ゆきうさぎがいいなら、フクちゃんをつくってもへいきかな？」

「フクちゃんなら大丈夫よ。人形《ひとがた》が良くないだけだから」

その基準に空はなるほどと頷き、綺麗な雪をがさがさとかき集める。

頭の中でフクちゃんの姿を思い出しながら雪を少しずつ固めて大きくしていく。

「くびはもっと……ほそながい、かな。あたまはこんなかんじ……」

紡錘形のような体に、細い首を付けて頭を乗せる。なかなか思ったようにはならず、空は四苦八苦しながらフクちゃんを作った。

「なんか……へん？」

「うん、なんかへんだな！　フクちゃんってむずかしいやつじゃない？」

「レモンにじゃぐちがついたみたい？」

結衣に的確に表現されてしまい、空はちょっとがっかりしてしまった。自分に造形の才能はないらしいと何となく悟る。

「めをつけたら、ちょっといいんじゃない？」

明良がそう言って南天の実を二つ、頭とおぼしき場所にぎゅっと押し込む。

「あ、ちょっとかわいくなった？」

「うん、かわいいよそらちゃん！」

目が付くとちょっと可愛さが増して、すごく太った鳩のように見える気がする。

「これは、すごくふくらんだフクちゃんにする！」

空は笑顔でそう結論づけたが、多分フクちゃんがここにいたら遺憾《いかん》の意を示しただろう。

「さて、皆。ちょっと裏の畑の方に行ってみない？」

「向こう？」

顔のない雪だるまや謎の雪像を量産して気が済み、次に何をしようかと三人で話していると雪乃が裏庭の方を指さした。

「はたけも、まっしろ？」

「そうね、もう畑は真っ白ね。でも、裏に良い物があるの」

「いいもの？」

「そら、いってみよ！」

「いこう、そらちゃん！」

空は二人と一緒に、さっそく雪をぎゅむぎゅむと踏みしめながら裏庭を目指した。

庭はどこもかしこもすっかり白くて、木々も帽子を被り服をまとったようになっている。

雪は降っていないのだが、その分空が明るく時折日が差してとても眩しい。

（雪って……サングラスが欲しいんだな）

そんな感想を抱きつつ、空は裏庭の入り口に辿り着いた。


良い物、とやらはすぐに見つかった。

裏庭の入り口から少し入った場所に、丸くて大きな白い山があったのだ。

「あっ！　すごいおっきい！」

「やったぁ！」

一目見てそれが何かわかった明良と結衣が駆けて行く。

空はそのあとを追い、山の前まで辿り着いてようやくその正体に気がついた。

「これ……かまくら⁉」

丸い山にはぽっかりと入り口が開いて、中に入れるようになっている。雪の山自体もすごく大きく作ってあり、中はかなり広そうだ。

目を輝かせて雪山をペタペタ触り入り口から中を覗き込む空に、後から来た雪乃がくすくすと笑った。

「空、中に入らないの？」

「は、はいってもいいの⁉」

「もちろん。空に入ってもらうために、私とじぃじで作ったのよ？」

本来なら二、三十センチほどの積雪ではカマクラのような大きな物を作るには雪の量が少なすぎる。そこで雪乃が得意の氷雪魔法を使って、ピンポイントでここにだけドカ雪を降らせたのだ。若返った雪乃は、氷雪魔法に限ればどんな無茶も軽々とやってのける。

時間ごとにどんどんと降り積もる雪を幸生が叩いて硬くし、その上にさらに雪を降らせる、という繰り返しで、たった一日で雪はうずたかく積み上がった。

後はそれの形を整え、穴を開けて完成だ。

幸生の馬鹿力で圧し固められた雪は大量で、さらに雪乃が魔法を使って全体的に氷のように硬くしてあるので、暖かい日があっても当分溶けることはなさそうな頑丈さだ。

もはやカマクラというより、氷で作られた住居に近い。

「そら、なかひろいよ、はやくはやく！」

「すごいよそらちゃん！」

雪遊びになれている明良と結衣は全く遠慮無くカマクラの中から空を手招く。

空は憧れのカマクラにドキドキしながら入り口を潜り、そろそろと中に入った。

「わぁ……あったかい！　ひろい！」

祖父母二人の頑張りによって造られたカマクラはかなり大きかった。

全体的に驚くほど頑丈なので、壁が比較的薄く作られている。雪乃と幸生ならではの工法のお陰かもしれない。

幸生が入るには少し狭いかもしれないが、雪乃くらいの体格の人なら二、三人は入れそうだ。

中に入ると少し暗いが、外の風が遮られてそれだけで暖かく感じる。

空はパタパタとカマクラの中を一周、二周と歩き回り、気が済むと入り口から顔を出して雪乃に手を振った。

「ばぁば、すごいひろい！　かまくらすごい！　ありがとう！」

外にいた雪乃が嬉しそうに空に手を振る。

「せっかくだから何か温かいおやつでも持ってくるわ。ちょっと待っててね」

「おやつ！」

空が大喜びで声を上げると、明良と結衣があははと笑う。

「そら、おやつのほうがうれしそう！」

「そらちゃん、くいしんぼうだもんね！」

「うん！」

もはやすっかり立派な食いしん坊になった空は、照れもせず笑って頷いた。


「はい、どうぞ。お汁粉よ」

雪乃が持ってきてくれたのは湯気が立つお汁粉だった。

「ふわあぁ、おしるこ！　かまくらとおしるこ！」

何という王道だと空はお椀を受け取り感動に打ち震えた。本や映像でしか見たことのない、カマクラとお汁粉の黄金コンビだ。

「どうぞ召し上がれ」

「いただきまっす！」

言うが早いか、空はさっそくお汁粉に口を付けた。

ふーふーと軽く吹いてからそっと啜ると、餡子の優しい甘さとその温かさでほっと息が漏れる。

箸を入れると中から白いお餅が出てくる。小さく切った餅を焼いてから入れたらしく、口に運ぶと少しだけ焦げた部分が香ばしくて美味しい。

「おいひぃ……」

ずず、とお汁粉を啜りながら呟くと、明良も結衣も頷いた。

「なんかさ、カマクラだと、もっとおいしくない？」

「うん、いつもよりおいしい！」

確かに、外で食べるのも特別なら、カマクラの中で食べるのはもっと特別だ。

「いつもおいしいけど、かまくらだともっとおいしいの、ふしぎ……かまくらのまほう？」

「そうね、魔法かもしれないわね」

雪乃も一緒にカマクラでお汁粉を食べながら、微笑んで頷いた。

白い湯気が温かなお汁粉から立ち上り、カマクラの中にふわりと広がって消えていく。

寒いのに不思議と温かいこの空間で、皆で食べるお汁粉はいつもよりずっと美味しかった。


年の暮れもそろそろ押し迫ってきた、冬至の日。

米田家の食卓には色々なカボチャ料理が並んでいた。

定番のカボチャの煮付けに始まり、カボチャの入ったお焼きのようなものや、カボチャのグラタン、カボチャのコロッケ。味噌汁の具にもカボチャが使われている。

冬至にカボチャを食べる風習を守る事など考えた事も無かった空は、目の前の黄色っぽい料理に目を見開いていた。

「すごい、かぼちゃばっかり！」

「冬至にカボチャを食べると風邪を引かないのよ」

「そうだぞ、空。沢山食べると良いのだぞ！」

「うん！　いただきます！」

カボチャは好きだしどれも美味しそうだ。雪乃の料理に間違いはないと知っているので、カボチャ尽《づ》くしでも空には特に異存は無かった。

色々な料理を雪乃とヤナに少しずつ取り分けてもらって、空はさっそくカボチャを味わう。

最初に煮付けを口に運んだが、丁寧に煮られたカボチャはほっくりと柔らかく甘かった。

「おいしい！」

「ホピピッ！」

茹でただけのカボチャを一かけ貰ったフクちゃんも、空の隣で嬉しそうに鳴き声を上げた。

カリッと揚がったコロッケはほくほくだし、グラタンはホワイトソースとチーズがカボチャと良く合う。お焼きは甘くてもちもちしていて美味しいし、お腹にたまって嬉しい。

どれも美味しくてせっせと口に運んでいるうちに、ふと空は疑問を覚えた。

「このかぼちゃ……かわ、ないね？」

空は箸で刺した黄色い煮付けをまじまじと見つめた。そう、このカボチャには緑色の皮が付いていないのだ。

カボチャの煮付けと言えば、カボチャを皮ごと四角く切って煮たものだというイメージを空は何となく持っていた。

だがこのカボチャには皮が付いていない。そう意識して見てみれば、どの料理も綺麗に黄色ばかりでどこにも緑色は見えない。

何でだろうと首を傾げると、幸生がうむ、と頷いた。

「この辺のカボチャはデカいから、皮が硬い。故にそぎ落としてある」

皮が硬くて食べられない品種なのかと空は納得して、なるほどと頷いた。

「おっきいって、どのくらい？」

「む……裏の、倉くらいか？」

「え⁉」

米田家の母屋の裏には食料庫となっている倉がある。建物自体は一階建てだがロフトのような棚があって天井が高く、それなりの大きさがあるのだ。

それと同じくらいのカボチャというのは、空の想像を超えている。

「な、なんでそんなおっきいの⁉」

「何故……何故だ？」

「私も知らないわねぇ。昔からこの村ではカボチャは大きくなるのよ。でも何でかしら……魔素を吸って太りやすいとか？」

村で作物や動物を育てると大抵は変質してしまうので、村人はそういうものかと大体何でも受け入れて暮らしてきた。なのでこれはこういう性質らしい、と理解はすれど疑問には思わないのだ。

理解して受け入れて付き合うのがこの村では当たり前の生き方になっている。

「そんなおっきいの、どこでそだててるの？」

「邪魔だから村の端っこに専用の畑があるのよ。年にそうね……地区ごとに、一つか二つくらいしか育てないわね」

「育つにも時間が掛かる。三月か四月に種を植え、収穫は秋の終わりだ」

普通のカボチャよりも大分長い期間かけて生育し、収穫後は地区の全部の家で分ける事になっているのだ。

それをこうして冬至に沢山食べ、余った分は冷凍したり乾燥させたりして備蓄して少しずつ食べるのだと雪乃は空に説明した。

「来年は収穫前に見に行ってみる？」

「おっきいかぼちゃ……みてみたい！」

うん、と頷いたが、しかし同時に疑問も湧く。

「そんなおっきいの、どうやってとるの？」

空の疑問に、雪乃はちょっと誇らしげな笑顔で幸生を見た。

幸生は若くなった妻に美しい顔で微笑まれ、照れたように少し顔を逸らして、うむと唸る。

「じぃじがね、葉っぱや蔓を振り回して抵抗するカボチャをバカンって殴って気絶させて、それから根元を切り離してくれるの。そしたらばぁばや他の人が、魔法で切り分けるのよ」

「あばれるの⁉」

殴って気絶させるところは夏に採ったスイカと似ているが、あっちは暴れはしなかった。

倉のようなカボチャが蔓を振り回して抵抗するなんて、もうそれは怪獣映画か何かのような気がする。そんなカボチャを容易《たやす》く刈り取る幸生は、もしかしたら怪獣映画のヒーローなのかもしれない。

「来年はじぃじの活躍、見に行きましょうね」

「う、うん」

カボチャの馬車どころか家が作れそうなお化けカボチャを、空は来年の楽しみとしてとりあえず全て先送りにすることにした。

黄色しかないカボチャは甘く、どの料理もとても美味しかった。


夕飯が終わり、空は幸生と一緒にお風呂に入った。

今日は冬至らしく柚子湯で、空はこれも物珍しくて大喜びだ。ぷかぷかと浮く柚は大きいのから小さいのまで何だか色々だったけれど、どれも良い香りがする。ちょっとだけ爪を立てると香りが強くなる。空はその清々しい香りを胸いっぱいに吸い込み、満足そうにお湯に浸かった。

「じいじ、ゆずはふつうなの?」

「柚か……」

空の言う普通の基準がよくわからない幸生はしばらく考えた。

柚は枝に棘《とげ》があって危ないくらいで、それ以外特に変わった事はない。

その棘を遠くまで飛ばしてくるので、盾を持って挑発して棘を射出させた後に収穫する必要があるがそれだけだ。棘や葉を飛ばしてくる植物は他にも色々いて、あまり珍しくはない。

棘のせいで普段の世話が難しいのであまり手は掛けられず、実の大きさにばらつきがあるがそれも自然なので仕方ないだろう。

「うむ、普通だ」

「よかった！」

幸生の出した結論と空の思う普通の間には越えられない谷があったが、二人はそれには気付かなかった。どのみち米田家で柚は育てていないので、特に問題はないのだ。

さて、夕飯もお風呂も終わり、いつもなら空はホットミルクを一杯貰ってそれを飲んで寝るだけ……なのだが。今日はいつもと少し違った。

風呂から上がると雪乃に魔法で髪を乾かしてもらい、それから何故かコートを着せられマフラーを巻かれた。

「ばぁば、なにするの？」

「これから、冬至の火を焚くのよ」

「ひ？」

疑問に思いつつ、空は二人に連れられて外に出た。ヤナは留守番していると言って囲炉裏の傍に残り、フクちゃんは先日作ってもらった小さなマフラーを巻いてもらって空のコートのフードに入る。

外は真っ暗で、空気はキンと冷えて辺りは静まりかえっていた。雪乃に手を引かれて家の門のところまで来ると、そのすぐ外側に幸生がしゃがんでいた。

「来たか」

「ええ、火を点けましょうか」

「うむ」

幸生の目の前には四角く切った白木で小さな櫓《やぐら》が組まれている。幸生は火口にする為に用意した細い木とその細かい削りカスを平たい石の上に置き、その傍で火打ち石を打ち付けた。

空がそれを物珍しく思いながら見つめていると、パッパッと飛んだ火花が削りカスに落ち、やがて細い煙が上がった。

幸生はそれを石ごと持ち上げてそっと息を吹き付ける。小さな火が細い木にも燃え移ると、幸生はそれをそっと櫓の中に入れた。やがてパチパチと爆ぜる音が立ち、火は徐々に大きくなり、辺りを優しく照らす。

(火、綺麗だな……この儀式に、どんな意味があるんだろう?)

そんな事を思いながら隣にいる雪乃を見上げると、気付いた雪乃が空の頭を撫でた。

「今日はね、アオギリ様がお眠りになる日なのよ」

「え……そうなの?」

「ええ。だから、それぞれの家でこうして火を焚いて、アオギリ様に感謝するのと、この火がアオギリ様が眠る間の厄を……悪いものを祓って寄せ付けないようにしてくれますようにっていう願いを込めるの」

「そうなんだ……じゃあ、だいじなんだね」

空が火を見つめながら言うと、雪乃も幸生も頷いた。

幸生が立ち上がり、空を挟むようにして三人で並ぶ。

「手を合わせて、アオギリ様に感謝しましょうね」

「うん」

空は二人がするように手を合わせて神社の方角に顔を向けた。

「アオギリ様、今年もありがとうございました」

「ありがとーございました！」

「どうぞゆっくりとお眠りください。そして来年もどうかよろしくお願い致します」

「おねがいします！」

目を瞑って一生懸命祈っていると、遠くからオォォォン……といつか聞いた雄叫びが低く響いた。

短い残響を漂わせて声はやがて消え、後にはまた静寂が戻ってきた。

パチ、と小さな音を立て、小さな櫓を燃やし尽くした火もそろそろ消えようとしている。

空はふと、空気が変わった気がして天を見上げた。

夜空には無数の星が輝き、それはいつもと何も変わらないように見える。

けれど空には何かが確実に変わったと、何故かわかった。

冷たい風がヒュウと吹きつけ、ぶるりと体が震える。それに気付いた雪乃が空を抱き上げた。

「冷えちゃうわね。先に戻って、暖かくしてもう寝ましょうね」

「うん……」

空は家に入る前に、ふともう一度門の方を見た。そこにはもう炎はなく、しゃがみ込んだ幸生が黙って火の始末をしている姿が見えるだけだ。

それだけ、なのに。

どこか遠くから誰かを呼ぶ声のようなものが微かに聞こえた気がして、空はまた小さく震えて雪乃にぎゅっと抱きついた。

「寒い？　すぐホットミルクを作るわね」

「うん」

戸がピシャリと閉められ、空は小さく息を吐く。

外からはただ、風の音がするだけだった。

日々は足早に過ぎ、気がつけば年末がもう目前に迫ってきた。

最近幸生と雪乃は毎日忙しそうに出かけている。

雪乃は正月料理の下準備に大忙しらしい。手の掛かるものや一度に沢山作ると美味しい料理は、村の女性達が一緒に作業をして分け合うようだ。

その上、先日紗雪が東京から荷物を送ってきたので、ちょうどいい頃合いになった肉を加工する仕事も並行して行っているらしい。

紗雪の荷物の中身はかなり大量の塩や香辛料、田舎では手に入りにくい空の好きな調味料などだった。玩具《おもちゃ》と絵本も入っていて、空も大喜びだ。

雪乃はその塩や香辛料を使ってハムやベーコン、鹿肉の燻製などをせっせと仕込んでいるのだ。

その間、幸生もまた新年を迎えるための様々な仕事に駆り出されている。

例えば村での共同作業なら、神社の注連縄《しめなわ》を張り替えたり、参道の整備をしたり、提灯《ちょうちん》を飾ったりなどの手伝い。

個別の家の準備というのなら、門松にする竹を分けてもらいに善三の所へ行ったり、そのほかの材料を揃えたり、家の周りの掃除や補修などをしているらしい。

積雪はあれからあまり増えていないので、雪かきが仕事に入らないのは助かっているようだ。

だがお陰で空は少しばかり退屈をしていた。

冬になってからヤナが外に出たがらないので、雪乃か幸生がいてくれないと散歩にも出られない。庭くらいならフクちゃんと一緒に出ていいと言われているのだが、話相手もいないのに雪で埋もれた庭を歩いても今ひとつ面白みに欠けた。

カマクラはまだ溶けもせず残っているが、一人で入ってぼんやりしてもつまらないのだ。

家の中だけでは遊ぼうにもすぐにネタ切れになってしまい、最近の空は囲炉裏の周りでゴロゴロしてばかりだった。

しかしそんな空を気遣って、今日は雪乃が隣の家まで明良を迎えに行って連れてきてくれた。

明良も保育園が休みになったのに家族みんな忙しくしていて、家で退屈していたらしい。

「アキちゃん、いらっしゃい！」

「おじゃましまーす！　おはよー、そら！」

遊び相手ができた事にお互い喜び、二人はさっそく囲炉裏の傍に座って玩具や絵本を広げる。

「じゃあ空、集会所に行ってくるわね。ヤナ、しばらくお願いね。明良くん、後で美枝ちゃんが迎えに来るからここにいてね」

「はーい、おばちゃんいってらっしゃい！」

「いってらっしゃい！」

「うむ、任せるのだぞ！」

フクちゃんの背に乗ったままのヤナの返事に苦笑しつつ、雪乃は今日の作業をしに家を後にした。


残された空と明良は、とりあえず二人で最近のお気に入りの玩具を見せ合った。

「これ、うちのとうちゃんがつくってくれたんだ！」

明良が持ってきたのは木組みのパズルだ。猫の形をした小さな板を上手く組み合わせて大きな猫の形の枠に入れる、なかなか凝った作りだ。

明良の父はそういう物を作るのが得意らしい。仕事の合間にこういった玩具や小物を作るのが趣味だという。

「ぼくのはこれ！　ままがおくってくれた……なんか、えっと……かみずもうみたいなの？」

空が見せたのは半分に折りたたまれたボードゲームの台のようなものだった。

「かみずもう？　それならやったことあるけど……」

「ちょっとちがうんだけど……なんか、おもしろいよ！」

紙相撲とは、紙に相撲取りの絵を描いて二つ折りにして立てたものを台に乗せ、その台をトントン叩いて紙を動かし、倒れた方が負けという遊びだ。

このゲームは紙は使用しないのだが、やることは似ている。

だがそれを何と明良に説明すれば良いのか、空はよくわからなくて言葉を濁した。

折りたたまれていた板を開くと、盤面は黒く塗られていて、面いっぱいに複雑な魔法陣や幾何学模様のようなもの、様々な文字や記号が描かれていた。丸い魔法陣が四角い面をほぼ埋めていて、余った四隅には小さな魔法陣が描かれそこに色違いの丸い石がそれぞれはまっている。

空はその横に置いてあったケースから小さなコマを出して、明良に見せた。

「あんね、こっからいっこえらぶんだって。あきちゃん、すきなのとって？」

「これなに？　にんぎょう？」

「たぶんどうぶつだとおもう。そのあかいのはくまで、あおいのは……なんだろ？　いぬ？」

空の手のひらに乗る大きさのコマは全部で四つ、赤、青、黄、緑に色分けされて、デフォルメされた動物の形をしていた。足を踏ん張って両手を前に突き出したような姿をしている。

明良は青いコマを選んだので、空は赤いコマを手に取る。

「これを、ここにおくんだって。あきちゃんのは、ここね」

大きな魔法陣の中央辺りにそれぞれのコマを向かい合わせに置き、四隅の魔法陣のうちの二つ、赤と青の石に空と明良がそれぞれ指を置く。

「まりょくを、ちょっとだけおくるんだって。すごーくちょっとだけ」

「ちょっとなの？　むずかしいな……」

空と明良が赤と青の石に魔力をほんの少し流すと、指を置いていた石がピカリと光った。

「あ、うごいた！」

すると自分の選んだ青いコマが不意に動き出し、明良が驚いて声を上げた。

空の赤いコマも光って動き出し、二つのコマが真ん中にジリジリと寄っていってカチリとぶつかり合う。突き出した手で相手をぐいぐい押し、ズリズリと揉み合うように動いた。

確かにその様は相撲のように見えなくもない。

「がんばれ、あおいの！」

「あかいの、いけ！」

二人共自分のコマを応援するが、流した魔力にあまり差が無かったのか、二つのコマの動きは拮《きっ》抗《こう》している。やがて二つはぶつかったままくるくるとその場で回り出し、最後にはコテンと双方同時に横倒しに転がってしまった。

「あっ、いっしょにころがった！」

「ひきわけだね」

結局決着は付かず、引き分けとなってしまった。

明良はコマを手に取り、面白そうにしばらく眺めた。

「これ、いっぱいまりょくいれたらどうなるの？」

「それ、ばぁばにきいたらね、たぶんこまがびゅんびゅんうごいて、ぶつかってこわれちゃうって」

「そっか……じゃあだめだなぁ」

遊びとはいえ、決着が付かないのも、動きが遅いのも子供たちには少々物足りない。

もう少し動きが良かったらもっと面白くなりそうなところが惜しい。

残念そうに呟く明良に、空は笑顔を見せた。

「じぃじがね、こんどぜんぞうさんにみせて、こまをじょうぶにしたり、かいぞうしてもらうっていってた！」

「ほんと？　たのしみだな！」

「うん！」

改造してもらったら存分に遊ぶことにして、とりあえず今は苦労して僅かな魔力を入れて二人は楽しむことにした。


空は知らなかった。

この少々物足りない、紙相撲の親戚のような謎の玩具が、都会では最先端の技術を詰め込んだ逸品であることを。

幼少期の子供に遊びながら魔力操作を覚えさせるための、最新の高価な知育玩具であることを。

雪乃が送りつけた魔素素材がとんでもない金額になって慌てた紗雪が、せめて少しでも返そうとそれを買って送ったことを。

そして、それが後日、善三の所から魔改造されて返ってくることも。

空はまだ何も知らず、何度も明良とそのゲームをやって楽しく遊んだのだった。

謎の相撲ゲームに飽きると、絵本を読んだり明良の持ってきたパズルをやったりしてしばらく二人は楽しく過ごした。

たとえ片方が飽きて違う遊びを始めても、友達が傍にいるというだけで何をしていても楽しい気がする。

そんなことを考えながら猫のパズルがどうしても上手く完成せず唸っていると、やっと人の姿になったヤナがおやつを持ってきてくれた。

「二人共、おやつなのだぞ」

解放されたフクちゃんも空の膝の上にちょんと乗って嬉しそうにしている。

「きょうのおやつ、なぁに？」

「今日は肉まんだぞ。雪乃が作っていってくれたから、ヤナが蒸《ふ》かしたのだぞ」

皿の上にはふかふかの肉まんが幾つも載っていて、ほわほわと湯気を立てている。

「うわ、うまそう！　ヤナちゃんありがとー！」

「おいしそう！　いただきます！」

明良も空も大喜びで受け取って、さっそく大きな口を開けて齧りついた。

「はっふ、あふ、おいひ……」

「あちち、うん、うまい……」

ふかふかに蒸し上がった柔らかな皮はほのかに甘い。その中から出てきたのは甘辛く、やわらかく煮たたっぷりのゴロゴロお肉と、少しばかりの野菜だった。肉汁たっぷりで濃いめの味がほのかに甘い皮と良く合って本当に美味しい。

「ハムやベーコンに肉を加工していると、屑肉が沢山出るのだぞ。それを煮たのだな」

つまりは猪肉の肉まんということらしい。

空は肉を味わいながら、この田舎に来て良かった……と食事の度に思う事を今日もしみじみと噛みしめた。

「おかわりしていい？」

美味しかったのか、珍しく明良がお代わりを欲しがった。ヤナはもちろんと頷き、皿を勧める。

「沢山食べるが良いぞ。足りなければ他にも食べる物はあるからの」

「うん、ありがと……おいしいな、そら」

「うん！」

空も二つ目の肉まんを手に取って齧り、幾つ食べてもやはり美味しいと顔を綻ばせる。

明良もまた二個目を美味しそうに食べていたが、半分くらい食べたところで少し速度が遅くなった。それなりに大きめの肉まんだったので、お腹がいっぱいになってきたらしい。

「お腹いっぱいなら残しても良いぞ？」

「ん、だいじょぶ、ゆっくりたべるし」

空が三個目を食べている間に、明良は休み休み二つ目を食べきった。しかしやはり明良には少し多かったらしい。空はそのあともう二個食べて皿をすっかり空にした。

「ふあ、おなかいっぱい……おひる、はいらないかなぁ」

「少し外で遊んできたらどうだ？　敷地から出ず、裏で遊ぶなら二人だけでも構わぬぞ。フクも連れて行くと良い」

「そっか。そら、そといってもいい？」

「うん！」

「ホピッ！」

二人は暖かい格好をしてフクちゃんをお供に外に出た。フクちゃんは空のコートのフードの中だ。フクちゃんは外の寒さは平気なのだが、歩くと足が冷たいのがちょっと嫌いらしい。

裏庭に回って、まだしっかりと硬いカマクラを覗き、それから庭の中を歩く。

今日は朝から晴れていて、その分空気がうんと冷たい。そのせいか足の下の雪は硬くなって歩きやすい気がした。

このところ、雪が降る日と降らずに少し溶けるような日が繰り返されている。その間に、何日も掛けて少しずつ積もっては溶け、また積もりを繰り返した雪は硬く締まって半ば氷のようになっていた。

そんな雪をザクザクと踏みしめながら、空と明良は畑の周りをうろうろと歩く。

畑の中で苗や野菜が残っている場所には幸生が棒を立てて紐を張り、間違って入らないようにしてくれている。それ以外の場所はもう作物がないので、二人は安心してまだ入っていない場所にも踏み込めるのだ。

明良は畑に残った畝が作るなだらかな山に足を乗せ、空を手招く。

「そら、ほら。ここのひかげなら、ゆきのうえ、そーっとあるけばわたれるよ」

「しずまない？」

「かたいからだいじょうぶ！」

硬く締まった雪は、空と明良くらいの体重なら容易く支えてくれる。

そうっと足を出して体重をかけてみたが、確かに雪の山は沈まなかった。かつかつと足踏みしてみても、空の軽さでは軽くへこむだけだ。

「ふわ……ゆきのうえに、のれるんだ」

「うん！　こういうの、えーっと……しみわたり？　だったかな。どっかで、なんかそんなことというって、じーちゃんがいってた！」

（しみわたり……凍み渡り？　聞いたことがあるような……綺麗な言葉だなぁ）

硬い雪の上を歩いて行くだけのことが、何だかとても新鮮で面白い。

時々ズボッと潜ってびっくりして、明良と顔を見合わせて笑い、引っ張り上げてもらったりもした。

「そういえば、ぼく、まえにアキちゃんがすきそうなみけいし、みつけたんだけど……うもれちゃったね」

「うん。でもまたはるになったらいっしょに……さがせるかなぁ」

雪に埋もれた庭を見回してそう言いかけ、明良は不意に肩を落として呟いた。

「アキちゃん？　どうしたの？」

明良は何でもないと笑おうとして失敗して、おかしな顔をしてぎゅっと口を引き結んだ。

「なんかあったの？」

空が聞くと、しばらく黙り込んだ後、明良は視線を下に落としたままゆっくりと口を開いた。

「おれ……おとうとか、いもうとができたって」

「おとうと……あかちゃん？」

「うん」

「わぁ、おめでとう！」

明良は以前から時々兄弟が欲しいと言っていた。空と仲良くしてくれるのも、弟のように思ってくれているからだ。

けれど念願の弟妹《ていまい》が出来るかもしれないというのに、明良の表情は冴えなかった。

「……アキちゃん、やなの？」

「ううん、うれしい。すごくうれしい……でも」

嬉しいと言いながら、明良はぎゅっと顔をしかめる。

「とうちゃんとかあちゃんが……もしかしたら、ひっこすかもって」

「え……」

「うちのまもりがみの、ウメちゃん……もうずっとでてこないんだ。としよりだからって。だからことしは、ねこをよんだって」

明良は途切れ途切れに、順序もなく辿々《たどたど》しく理由を話す。空はそれを必死で追い、何となくだが事情を理解することができた。

（アキちゃんちの両親が、あんまり強くないっていうのが問題なのか）

ウメちゃんというのは矢田家を守る家守で、梅の木の精霊だという話だった。しかしその梅の木が年を取り、最近ウメちゃんが表に出てくる事がほとんどないのだという。

家守のウメちゃんがもしかしたらこのまま消えてしまうかもしれない、そうなるとこの家で赤ちゃんを産んで育てるのに不安が残る、とそういう話を両親がしていたのを、明良は聞いてしまったらしい。

明良の祖父母の美枝と秀明は十分に強いが、二人もまた年を取りつつある。家や家族を守る強さに自信がない明良の両親が子供を安全に産み育てるために、もう少し危険度の低い地域に引っ越してはどうかと検討していたというのだ。

田舎の生き物にいちいち驚きびくつきながら日々を過ごしている空には、その気持ちが十分わかる気がした。

そして、明良の気持ちも。

「おれ、やだ……おれ、ここにいたい……きょうだいはうれしいけど、おれ、ここがすきだ」

「うん……」

「おれがもっとおおきかったら、かあちゃんもきょうだいもまもってやれるのに……おれがもっとおとなで、つよかったらよかったのに」

だから今日はいつもより沢山食べたのか。そう納得して、空は目元を拭う明良にそっと寄り添った。

「きっと、だいじょぶだよ……だって、いっきゅう？　から、にきゅうになるって、じぃじいってたもん。ひっこさなくてもよくなるよ！」

「そうなのかな……」

空は明良の手を取り、ぎゅっと握って頷いた。

「うん！　そしたら、ぼくのままもかぞくも、あそびにきてくれるんだよ！　とうきょうのひとがこれるくらいだから、きっとだいじょうぶだよ！」

「とーきょーのひとって、すごくよわいんだっけ？　そっか……」

空の言葉に明良は少し元気を取り戻した顔になった。東京の家族を引き合いに出して少し罪悪感があったが、嘘ではない。

「これから、アキちゃんだってどんどんつよくなるし！　あ、ねこさんにおねがいして、もうちょっといてもらうとかどうかな？」

「もうちょっとって、はるがおわっても？」

「うん！　そしたら、ぼくもあいにいけるし……」

「ホピッ、ホピピピ！」

下心が若干滲んだ空の提案に、フードの中で大人しくぬくぬくしていたフクちゃんが急に声を上げた。もちろん、その提案を非難しているのだ。

「あはは、フクちゃんがやきもちやいてる！」

パタパタ羽ばたきながら空に抗議するフクちゃんを見て、明良はようやく笑顔を見せた。

それを見て、空もほっとして一緒に笑う。

新しい年も、そのあとに来る春も、こうしてずっと一緒に笑っていられますように。

空と明良は、同じ願いを抱えて雪の上で笑い合った。

四　村のお正月

時は過ぎて、大晦日。

空は綺麗に磨かれた窓を眺めながら、年の瀬の独特な空気を吸ってどこかわくわくとしていた。
二、三日前から家族みんなで片付けや掃除をして、家中どこもピカピカだ。
もちろん、米田家はわざわざ大掃除をしなくても毎日雪乃やヤナが綺麗にしている。けれどやはり大掃除は必要だと言って高いところの煤払《すすはら》いをしたり、囲炉裏の灰を掃除したり、窓を拭いたりと、普段あまり手の回らない所を中心にすっかり磨き上げられた。

空も低い位置にある窓を拭いたり、廊下に雑巾を掛けたりして一生懸命お手伝いをした。長い廊下を雑巾がけするなんて初めての体験で、隣を走るフクちゃんと競争したりして楽しかった。

途中で滑って転んだり、前を見ていなくて壁にぶつかったりしたが、それすらも可笑しく楽しい。

ピカピカになった廊下を見せて皆に褒められ、空は大掃除もすっかり好きになった。

雪乃がやれば魔法であっという間に片付くことだとしても、やってみるかと聞いてくれて、やりたいと答えた空になんでも挑戦させてくれたことも嬉しい。

空は新しい年を迎える準備に参加出来て、満足そうに胸を張った。


今日は大掃除をしたからと空は夕方早くに幸生と風呂に入り、綺麗な服に着替えさせてもらった。雪乃もその後風呂を使い、今日はいつもと違うちょっと格式の高そうな着物を身につけている。幸生の着流しも今日はいつもの物と少し色合いが違っていた。

「空、そろそろご飯よ」

「はーい！」

ご飯、と聞いただけでお腹がぐぅと音を立てる。急いで台所に入ると、雪乃が先にこっちね、と普段あまり使わない座敷の方を指さした。

米田家の囲炉裏の間の隣にはもう一つ座敷がある。

田舎らしくふすまを取り払えば大きな広間になる造りになっているのだが、冬は寒いので締め切って滅多に使わない。逆に夏は風が通って涼しいように、ふすまを取り払って過ごしている。

そちらの座敷には神棚があり、今日は幸生が朝から丁寧に掃除をしてせっせと清めていた。

「さ、ご飯の前に神様とご先祖様にお参りしましょうね」

座敷に入ると床の間の横の上の棚に、小さな社が設置されている。そこにはアオギリ様の神社で頂いてきたお札が納めてあり、注連《しめ》飾りや榊《さかき》と共に全て新しくされていた。

その神棚の下にある小さめの棚が、ご先祖様を祀る場所らしい。

「こっちが、ごせんぞさま？」

「そうよ。祖霊舎《それいしゃ》って言うのよ」

どちらにも新しい御神酒《おみき》や水、塩や米をお供えし、ろうそくを灯した。それからヤナ以外が全員並んで頭を下げ、手を叩く。空も見よう見まねで、二人に合わせて頭を下げて手を叩いた。

「今年一年、皆息災に過ごせました。ありがとうございました」

「ありがとうございました！」

まずは神棚に、そしてご先祖様にも同様にお礼を言って丁寧に頭を下げて、お参りは終わりだ。

「ヤナちゃんは？」

「ヤナはお参りされる方だから。でも寒いから、夕飯の席で良いって」

一緒に暮らしている神様は、その辺は適当で良いらしい。

「さ、食べましょ」

お参りを済ませた三人は台所に移動した。台所は良い匂いがして、空が急いでテーブルの傍に寄ると、幸生が椅子を引いて座らせてくれた。テーブルの上を覗き込むと、真ん中に大きな木桶が置いてある。

「わぁ……すごいごちそう！」

木桶の中には色鮮やかなちらし寿司が入っていた。

その隣の大皿には唐揚げやコロッケ、肉団子にフライドポテトと、子供が好きそうな料理がオードブルのように盛り合わせてある。

「今年は空がいるから、ちょっと華やかにしてみたのよ」

「おいしそう……ありがと、ばぁば！」

空と一緒に暮らすようになってから、雪乃は婦人会の集まりで小さい子供がいる女性に熱心に新しい料理を教えてもらっているのだ。

紗雪にも空や兄弟たちの好きな料理を聞いたり、都会で流行っているという料理の本を取り寄せたりと日々研究に余念が無い。

空はそんな愛情のこもったちらし寿司を、お皿にたっぷり取り分けてもらった。

「じゃあ、いただきますしましょうか」

「うむ……ヤナ、雪乃。今年も一年、世話になった。来年もよろしく頼む。無論、空もな」

「私からも。ヤナと幸生さん、そして空にもお世話になりました。来年もよろしくね」

「うむ、ヤナが来年もしっかりこの家を守ってやるのだぞ！」

米田家では食卓でこうして挨拶をするのか、と空は何だか新鮮な気持ちで皆を見回した。

それから、慌てて自分もぺこりと頭を下げた。

「ぼくも！　ぼくもえっと、いちねん、いっぱいおせわに、なりました！　らいねんもよろしくおねがいします！」

「ホピピッ、ホピピピピ！」

空とフクちゃんの一生懸命な可愛い挨拶に、雪乃は微笑み、ヤナは空の頭を撫でた。幸生は一人天を仰いでいた。

「いただきまっす！」

挨拶が済むとお待ちかねの夕食だ。空はさっそくちらし寿司に手を伸ばした。

ちらし寿司の具は、凍らせて保存してあった鮭といくら、沢ガニの身などだ。それに錦糸卵や、飾り切りして梅酢に漬けたレンコンや小カブが彩《いろど》りをそえている。

山奥の村でも比較的手に入りやすい食材ばかり使われているが、それでも十分美味しそうだ。綺麗に飾り付けられたそれらを空は遠慮せずどんどん口に運ぶ。

「おすし……おいしい」

そういえば東京では寿司らしい寿司を食べた記憶が無い。幼児だから仕方ないのだが、久しぶりのお寿司は一際美味しく感じた。

「もうちょっと海が近ければ、他にお刺身も手に入ったかもしれないんだけど……」

雪乃は残念そうにそう言うが、空は美味しければなんでも良いのだ。海の魚はいつか大きくなってから食べに行ったって構わない。今お腹に入る物が正義だ。

「ぼく、これすきだよ！」

「そう？　良かったわ」

ここにある色々な料理は、全て雪乃が一生懸命考えて用意してくれたものだ。それだけでもう何でも美味しく感じてしまう。実際、とても美味しいのだし。

空はテーブルに置かれた全ての料理を少しずつ順番に取り分けてもらい、どれも美味しく食べた。揚げ物だけではなく、幸生のために用意された根菜の煮物や漬物も好き嫌い無く食べる。

そしてそれを三周してから、ようやくごちそうさまを告げたのだった。

「空、年越しソバも用意してあるけど、食べる？」

「にはいたべる！」

なんと追加オーダーもあった。


大晦日と言えば、空の前世で定番だったのは歌合戦や年越し番組、除夜の鐘などだった。けれどこの村にはなんとお寺がないし、テレビも存在しない。神社に年越しのお参りに行く人はいるのだが、今年は空がいるので幸生たちは年が明けて朝になってから行く事にしていた。

食事を取った後は皆で囲炉裏を囲んでお喋りしながらお茶を飲むだけだ。空はホットミルクとお菓子を貰ったが、今日はお手伝いを頑張ったせいかもう何となく眠たい。

フクちゃんはもう半ば寝ているらしく、囲炉裏の傍に座りこんで動かない。寝る時間が早いのも鳥らしいところだ。

丸くなるフクちゃんを見ながらあくびを一つすると、雪乃が空の顔を覗き込んだ。

「空、眠たい？」

「ん、ちょっと……」

「もう少し待つのだぞ。今晩は客が来るのだ」

目を擦る空にヤナが頑張って起きているようにと声を掛けた。

「おきゃくさん？　よるなのに？」

「ええ、本当はもっと遅くに来るんだけど……今年は空がいるから、早く来てくれると思うのよ」

「ぼくに、おきゃくさん？」

空が首を傾げると、カラカラと玄関の戸が開く音がして、ごめんください、と声が聞こえた。

「あ、いらっしゃったわ」

「む、お供えを取ってくる」

雪乃が立ち上がってパタパタと玄関に出ていき、幸生が隣の部屋へと入っていく。空がその双方をキョロキョロと見ていると、ヤナが空の手を引いて玄関へと誘った。

「空、行くぞ」

「う、うん」

ヤナに手を引かれて囲炉裏の間から外に出る。玄関では雪乃が廊下に正座して、訪ねてきた客と挨拶をしていた。

「空、こっちへ来てちょうだい」

手招かれて空は雪乃の隣に並び、客の姿を見た。

玄関に立っていたのは二人。

一人は白い髪と長い髭、白い着物と袴、その上に金糸で刺繍《ししゅう》がされた豪奢《ごうしゃ》な羽織を着た穏やかな風貌の老人だった。手には鈴が沢山付いた長い杖を持っている。老人が前に出ると、シャラン、と美しい音が響いた。

もう一人はほぼ同じ服装だが年齢が違う。白にも見える銀糸の髪に金色の瞳の、十五、六歳ほどの少年だ。こちらは杖は持っていなかったが、腰に鈴が沢山付いた飾り紐を結んでいる。

どちらも村では見たことのない人達だった。

空が挨拶をしようかと考えていると、幸生が大きなお盆を持って玄関にやってきた。黒塗りのお盆には三方に飾られた鏡餅と酒の入った一升瓶、野菜や干物のイカ、紙の紐でまとめられた昆布などが乗せられている。

幸生は玄関まで来るとそれを手前に置き、きちんと正座をして客に頭を下げた。

「年神様《としがみさま》方、今年もお越しいただき、真にありがとうございます」

幸生と一緒に雪乃も頭を下げたので、空も真似をしてぺたりと正座し、頭を下げた。

「うむ。米田家は今年も息災なようで何よりだ」

「良い年だったかー？」

老人はおっとりとしゃべり、少年は元気が良くて気安い感じだ。

空が顔を上げると、少年と目が合ってにこりと微笑まれた。

「孫が来たって聞いたから早く来たんだけど、その子？」

「あ、えっと、はじめまして、そらです！」

慌てて挨拶をすると、老人も少年も目を細めて頷いた。

「空か。良い名だの。我らは年神なのだが……わしのことは大じいとでも呼ぶと良い」

「俺は若で良いぞ！」

「おおじいと、わか……？」

年神と名乗られても空にはピンと来ない。二人は神様なのだろうかと説明を求めて空は雪乃やヤナの方を見た。

「大じい様と若様とお呼びすると良いわ。このお二方は年神様と仰って、新年に来てくださる神様なのよ」

「本当なら深夜から元旦にかけて眠らずにお迎えするのだが、小さな子がいる家にはこうして早めに来てくれるのだぞ！」

位としては家守よりは遥かに格上なのだが、ヤナは頭も下げず気さくに紹介してくれた。神としての系統が違うし、眷属でもない限りはさほど謙《へりくだ》る事はないのだ。

空にはそんな事はわからないので、訪ねてきた見知らぬ神様にどんな態度を取って良いのかと悩んでしまう。雪乃は安心させるように空の頭を撫で、それから年神様たちに向き直った。

幸生も真面目な態度でもう一度頭を下げ、目の前に置いていた供物を恭《うやうや》しく差し出す。

「どうぞこちらをお納めください。また一年、米田家を見守ってくださいますようお願い申し上げます」

「うむ。万事安心して天命に委《ゆだ》ね、日々変わらず励むが良い」

「五穀豊穣《ごこくほうじょう》も任しとけ！」

重々しい大じい様の言葉とは裏腹に、若様は明るく自分の胸を叩く。そして並んだ供物をちらりと見ると雪乃に声を掛けた。

「あのさ雪乃ちゃん、出来てるハムとかない？　もしあったら一塊分けてくれない？」

「これ若年、お前はまたそんな事を！　供え物の追加を強請《ねだ》るなどはしたない！」

「いいじゃんちょっとくらい、代わりに祝福サービスするし！　俺はまだ肉が食べたいお年頃なの！」

「神が正月から肉を食うなど示しが付かぬではないか！」

「そういうイメージ今時流行んないってー。俺は命を差別しない主義なの！　ちゃんと食った後は酒で禊《みそぎ》すっからさ！」

二人が言い合うと杖と腰の鈴がシャンシャンと音高く鳴り響く。

賑やかなやり取りに空が目をぱちくりさせている間に、雪乃は一旦席を外して氷室から大きな猪ハムの塊を持ってきた。先日出来上がったばかりの物だ。

「よろしければこちらをどうぞ。今年は沢山作ったのですが、出来も良いですよ」

「やった、ありがとう！　雪乃ちゃんのハムが美味いって聞いてたから食べてみたかったんだよね！」

大喜びした若様は止められる前にとハムにちょんと指先で触れた。すると雪乃の手の上からそれがフッと消え失せる。

「全くしょうのない……すまんなぁ、米田の」

「いえ、お気になさらず。喜んでいただけて光栄です」

幸生がそう答えると、大じい様はため息を一つ吐いて盆の上の供物に手をかざし軽く振った。するとそれらもまた、お盆や三方を残して一瞬でどこかに消え失せた。

「では、これを」

全ての供物を受け取った後、大じい様は自分の手の上に鏡餅を一つ取りだした。さっきまで三方に載っていた二段の鏡餅のうちの、下段の大きな方だ。

それを大じい様が両手で持つと、若様がそこに手を乗せた。

「これを食す者らが、一年息災であるように」

「家内安全、無病息災……商売繁盛、はあんまいらないかな？　じゃあ孫もいるし、前途有望とかで！」

そう告げる二人の手の間に光が生まれ、鏡餅を包み込んだ。その眩しさに空は思わず目を瞑る。閉じた瞼の裏で光を感じなくなってから目を開けると、年神様二人が自分たちの手元に視線を落とし、困ったような顔をしているのが見えた。

「お主……やりすぎじゃろこれは」

「あ〜……ごめん、ハムが嬉しかったからお礼にと思ったらつい」

バツの悪そうな顔をする若様にため息を吐き、大じい様は手の上の餅であった物を諦めたように空に差し出した。

空は差し出されたそれをじっと見つめ、受け取っていいのか困ったように幸生を見る。

数日前に幸生が餅つきをして作った白く大きな鏡餅が、今や何故か金色に光り輝いているのだ。

幸生はそれを見てしばらく考えた後、空に頷いた。

「お年玉だ……頂きなさい。大丈夫だ、多分」

「うむ、ちと祝福を込めすぎたが……まぁ問題無いじゃろう。雑煮にでも混ぜて少しずつ食べるように。くれぐれも、なるべく多くの家族で分け合って、日を置いて少しずつ、な」

「一人で一度にいっぱい食ったらうっかり人間辞めちまうかもしれないから、気をつけろよ！」

「あ、ありがとう、ございます……？」

そんな怖い物をお年玉にしないでほしい、と思いながら空は金の鏡餅を恐る恐る受け取った。受け取ってみればずしりと重いがそれはあくまで餅の重さで、本当に金になったわけではないようでほっとする。

（これがお年玉って……田舎はやっぱり何かすごく違う……）

神様のお下がりの鏡餅がお年玉の由来だという事は空の知識にはなかった。

そもそも神様が本当に家に来るなどという事も当然なかったのだが。

「それでは、わしらはこれで。良い年を」

「またなー！」

「どうもありがとうございました」

「ありがとうございましたー！」

頭を下げ声を揃える幸生たちと一緒に、気を取り直して空も元気よくお礼を言って頭を下げた。

手の中の餅が重たくて体が前に傾きかけたが、ヤナが背中を掴んで引き戻してくれたので玄関に転がり落ちずにすんだ。

そんな空の頭を大じい様が優しく撫で、二人はまた玄関を開けて鈴の音を残して去って行った。

あまりに普通な訪問と去り際に、空は何となく玄関の戸と手の中の餅を交互に見てしまう。

本当に今のは神様だったのだろうか、空の知らない村人が扮《ふん》していただけではないのだろうか、と少しだけ思う。けれど、手の中の金色の餅は何だかとても神々しく存在を主張している。

「さ、空。もう寝てもいいわよ。そのお餅は神棚に上げておくから。後で頂きましょうね」

「うん……」

若干物騒な金の餅を雪乃に渡して空はほっとため息を吐き、歯を磨くために洗面所に向かった。

（いつもながら田舎って……謎だ）

空はそんな感想を抱きながら、フクちゃんを連れて布団に入り、一足先に眠りにつく。

眠りに入る寸前、どこか遠くで、シャラン、シャランと鈴の音が聞こえた気がした。


「あけましておめでとーございます！」

元日の朝。

起きて顔を洗い、着替えてきた空が元気に挨拶をすると、幸生と雪乃も嬉しそうにおめでとうと返してくれた。

幸生はどことなく引きつったような顔をしているが、これでも多分笑っているつもりなのだ。それを知っている空が笑顔を返すと、幸生はおもむろに天を仰いだ。

「久しぶりに私達だけじゃないお正月で、嬉しいわねぇ」

「ああ……」

「つぎは、ままたちもいるといいね！」

空の言葉に雪乃はにこにこと頷いた。村の二級指定は色々あって少しずれ込んでいるが、春までには何とかなる予定だ。

隆之の実家との兼ね合いもあるだろうが、一級から二級になったら紗雪一家を一度くらいは年越しに誘おうと雪乃も考えている。

だがまだ先の話だ、と雪乃は気持ちを切り替えて空を手招きし、手にしたコートを着せかけた。

「さ、まずお庭に行って、ヤナに挨拶しましょうね」

「ヤナちゃんに？」

「ええ。元旦にはまず、お家にいる守り神に挨拶するのが習わしなのよ。ヤナも待ってるわ」

そういえば今朝はまだヤナの姿を見ていない、と空は気がついた。しかし昨日は夕飯の時に台所で挨拶だったのに、と不思議に思う。

「きょうはおにわなの？」

「ええ、昨日は台所だったけど、さすがに元旦くらいはちゃんと形式を守ってるのよ」

空はなるほど、と納得し、上着のフードにフクちゃんを入れ、紋付き袴を着た幸生といつもより華やかな着物を着た雪乃と共に庭に出る。

ヤナの本来の住居である小さな祠《ほこら》は、米田家の裏庭の片隅にある。

庭への通路には雪が少し積もっていたのだが、朝のうちに幸生たちが除雪してくれたらしい。出来たばかりの道をトコトコと歩き、空たちは祠の前に辿り着いた。

祠は正月前に綺麗に手入れをされ、赤い屋根からは雪も丁寧に払われている。正面に掛けられた注連縄も新しい。

高さを合わせて祠の前に設置された白木の台には、山海の幸やお酒、餅などがお供えされていた。

空が見上げる前で、幸生がまず正面に立って一歩近づき、丁寧に頭を下げる。

雪乃と空は少し後ろに並び、空も幸生を真似しながら頭を下げ、柏手を二回打った。

「米田ノ家守ノカミ、ヤナリヒメ様。新しき年の始まりに、米田家当主、米田幸生よりご挨拶を申し上げる。御身のご加護によって、家族一同無事にこの佳き日を迎えられましたことに感謝を。また一年、どうぞ米田家にご加護をくださいますよう、伏してお願い申し上げる」

幸生はそう言ってまた深く頭を下げた。

珍しく幸生が沢山喋ったことに驚いていた空は、慌てて真似をして頭を下げる。

しばらく下げてからまた頭を上げると、小さな祠はピカピカと景気よく光を発していた。

『うむ。苦しゅうない！　米田の家は万事任せるが良い！　今年もヤナがきちんと守ってやろうぞ！』

祠から声が響き、光がすぅっと消えていく。

(わぁ……なんか神様っぽかった!)

などと空が思いながら見ていると、小さな祠の小さな扉が内側からバンと勢い良く開いた。

そしてそこから小さなヤモリがぴょんと跳び出て、目の前に立つ幸生の顔にビタンと張り付いた。

「さっむい! 寒いのだぞ! 毎年毎年、挨拶は家で良いと言っておるのに!」

「……そういうわけにはいかん」

顔に張り付いたヤモリがブルブル震えながら首元にするりと下り、着物の襟元に潜り込もうとするのを幸生はひょいと掴まえた。

「幸生、寒い!」

「ちょっと待て。空」

「へ?」

ヤモリを片手で持った幸生に呼ばれ、ビックリしていた空が首を傾げる。

幸生は身をかがめると、手にしたヤナを空の上着のフードにぽいと落とした。

「ホピッ!? ホピピピッ!!」

「おお、フクがおったか! フク、もうちょい大きくなれ!」

ヤナはさっそくヤモリの姿のままフクちゃんの羽毛に潜り込み、温かなその体にがっしりとしがみ付く。

突然降ってきた冷たさにビックリしたフクちゃんはフードの中で跳び上がって悲鳴を上げたが、

そこでは大きく動けず、ヤナを振り払えない。

仕方なくフクちゃんがもそりと鳩くらいの大きさになると、ヤナはその温かな翼の下にこれ幸いと潜り込んだ。

「わっ、フクちゃんっ」

「あらあら、危ないわ。はい、空」

急に大きくなったフクちゃんにフードを引っ張られて空が慌てると、雪乃が手を伸ばしてフクちゃんをそっと取り出して渡してくれた。空はフクちゃんを受け取って両手に抱いたが、どこに隠れているのかヤナの姿は見えない。

「お、空、明けましておめでとう！　今年もヤナがよう守ってやるのだぞ！」

フクちゃんの羽毛の下から、姿は見えないが声がする。

「あけましておめでとう……ヤナちゃん、ことしもよろしくね！」

空は心を込めて、ヤナに笑顔で挨拶をした。

神様へのご挨拶から始まる、村で過ごす初めてのお正月。

何だか良い事がありそう、と思いながら空はフクちゃんを抱きしめる。

「ホピ……」

そのフクちゃんは、体温を奪われてかなり不服そうな顔をしていたのだが。

家に戻った後は、神棚にもお参りだ。

新しい料理や酒をお供えし、皆で神様に新年のご挨拶をする。祀ってあるのはアオギリ様のお札だが、本人が寝ていようが挨拶するのがしきたりらしい。

空はその神棚に乗せてある金色の鏡餅を見て、やはり夕べの事は夢じゃなかったのか……と遠い目をした。

一段だけになった金色の鏡餅はまた三方に戻され、正月が明けてから食べることになっているらしい。

食べる時が楽しみなような怖いような、そんな複雑な気分を抱えて空はお参りを済ませ、朝食の席についた。

「ほわあぁぁ！　ごちそうが、もっといっぱい！」

昨日の夜もご馳走だったのに、今朝はもっとご馳走になっている。

テーブルの真ん中には美しい花模様が描かれた朱塗りの重箱が置かれ、その中には煌びやかなお節料理が綺麗に詰められていた。

「最近はこんなにちゃんとお正月料理をしてなかったんだけど、空はこういうのが好きそうだから……」

張り切っちゃった、と雪乃がちょっと照れたように笑う。

空はその笑顔を見て一瞬目を見開いた。若返った雪乃のその笑い方が、紗雪が照れ笑いをするときとそっくりだったからだ。

何だか嬉しくなって、空は両手の拳をぎゅっと握って笑顔を浮かべ、大きな声を上げて頷いた。

「すごくきれい！　だいすき!!」

こんな豪華な料理じゃなくてもいつも大好きだが、そこはそれだ。こんなに綺麗に盛り付けられたお節料理は前世でも食べた記憶が無い。

東京の家でもお正月は特別なご馳走を並べていた気がするが、お節料理は小さな子供の好みではない料理が多いせいか用意されなかった。用意されていても、多分二、三歳では食べなかったと思う。

だが今の空は体も健康で、よほど苦いとか辛いとかでない限り何でも美味しく食べられる。

「空の好きそうな料理も増やしたから、沢山食べてね」

「うん！」

黒豆や数の子、田作《たつく》りやなますなど伝統的な料理とは別の段に、栗きんとんやだし巻き卵、唐揚げやポテトサラダなど空の好きそうなおかずだけが沢山入れられている。

空の事をきちんと考えた特製のお節料理。そこにも雪乃の愛情が沢山入っているのが見ただけでわかった。

早くいただきますをしたいと空がわくわくしていると、雪乃がちょっと待ってねと言って席を外した。

そして大きな皿を持って戻ってくる。その皿には白い布が掛けてあった。

「これは、私達から空に、お年玉よ」

「おとしだま！」

「……開けてみろ」

どんと空の前にお皿が置かれ、布を取ってみろと勧められる。空はわくわくしながらその布に手を掛けた。

「あっ！　これ……ろーすとびーふ！」

パッと取った布の下から現れたのは、雪乃特製、黒毛魔牛のローストビーフだった。空の大好きな肉、それも大きな塊だ。

村では子供にお金を渡してもあまり使い道がないためお年玉はお下がりの鏡餅か、子供の好物の食べ物、あるいは欲しがっていた道具などということになるらしい。

「少し前にじぃじと一緒に山で狩ってきたのよ！」

幸生たちはこの為にわざわざ二人で山奥まで黒毛魔牛を狩りに行き、肉を熟成させて保存しておいたのだ。ローストビーフはその一番良い部分で作られている。

「すごいおとしだま……じぃじ、ばぁばありがとう！」

空は涎が零れそうな顔をしながら、二人にお礼を言った。しかしその目は肉に釘付けだ。

「切ってあげるわね。今日はお餅だから、肉巻きおにぎりは用意してないんだけど」

おにぎりは好きだが、分厚いローストビーフをそのまま食べるのももちろん大歓迎だ。

雪乃は大きな肉の塊に包丁を入れて食べやすい薄さに何枚も切り取り、空の皿に乗せてソースをたっぷり掛けてくれた。

「お雑煮も沢山作ってあるし、好きな物を食べてね」

「うん！　いただきます！」

空は満面の笑みを浮かべながら手を合わせ、さっそくまず肉に齧りついた。

「正月から四つ足か……良いのかの？」

「年神様がハムを食べてるんだから、別に良いと思うのよ」

「うむ。どうせ正月前に狩ったやつだから問題ない」

肉を口いっぱいに頬張る空には、大人たちのそんな会話はもう聞こえていなかった。


空にとって夢のような朝食を終えた後。

三人と一羽はヤナを留守番に置いて初詣に行く事にした。

やはりこれも慣習なので、神棚でお参りしていようが御祭神が眠っていようが、神社にも皆お参りに行くらしい。

ヤナはフクちゃんを置いていったらどうだとごねていたが、当のフクちゃんが絶対に嫌だと走り回ってヤナを振り落としたため、結局諦めて囲炉裏の傍で温まっている。

今日は空がよく晴れていて、その分空気が冷たい。しかし空は靴下の上から草鞋を履いているのであまり寒さを感じなかった。幸生に肩車してもらって、ピッタリとくっついているとさらに暖かい。

空は高い場所から村をキョロキョロと見回した。

「なんか、おしょうがつっぽい」

村は一見いつも通り静かでのんびりとして見えるが、今日はそれとは別にどこかピンと空気が澄み、厳かな雰囲気に満ちている気がした。

「ふふ、何となくわかる気がするわねぇ」

「うむ」

「ピッ!」

周囲には同じように家族で初詣に向かう人々がポツポツと見える。大晦日に出かけて夜中にお参りする人もいれば、のんびりと元旦《がんたん》に出かける家族もいるようで、その辺は自由らしい。

アオギリ様も神社の神主一家も、参拝の仕方に拘《こだわ》る方ではないようだ。

空がお正月の空気を楽しんでいる間に、気付けばもう神社の前の広場が目前だ。

「……ひろば、にぎやか?」

広場から賑やかな声が聞こえてきて、空は先を見ようと幸生の頭にしがみつき、身を乗り出すようにして前を見た。

「参拝が終わった人達が広場で遊んでるのよ。ほら……羽根つきしてるわ。あっちの凧揚《たこあ》げは……まだ準備中みたいね」

雪乃がそう言って人だかりの方を指し示す。

そこでは確かに羽子板を手に二人の大人が対峙し、それを見物する人達が周りを囲んでいた。

やがて一人が羽子板を振りかぶって動き出し、試合が始まったらしい。しかし空の目には肝心の羽根が見えない。

カカカカカカン、と高い音が連続して響き、どうも何か硬い物を叩いているらしい事はわかる。

しかし動きが高速すぎて空の動体視力ではほぼ何も見えないのだ。羽子板を振る腕すら霞んでよく見えない。

「頑張れ、押されてるぞ！」

「そんな遅いと邪気払い出来ねぇぞ！」

見物人たちには当然ながらその動きが見えているらしく、おじさんたちが元気にヤジを飛ばしていた。

「ぜんぜんみえない……」

「大きくなれば見えるようになるわ。もしならなくても、手の力を強くするような感じで、目も強化できるしね」

雪乃は気軽にそう言うが、空には目を強化するというのが上手く想像できなくて何となく怖い。前に明良たちも、大きくなれば見えるようになると言っていたから素直にそちらを待つ方がいい気もする。

「みえるようになるといいな……ね、じぃじは、あれできる？」

「……いや、苦手だ」

「そうなの？　なんで？」

幸生はちょっと悔しそうな声でそう言った。戦いの時の幸生は随分と素早かったと記憶しているので、空は純粋に不思議に思う。

「じぃじは素早い動きは出来るけど、ああいう連続した動きや力加減が苦手なのよ。付いていこうと思うと力みすぎて、きっとすぐに羽子板も羽根も粉砕しちゃうわ」

過去に幾つも壊してきた実績を持つ幸生は、雪乃の言葉にちょっと残念そうに頷く。空はその頭をぽふぽふと叩いて励ました。

「なら、ぼくとやろ！　うんとゆっくりで！」

「あら、それはそれで難しそうだけど、面白そうね」

魔砕村基準ではなく、東京基準のごくごく普通の一般人程度の速度なら、羽子板も羽根も壊れないはずだ。その提案に雪乃は賛成してくれたが、幸生は大慌てでぶんぶんと首を横に振った。

「無理だ！　空に怪我をさせたら俺は死ぬ！」

「ものすごくゆっくり、そうっとやれば大丈夫よ。制御の訓練だと思って！」

「無理だ。絶対に無理だ！」

「えー、やろうよじぃじ！」

そんな事を言い合いながら、三人は広場を後にして参道を進んだ。

初詣の人出は少し落ち着いたらしく、行列が出来るほどではない。ゆっくりと参道を歩き、神社の境内に入ると中はまた賑やかだった。

どうやら参拝客に御神酒や甘酒、お汁粉などを振る舞っているらしく、良い匂いが漂ってくる。

空はそちらが気になって仕方なかったが、幸生に下ろしてもらって先に拝殿へと向かった。

拝殿の中には当然ながらもうアオギリ様の姿はない。幸生たちと並んでお参りしながら、空はそれを少し寂しく思った。

「空、お汁粉貰いに行く？」

「うん！」

お参りを済ませた後、さっそく皆でお汁粉を貰いに境内に立てられたテントに向かった。テントの下には御神酒の樽や大きな鍋が幾つも並び、子供には甘酒と豚汁、お汁粉を配っていた。

「一度に全部は無理だから、一つずつ頂きましょうか。空、どれがいい？」

「とんじる！」

具沢山の豚汁は空の好物だ。境内の端には小さな子供のために横長のテーブルと椅子が置いてある。空はそこに座って、雪乃が持ってきてくれた豚汁を大喜びで受け取った。

「あ、空くんだ。あけましておめでとうございますー」

豚汁を啜っていると横からちょっと呂律《ろれつ》が怪しい声が掛けられた。見ればテントの方から巫女姿の弥生が手を振って、豚汁のお椀を片手にふらりとやってくる。

「弥生ちゃん、もう飲んでるの？　ちょっと足元が怪しいわよ、ほらこっち座って」

雪乃に手招かれ、弥生は空の隣の空いた椅子にへたり込むように座った。

「まだ一杯しか飲んでませんよ！　私はこれでやっと交代だからいいんですー。もう昨日からずっと徹夜ですよ徹夜！」

ヘロヘロと力ない様子なのは酔っている訳ではなく、巫女として徹夜で働いていたからしい。

弥生は豚汁をずず、と啜って、ハー、と疲れ切ったようなため息を吐いた。

「あー、沁みる……」

「毎年お疲れ様。あと、あけましておめでとう」

「あけましておめでとう」

「あけましておめでとーございます！」

「ホピピピ！」

皆で挨拶をすると、弥生はちょっと回復したのか嬉しそうに顔を綻ばせる。

「そういえば、空くん昨日は大祓《おおはらえ》に来なかったね？　せっかく私が大祓の前にそりゃもう美しく舞ったのにぃ」

「空はまだ小さいもの。夜遅くは連れてこれないわ。もう少し大きくなってからね」

「ちぇー」

弥生が子供っぽく口を尖らせたので、空はそれを見て思わず笑ってしまった。弥生のこの顔と仕草で、母の紗雪と同じ歳だとは到底思えない。

空がそんな事を考えていると、遠くからおおい、と手を振る人がいた。

「幸生、ちょうどいいところにいたな。おめでとうさん」

「おめでとう」

「和義さん、あけましておめでとうございます」

「かずおじちゃん、あけましておめでとーございます！」

和義は皆に挨拶をすると幸生と雪乃にちょっと顔を貸してくれと言って、社務所の向こうを指さした。

「ちっと相談事があるんだ。他にも何人か来てるから、頼む」

「空がいるから、幸生さん行ってきてくれる？」

「あ、ちょっとの時間なら私が空くんと一緒にいますよー。これ食べたら後は帰って寝るだけだし」

「そう？　じゃあちょっとだけお願いしても良いかしら」

雪乃は弥生に空の事を頼むと、お汁粉を持ってきて空に渡してから幸生と一緒に社務所の方へ歩いて行った。

残された空は温かいお汁粉をありがたく頂く。

「む……これ、ばぁばのとおなじくらいおいしい……！」

空は美味しいお汁粉にふにゃりと笑顔を浮かべた。

雪乃が作るお汁粉よりもこちらの方が少し甘みが強い気がしたが、どちらもとても美味しい。寒空の下で食べるとまた格別だ。

空の感想を聞いて、弥生が嬉しそうに顔を綻ばせた。

「美味しい？　それうちのお祖母ちゃんが作るのよ。私も手伝わされるんだけど、なかなかその味出ないんだよねぇ。やっぱ年季が足りないのかなー」

「あ、ぼくのままも、ばぁばとおなじあじにならないっていってた」

去年の正月が開けた頃、紗雪がお汁粉を作って鏡開きしたお餅を入れてくれた事を空は思い出し、そう呟いた。

すると弥生がちょっと目を見開き、そして何故か少し肩を落とした。

弥生はそのまましばらく沈黙し、それからもじもじと落ち着かない様子でチラチラと空を見る。

空が不思議そうに弥生を見上げると、やがて意を決したように口を開いた。

「……空くん。あのさ、その……紗雪、元気かな」

「まま？　まま、げんきだよ！」

「連絡とか取ってる？」

「うん。ばぁばがおてがみかいてくれるし、ままからもくるよ！」

田舎の物を送る時もそうでない時も、雪乃はこまめに空の様子を手紙に書いて紗雪に出している。

紗雪の方も家族の近況を手紙に書いてよく送ってくれていた。

「そっか……紗雪、いつ空くんに会いに来るのかな」

それは空も知りたい事だ。

「わかんない……はるにはきっとって、ばぁばはいってた……ぼくも、あいたいな」

ちょっとシュンとしながら空が答えると、さすがにマズイ質問をしたと気付いた弥生が慌てて立ち上がる。

「ご、ごめん！　お汁粉のお代わり持ってくるから元気出して！」

「うん！」

お代わりを貰った空は一瞬で元気を取り戻し弥生を許した。

空がお代わりを食べるその横で、弥生がほっとしたような、疲れたようなため息をまた一つ吐いた。

「紗雪……もう私の事なんて、忘れちゃったよね」

ぼそりと呟かれた言葉に空が顔を上げる。

「ううん。まま、やよいちゃんにあいたいって、おてがみにかいてたよ」

「えっ⁉　ホントに？」

「うん。ばぁばがよんでくれたの。えっとたしか……やよいちゃんげんきかな、もうアオギリさまとけっこんした？　あったらあやまりたい、って」

「紗雪……結婚……してないわよぅ」

空が手紙の内容を思い出しながら教えると、弥生は嘆くように呟きテーブルに突っ伏した。そのままブツブツと何事か呟き呻いている。

ずず……とお代わりのお汁粉を残さず飲み干してお椀を置くと、空は弥生をつんと小さな指でついた。

「ね、やよいちゃん。なんでアオギリさまとけっこんしないの？」

「したくないいんだもん……」

「でも、やよいちゃんとけっこんしたら、アオギリさまねむらなくていいって、いってたよ？」

空がそう言うと弥生は突っ伏したままテーブルをバンバンと手のひらで叩く。

「子供に何話してんのよー！」

「なんでしたくないの？　アオギリさま、きらい？」

弥生の苛立ちを意に介さず空が重ねて問うと、弥生はテーブルの上で腕を組み、その上に顎を乗せて空の方に顔を向けた。

「嫌いじゃないわよ……でも結婚したらさ、私、神様になっちゃうのよ。半分だけだけど」

「そうなの？　でも……ここ、かみさまいっぱいいるよね？」

ヤナのような家の守り神から、サノカミ様やオコモリ様やアオギリ様。昨日会った年神様もそうだ。

それらの存在と長く付き合ってきた村人である弥生が、それを嫌がる理由が空にはわからない。

「何て言うかな……アオギリ様と名を交わしたのは私だけど私じゃなくて……今の私だと、この世に縁《よすが》がないとすぐ消え失せて見えなくなっちゃう確率が高いっていうか……うーん、わかんないよね」

「なをかわすっていうのが、もうわかんない」

「そうだよねー。えーと……まず名前って、とっても大事なのよ。それがあるから私達は自分として存在していられる……もし空くんが違う名前だったら、きっとちょっと違う子になる気がしない？」

空は自分が違う名前だったらと少し考え、頷いた。

「そらいろ、すきじゃなかったかも？」

「そうそう、そういう事ね。そもそもアオギリ様はすっごく昔に、この村の一人の女性に名前を貰ったわけ。それでここの神様になったんだって。んで、その人と結婚する時にその名を半分にして、それから――」

「空ー、お待たせ！」

そこまで聞いたところで、雪乃と幸生が戻ってきてしまった。

「弥生ちゃん、ありがとうね。疲れてるとこごめんなさいね」

「あ、いえいえ。私も空くんとお喋りして元気でましたし！」

「それなら良かったわ、ゆっくり休んでね。さ、空、帰りましょ」

「え……う、うん」

弥生の話の続きがものすごく気になったが、徹夜明けで疲れているところに話を強請るのも気が引ける。

空はちょっと残念そうにしながらも、また幸生に肩車され、弥生に手を振った。

「やよいちゃん、ありがと！　いまのやつ、またこんどきかせてね！」

「気が向いたらそのうちね。空くんもまた遊びに来てね」

弥生はひらひらと手を振り返すとあくびを一つかみ殺し、眠そうに社務所の奥にある住宅の方へ去って行った。

「弥生ちゃんと何のお話ししてたの？」

「んっと……まーのはなしして、アオギリさまのことときいてたの」

「そう……」

雪乃はどことなく浮かない様子で頷き、幸生と並んで歩き出す。

空はその様子が気になったが、何かあったのかと質問する前に広場に出てしまった。

広場では相変わらず超高速羽根つき大会が催され、そしてなんと新たに凧揚げも始まっていた。

空は天高く上がった凧を見上げてぽかんと口を開いた。

大きな四角い凧は風もないのに天高く揚がり、そこに掴まった子供がキャッキャと楽しそうに笑って下に向かって手を振っている。

「おし、こっちの凧は次誰だー？」

「あ、オレオレー！」

広場でおじさんが声を張り上げ、空はそちらに目をやった。

手を挙げた子供が、おじさんが持つ長い縄に結ばれた凧の方へ走って行く。そして地面に置かれた大きな凧を背負うようにして持ち上げ、凧の骨から出ている縄にしっかりと手を掛けた。

「いいよー！」

「おう、ちゃんと掴まってろよ！　行くぞー！」

おじさんは縄を片手に持ち、もう片方の手を下から上にさっと振り上げた。

すると局所的に凄まじい風が生まれ、下から上へと竜巻のように吹き上がって子供が掴んでいる凧を絡め取る。

「ウッヒャー！　すっげー！」

子供は恐れる様子もなく、大喜びで凧と一緒に風に巻かれ、みるみる高く上がっていった。

「たこ……あげ」

ヒェ……と小さな悲鳴を呑み込み、空は呆然と呟いた。

「今年も子供に大人気ね。空もやる？」

「やらないないないない！」

「ピピピピピッ!?」

ブブブブとかつてない素早さで首を横に振り、空は断固拒否する構えで幸生の頭にしがみ付いた。フードの中でうとうととしていたフクちゃんが空の突然の動きに翻弄《ほんろう》され悲鳴を上げる。

「風魔法の得意な人がやってるから、落ちないわよ？　落ちてもちゃんとふわっと拾ってくれるし……それが楽しくて飛び降りる子もいるのよね」

「むり！」

たとえ百パーセント安全だと保証されても、そんな紐なしバンジーに挑戦する勇気は空にはなかった。

広場をよく見回せば、他にもコマを回したりお手玉をしたりしている子供たちがいる。

この広場はちょっとしたお正月遊び会場になっているらしい。

二十個はありそうなお手玉でジャグラーも真っ青な技術を披露している女の子や、小さな結界を自分たちで張って、もはや凶器のような速度でコマをぶつけ合わせている少年たち。

それに参加出来るような気は、空にはまだ全然しなかった。

「ぼく……もっと、しずかなあそびがいいな」

「そう？　空は大人しい方だものね。じゃあお正月だし、家に帰って福笑いでもしましょうか」

「うん」

福笑いに特に興味は無かったが、とりあえず平和そうなので空は素直に頷いた。

「美人に作れると、お多福様が降臨してちょっぴり福を授けてくれるのよ」

「なにそれくわしく」

田舎には空の知らない遊びも、秘密や謎も、まだまだ山ほどありそうだ。

家に帰って福笑いやカルタで少し遊んだ後、空は昼食を食べて昼寝をし始めた。

空を寝かしつけた雪乃はその寝顔を眺めながら、浮かない顔で今日社務所の奥で聞いた言葉を思い返していた。

神社で、空を弥生に預けた後。

雪乃たちが社務所の奥にある休憩室に入ると、そこには村の主立ったまとめ役が集まっていた。

それぞれの地区の代表者や顔が広い世話役、中央の町内を取り仕切る伊山トワもいた。

「おう、お待たせ。ちょうど来てたから連れてきたぞ」

「ああ、明けましておめでとう、米田さん」

「明けましておめでとうございます」

とりあえず顔を合わせて皆で挨拶を交わす。

それから、雪乃はそれぞれの顔をぐるりと見回し、僅かに眉をひそめた。

「……何かありましたか？」

「ああ……あったっていうか、まだないっていうかでよ」

雪乃の問いに歯切れ悪く和義が答える。

まだはっきりした事はわからないが、と前置きしながら和義は真剣な表情で言った。

「呼び声を聞いたって子供が出た。何人か」

「それは……外から？」

「ああ。それは確かだと思うってどの子も言ってたぜ」

「方角は」

幸生が短く問うと、和義は首を横に振る。

「わからねぇ。声を聞いた子供の住む地区もバラバラだ。山に人を出して探しているが、今のところ見つかってねぇ。そのまま正月になっちまったしよ」

苦々しくそう言う和義に、トワを始めとした何人もが同じように頷いた。

「うちの良夫も、怪異当番の日以外も近場の山を見に行ってるようだけど、今のとこ声の主っぽい怪しいのは見つからないって言ってるさね」

「俺んとこも、地区から交代で人を出してるがダメだ」

皆の顔を見ながら雪乃は少し考え、首を横に振った。

「東地区では今のところそんな話は聞いてないわね……聞いたのは子供だけ？」

「ああ。大人で聞いたってのはまだいねぇ」

子供だけが声を聞いたというのが、大人たちの顔を曇らせる。

いっそある程度年上の子供や大人が聞いたのであれば、波長が合う者がその声の主を探しに行く事もできるからだ。その上で悪いものでないと判断されれば、保護を兼ねてソレと契約する事も出来るかもしれないのに。

「子供だけなのは……意外と力が弱いのか、大人を恐れているのか、どちらかしらね」

「妖精っぽいやつだと、元から大人に声が聞こえない場合もあるしな」

声の主がどんなものであるのか、まずそれがわからないのが困る。

「とりあえず、恐らくあの木の主だろうとは思う。ただ、姿も居場所もわからねぇから警戒するしかねぇ」

「皆、しばらくは子供たちを一人にしないように、地区で通達しておくれ。特に七つ以下の子供は絶対だよ」

トワのその言葉に誰もが真剣な顔で頷いた。

ひとまずは小さな子供のいない家の人間を中心に巡回させ、村の警戒を強める事で合意する。後はそれぞれの地区に持ち帰って、町内で話を通すという事になった。

村の保育園も、正月明けからどうするか話し合わないといけないらしい。

「暇や体力を持て余しそうな子供たちに、何か気晴らしを考えないと困りそうね」

「そうさねぇ。何か良い案があったら提案しておくれ」

村の子供たちは体力があり、寒さにも強い。いつもの年なら雪が降ろうが気にせず外で遊んでいる子供も沢山いるのだ。

しかし今年は天気が悪い日はなるべく家にいるようにと、言いつけている親が多い。

天気が悪いと外に出る人が減るので、何かあった時に駆けつけられる大人が近くにいないかもしれないからだ。

秋の異変以来、大人たちは村の安全のためにこうして密かに気を配っていた。

「とりあえず、今はこんなとこだな。それぞれ各地区を頼むぜ」

「わかった」

「はいよ」

皆が頷き、ひとまずこの場はこれで解散となった。

幸生と雪乃は社務所を出ると空のところへと急ぐ。弥生とおしゃべりしている笑顔を見た時、二人は知らずほっと息を吐いた。


雪乃はその話を思い返し、空の寝顔を見ながら、一人静かに誰にとも無く祈った。

（……どうか空が、声を聞きませんように）

空の枕元で座っているフクちゃんを見ていると、安心すると同時に少しだけ不安が湧いてしまう。

小さな子供ほど、人ならざるものに好かれたり、その呼び声に惹かれて応えてしまう事がある。それが問題なくその子の力になるのならそれでもいいのだが、残念ながら危険を伴うことも多いのだ。

（どうか、七つまではこのままで）

魔砕村では、七つ前の子供には人ならざるものと契約をさせてはならないという習わしがある。

身化石から孵るような弱いものはその範疇《はんちゅう》にないが、村の外から声を届ける力があるようなものは絶対に近づけてはいけないと。

もしそれを破れば、その子は――

雪乃は浮かんだ考えを振り払うように頭を振った。

そして、布団から出た小さな手をそっとしまい、その寝息に耳を澄ませる。

「空、空。どうか……どうか、望まないでね」

囁くように願った雪乃の言葉は、誰にも聞かれる事無く部屋に落ちた。


楽しく美味しかったお正月も終わりを迎えた。

空は少し緊張した面持ちで囲炉裏の傍に座っていた。

ついにこの日が来たのだ。

空の傍に雪乃がまな板を持ってきて、その上にタオル、綺麗な布巾と重ねて置いていく。

幸生は小さな木槌を道具入れから出してコトリと置き、それから神棚のある部屋へ入っていった。

パンパンと手を叩く音が聞こえ、やがて幸生が戻ってくる。

手には大晦日に神様から下げ渡された、あの鏡餅がある。

(ついに……金色の鏡餅を食べる日がきちゃった!)

空は頂いた日からちっとも変わらないその輝きに、思わずゴクリと喉を鳴らした。

美味しさへの期待ではなく、食べるのが怖いという方への緊張だ。さすがに金色に輝く鏡餅は、空の目にも食べ物とは映らない。

幸生が鏡餅を布巾の上に載せると、雪乃がそれを見下ろして困ったように首を傾げた。

「ヒビが入ってないわね……これ、割れるのかしら？」

「うむ……わからん」

鏡開きの頃になれば、普通なら乾燥した鏡餅の表面に無数のヒビが入っているものなのだ。しかしこの金の鏡餅はつるりと美しい肌のままで、叩いたら割れるのかどうかも見当が付かない。

雪乃と幸生は顔を見合わせ、とりあえず一度叩いてみるかという結論を出した。

「幸生さんが叩いて飛び散ったら危ないから、私がやるわね」

雪乃は用意してあったもう一枚の綺麗な布巾を鏡餅にかぶせ、木槌を手に取る。

そして軽く振りかぶり、まずは様子見、とばかりにパカン、と弱めに餅を叩いた。

「あら？」

「む……？」

叩いた瞬間の感触の奇妙さに雪乃が木槌を上げて首を傾げ、叩かれた布巾が一瞬でベコリとへこんだ事に幸生が首を捻る。

「どうなったの？」

元の高さの半分くらいにぺしゃりと潰れた布巾を、空も不思議そうに見つめた。

木槌を置いた雪乃がそうっと布巾を持ち上げる。するとその下にあった丸い鏡餅は、何故か既にバラバラになっていた。布に引っかかった欠片が一つ、ころころと空の傍に転がってくる。

「……しかくい」

空はその転がってきた欠片を手に取った。餅の欠片は奇妙なことに、定規で測って切ったような美しい立方体だった。一センチ角ほどの大きさで、割れ口（？）はつるりと美しく、割ってみてわかったが、なんと中まで金色だ。

「これ、ほんとにおもち？」

「だと思うんだけど……ええと、とりあえずいくつか食べてみましょうか」

「えええ……」

見れば見るほど不安が募る見た目だ。少なくとも餅どころか、食べ物にも見えないのだ。

皆で悩んでいると、囲炉裏端に置いたマフラーからちょろりと顔を出したヤナが、謎の餅を見て頷いた。

「多分火を通せば大丈夫だぞ。ただ、一度に食べるのは一人……三つくらいまでにしておくのが良いのだぞ。うっかり食べ過ぎぬよう年神様が配慮してくれたのだろう」

「配慮……それなら助かるけれど、日持ちはどうなのかしら？」

「その辺に置いておいても絶対カビたりせぬから、大事に取っておいて少しずつ食べるが良い」

そう言うとヤナはするすると出てきて、ポフンと人形になった。

「ヤナも一つ貰うぞ」

そう言ってヤナは金色の立方体を一つ手に取ると、そのままひょいと口に運んでしまった。

「あっ、ヤナちゃん⁉」

空がビックリして目を丸くするが、ヤナは気にした様子もなくもごもごと口を動かす。

「んむ……なんというか……神気が強すぎてパチパチするのだぞ。刺激的な味だな」

「ぱちぱち……だいじょうぶ？　おなかこわさない？」

「ヤナは大丈夫だ。むしろ少々力が増す感じだな。空は雑煮に入れてもらえ。熱を与えれば自然と柔らかくなると思うのだぞ」

「う、うん」

ヤナの説明に安心したのか、雪乃は四角い餅の欠片をひょいひょいと三人分で九個拾うと上にかぶせていた布巾に包んだ。残りは下に置いてあった布巾の端を結んで、ひとまとめにしてしまう。

「カビないならこのまま棚にしまっておくわね」

そう言って雪乃が包みを持ち上げた時、端からポトリと小さな金の欠片が転がり落ちた。落ちた欠片は餅の端っこの部分だったらしく、四角になりそこねて細くて小さな三角形に近い形をしていた。拾おうと誰かが手を伸ばすよりも早く、トトト、とフクちゃんが近寄りそれをサッと口にくわえる。

「あっ、フクちゃん⁉」

空が止める間もなくフクちゃんは首を上に向けると、それをゴクリと飲み込んだ。

「あーっ、フクちゃん、たべちゃった！」

「ケピッ」

欠片が少々大きかったらしく、フクちゃんはしゃっくりのような音を立てて体をぶるっと震わせる。

大丈夫だろうかと空がハラハラと見つめていると、フクちゃんは松ぼっくりのように全身の羽毛をふわりと逆立て、ブルブルとまた体を震わせた。

「ふ、フクちゃん？　だめならぺっして、ぺっ！」

「ふむ。フクにはちと大きかったかの？」

固唾を呑んで見守っていると、やがてフクちゃんの逆立った羽根が静かに下りて収まる。

大丈夫かな、と空が思った次の瞬間――

「ピキュルルルッ！」

――突然、フクちゃんが高らかに一声鳴いて、カッと金色の光を放った。

「フクちゃーん⁉」

フクちゃんの全身が輝き、キラキラと光を纏う。白い羽毛に金の光がよく映える。その光は強くなったり弱くなったりと緩急を付けて瞬き、まるで電飾のようだ。

空があわあわしていると、フクちゃんは今度は上を向いて羽を広げ、急に飛び立った。

「あっ、フクちゃん⁉　わわっ、あぶないっ！」

真っ直ぐ上に飛び立ったフクちゃんはコントロールをあまり考えていなかったようで、ゴン、と梁《はり》にぶつかってふらふらと落ちてくる。空が立ち上がるより早く、幸生がその体を大きな手のひらで受け止めてくれた。

「じぃじ、フクちゃんだいじょぶ⁉」

「うむ、これは……怪我はないが、どうも酔っ払っているようだ」

フクちゃんは幸生の手の中でキュルキュルと賑やかに囀《さえず》りながら暴れている。羽を広げてバタバ夕羽ばたき、小さな足で幸生の手をガシガシと蹴っている。

幸生が捕まえていてくれなかったら、また天井目指して飛び立ちそうな暴れっぷりだ。

「どうしよう……おもち、わるかった？」

「どれ。幸生、ちょっと貸すのだ」

「うむ」

幸生がフクちゃんを閉じ込めた手を下ろすと、ヤナが光り輝くフクちゃんの体にちょんと触った。

すると途端にフクちゃんが目をパチパチさせ、正気に戻ったように大人しくなってキョロキョロと辺りを見回す。空はその姿にホッと息を吐いた。

「よかったぁ……フクちゃん、もどった……」

「やはりフクにはちと欠片が大きかったようだ。余分は抜いたが……次にやる時は、もう少し小さい欠片にすると良いぞ」

「もうたべさせない！」

「ホピッ⁉」

空がきっぱりと宣言して首を振ると、フクちゃんが驚いて慌てて飛び立ち、空の肩に降り立った。

「ホピッ、ホピホピッ！」

「次は量に気をつけるからと訴えているようだぞ」

「だめ！　なんかひかってたし、あぶなそうだし！」

一欠片食べただけで、うっかり進化でもしそうな勢いで光っていたのだ。あの餅はやはり危険な代物に違いないのだ。

「ホピ……」

フクちゃんはシュン、と身を縮め、残念そうに小さく鳴いた。その姿を見ると空の心も思わず揺れる。

「なんでたべたいの？　おいしかった？」

そう問うと、フクちゃんは首を横に振った。別にさほど美味しくはなかったらしい。

「フクは力を付けたいのだろ。身化石から孵ったようなものは、普通はもっと儚く弱いのだぞ。数年で消えてしまうものもいるのだ」

「そうなの⁉」

「そうね……最初に得た魔力が多かったからか、フクちゃんはそれに比べれば大分強いけど……空とずっと一緒にいるために、フクちゃんももっと強くなりたいのかもね」

「むぅ……」

空としてもフクちゃんとは末永く一緒にいたいともちろん思っている。フクフクの可愛い守護鳥は空の心強い相棒であり、遊び相手であり癒やしだ。

ずっと一緒にいるためには、時々光り輝いてちょっと酔っ払うくらいなら我慢するべきかと悩んでしまう。

「一度に食べる量を加減するか、フクを予《あらかじ》め少し大きくさせてから食べさせるが良いぞ」

「フクちゃんがおおきかったらいいの？」

「うむ。そうすれば多分問題はないのだぞ」

「わかった……。じゃあフクちゃん、ちゃんとからだにあってるやつ、たべてね？」

「ピ！」

「じゃあ、やくそくね！」

「ホピピッ！」

フクちゃんは嬉しそうに空の頬に体を擦り付けて囀った。


さて。一件落着して、あと思う事は自分たちが食べる分の鏡餅だ。

「……ぼくも、おぞうにたべてひかったりするかなぁ」

空は今日の分として取り分けられた餅に怖々《こわごわ》と視線を落とす。雪乃はそんな空の頭を優しく撫で、餅を手に立ち上がった。

「大丈夫よ、光ったらちょっと余分はまたヤナに抜いてもらえばいいから」

「ぼく、ひかりたくないの！」

「光り輝く空か……可愛いのではないか？」

「うむ」

「やだー！」

結局その後、金色の鏡餅の欠片は昼食に作られたお雑煮に三つずつ落とされ、空はそれを恐る恐る口に運んだ。

味はお雑煮に紛れて美味しかったし、パチパチする感覚も空にはわからなかった。その時は体も光り輝かず、ホッと安心したのだが。

「ひかってる……」

「光ってるわね。でも、髪の毛がちょっとだけだし……」

夜、布団に横になって明かりを消した途端、空は自分の髪の毛がほのかな光を帯びている事に気がついてしまった。

光としてはほんのりしたもので、昼間のフクちゃんのようにピカピカしてはいないのだが、目を瞑っても瞼を通して前髪のほのかな光が感じられてとても気になる。

「もう何回か食べて体が慣れると、多分光らなくなるわよ」

「いまひかってるのがやだー！」

布団の上でジタバタしても、光は消えて無くならない。

空はその日、タオルを目にかぶせてもらい、眠りにつくまで目隠しして眠ったのだった。

（来年は年神様にハムをあげるの止めにしてもらおう……）

眠りにつくまで、空はそんな事をぼんやりと考えていた。

鏡餅を三分の一ほどお裾分けした東京の家族から、子供たちが光って困ったという手紙が届いたのはそのしばらく後の事だった。

幕間　マフラーと鏡餅

東京の杉山家でも賑やかな新年が過ぎた頃のこと。

まだ冬休みの子供たちは、今日も玩具を取り合ったりテレビを見たりと賑やかに過ごしていた。

家の居間にはお正月飾りとして、松葉とユズリハと巨大なトンボの羽を、一緒にまとめて紅白の水引《みずひき》で結んだものが飾られている。

最初は玄関に飾っていたのだが、ご近所の方々が通る度にぎょっとして怯えるので、仕方なく居間に移動されたのだ。

小雪には不評だったが、樹と陸はすぐに慣れて気にしなくなった。

樹は飾り終わったら学校に持っていって皆に自慢したいなどと言いだしている。

そろそろお正月飾りを外す日だな、などと紗雪が考えていると家のインターホンが鳴る音がした。

日付を思えば田舎からの定期便かもしれないと、紗雪はパタパタと玄関に向かう。それを察した陸も後ろからトコトコついてきて、二人で玄関を開けた。

外にいたのはやはり宅配便で、今日は兎の姿をしていた。

「わぁ……うさちゃん！」

『杉山紗雪さんでお間違えないですか』

白い毛に赤い瞳の兎が、可愛らしい女性の声で喋った。正月バージョンなのか、兎の首には金銀の水引で彩られた注連飾りが巻いてある。

「はい、間違いないです」

『米田雪乃様より、ご自宅配達指定のお荷物が届いております』

「ありがとう。ここに置いてくださいな。今日は狸さんじゃないんですね」

『かしこまりました。こちらの兎型は軽量荷物担当となっております。ご利用ありがとうございました』

兎がぺこりと頭を下げると、その姿がゆらりと解けていく。

陸もすっかり見慣れたもので、もう驚かずに箱が出てくるのをそわそわと待っている。

兎が消えて代わりに出てきた箱は、両手で抱えるのにちょうどいいくらいの大きさだった。軽量荷物、という言葉通り、持ってみると拍子抜けするほど軽い。

「今日は随分軽いのね。陸でも持てちゃいそう」

「ほんと⁉　りくがもつ！　もつよ！」

そう言ってピョンピョンと手を伸ばす陸に紗雪は微笑み、その箱を渡して戸を開けてあげた。

陸は大喜びで居間に駆け込み、空から荷物が届いたと声を上げている。

紗雪が部屋に戻ると子供たちの視線がさっと集まる。早く箱を開けてくれとどの顔も雄弁に語っていて、紗雪は思わず笑ってしまった。

「あはは、わかりました。すぐ開けるわ」

「やった！」

「中身何だろな？　お年玉？」

「すごくかるいね！」

樹の言葉に紗雪はふと首を傾げた。

「そういえばお年玉って、ママこっちに来てから初めてお金をあげるものだって知ったのよね」

「えっ!?　お金じゃないの？」

「パパのおじいちゃんたち、おこづかいくれたよね？」

お正月に隆之の実家に皆で挨拶に行って二晩ほど泊まった時は、確かに子供たちはお年玉としてお小遣いを貰っていた。

隆之と紗雪も、朝には子供たちにお金のお年玉をあげている。しかしそれは隆之が紗雪に教えてくれたものだ。

「ママの時は……お肉？　あとお餅かしらね。お正月のお下がりの鏡餅って、どうしてかすごく美味しかったのよね」

やはり紗雪も毎年お年玉として肉や餅を貰っていたのだ。田舎ではどこもそんな風だったので疑問を持ったこともなかった。

「えー、変なの！　俺お小遣いがいいなー！」

「わたしも！」

「りく、おにくがいい！」

陸は肉派らしい。しかしこの箱の軽さでは、多分肉でもなさそうだ。

興味津々に覗き込む子供たちに急かされ、紗雪はバリッと箱の口を開く。しかし箱の中に入っていたのは樹たちが思うようなお年玉ではなかった。

「あら……これは、あ、わかった！　母さんの編み物だわ！」

箱の中に入っていたのは、色とりどりの手編みのマフラーだった。

良い毛糸を使っているのかそれは見るからにふわりと柔らかそうで、縄目の模様編みが美しい。

紗雪が上に載っている手紙を取り出そうとする前に、陸が緑色の毛糸のマフラーをパッと手に取った。

「これ、ぼくの！」

すると小雪も薄桃色のマフラーを手に取る。

「私のはこれ！　ぜったいそう！」

樹も少しも迷わず箱の中に手を伸ばす。

「俺のはこれ！　この青、かっけー！」

紗雪は目を見開き、それから手紙を片手に箱の中に視線を戻した。

残るマフラーは紺色のものと、優しい橙色のもの。

「じゃあ、ママのはきっとこれね」

紗雪が橙色のマフラーを手に取ってくるりと首に巻いてみると、見た目通りふわりと柔らかく暖かい。

「ふふ、きっと、愛し染めね」

紗雪には、子供たちがすぐに自分のものを手に取った理由がわかって微笑んだ。

「いとしぞめ？」

若葉のような緑のマフラーを首に巻いて顔を埋めていた陸が、顔を上げて紗雪を見た。

「そういう毛糸や布の染め方が、田舎にはあるのよ。そしてそれを贈られた人は、沢山同じような物が並んでいても、すぐに自分のだって何故かわかるの」

「へ～！」

「あ、確かに、これ！　っていう感じしたかも」

「私もしたよ！　っていうか、こんなかわいい色、私しかにあわないけどね！」

そういう樹も小雪もそれぞれ首にマフラーを巻いて、嬉しそうな表情だ。

紗雪は手紙を開けてみた。手紙にはやはり、そのマフラーに使った糸は空が皆を思って染めたものだと書いてあった。

空が家族皆の事を思いながら染めてくれた糸だと思うと、首に巻いたマフラーがますます愛おしく暖かく感じる。

「この毛糸ね、空が皆の事を考えながら染めてくれたんだって」

「そらがそめたの!?　すごーい！　ぼく、このいろだいすき！」

「私も！」

「俺も好きだなー。何か、かっこいいもん！」

「ママもとっても好きよ！」

どの色のマフラーも、皆それぞれに良く似合う。

もうすぐ帰ってくる隆之もきっと喜ぶだろうと、紗雪はそれを想像して微笑んだ。

さて、隆之のマフラーを取り出して箱を畳もうとして、紗雪はもう一つ、小さな包みがあることに気がついた。

「あら？ 何かしらコレ」

紫色の袱紗《ふくさ》に、何かごろごろしたものが入っているような感じがする。

「なーに？ おとしだま？」

紗雪はその袱紗を開き、中から出てきた見慣れない物に首を傾げた。

「これは……何かしらね？ 金属……にしては軽いし、石でもないみたい。手紙には何も……」

書いていなかった気がする、と手紙をもう一度手に取った紗雪は、その手紙がもう一枚ある事に気がついた。

「あ、重なってたのね。えーと……『これは大晦日に年神様から頂いたお下がりの鏡餅です。なるべく沢山の家族で分け合って食べなさいとのことなので、少しお裾分けします』……ええええ？」

さらに手紙には、ただし、食べるのは一人につき一日一度、一つだけにしてください。子供たちは小さい欠片から試してね、と書いてあった。

紗雪は謎の金のブロックを見て、手紙を見て、そしてブロックを見た。

「ママ、コレ何だったの？　オモチャ？」

樹の問いに、紗雪は首を横に振った。

「ええと……お年玉かしらね？」


結局その日、紗雪は夕飯にお雑煮を作って、そこに一人一つずつ金の鏡餅を入れてみた。

鏡餅は不思議と、熱い汁に入れるととろりと柔らかくなり、食べやすくなる。

それを家族皆で不思議がりつつも美味しくいただいたのだが。

「ママ、ぼくひかってる！」

「何コレすっげー！　ってか、陸がちょっとまぶしい！」

「えー、私も？　これ、めだっていいかも？」

夕飯を食べた後子供たちがにわかに光り出し、次いで隆之もピカピカと光り出した。光っていないのは紗雪だけだ。

隆之も大変に困惑した様子で己の体と子供たちを見下ろしている。

「これは……危なくないんだよね？」

「大丈夫よ。ちょっと魔素が多めだったから、余った分をこうして放出しているみたい」

普通の食品なら魔素中毒を心配するところなのだが、そこはさすがに神様のお下がりの品だ。光ることで余分を安全に放出する特殊機能付き鏡餅だったようだ。

「これをちょっとずつ時々食べると、多分魔力が増えて強くなると思うのよね」

「田舎のお年玉って、何かすげぇ！」

「りく、またたべる！」

「私、なんかアイドルみたいじゃない？」

子供たちは慣れると何だか楽しくなってきたようで、既に順応している。

しかしこの後、寝る時間になってもまだ光っていて、それはなかなか収まらず。

結局次の日全員寝不足になった杉山家では、『金の鏡餅はお休みの前に食べる』という新たなルールが制定されたのであった。

五　遠い声、近き願い

お正月も開けて、いつも通りの毎日が戻ってきた。

雪がある間は幸生の仕事は少ないらしく、村のお正月の支度が終わってからはのんびりと家にいる事が増えた。

空はこれ幸いと幸生と一緒に近所を散歩したり、雪が降った日には巨大な雪だるまを作ってもらったりと、色々遊んでもらっている。

たまに積み木などにも誘うのだが、大きな手で小さな積み木をそっと摘まんでプルプルしているのが面白かった。

羽根つき対戦は断固としてお断りされてしまったのだが。

朝食後、今日は何をしようかと空が考えていると雪乃が囲炉裏の傍に大きなシートを敷き始めた。

それを見た幸生が外に出て行く。

「ばぁば、なにするの？」

「今日は縄を綯《な》おうかと思ってるのよ」

「なわを……なおう？」

言葉の意味がよくわからなかった空は首を傾げた。

「縄を作る事を、縄を綯うっていうのよ。こう、藁《わら》をより合わせて紐を作るの」

「へぇ〜！」

「冬の間の暇な時の仕事ね」

そう説明を受けている間に幸生が戻ってきた。束ねた稲わらを持っているので、材料を取りに行っていたらしい。

幸生は他にも丸太を輪切りにして作ったような木の板と、木槌を持ってきていた。

「じぃじもなわ、なうの？」

「……いや、うむ」

空の問いに幸生は歯切れ悪く答える。空が不思議そうに見上げると、雪乃がくすくすと笑い声を零した。

「じぃじは力が強すぎて、すぐに縄を千切っちゃうから向いてないのよ。でもじぃじは神社の注連縄を作るのは得意よ」

空は初詣の時に見た、神社の拝殿とその手前の鳥居に掛けられていた巨大な注連縄を思い返した。

そして幸生を見て、納得して頷く。

「じぃじ、ちからもちだもんね！」

「……ああ。アレは得意だ。あの倍でも行けるぞ」

「えー、すごい！」

雪乃は孫が感心する声を聞きながら、来年うっかり気合いを入れすぎて倍の大きさの注連縄を作らないよう後で注意しておこうとそっと心に留めた。

「じゃああなた、お願いね」

「うむ」

幸生は持っていた板をシートの端に下ろしてその前で胡座《あぐら》をかいた。そして稲わらの大きな束を解き、そこから一束分けて取って木の板の上に置く。そしてその根元の硬い部分を木槌でトントンとごく軽く叩いた。叩いた根元がある程度平たく柔らかくなると、それを雪乃に渡す。

それを受け取った雪乃は、何本か取って手早く端を結ぶとそれを魔法でふわりと浮かせた。浮いた藁は勝手にくるくると捩《よじ》れて絡まり合い縄の形を作っていく。途中で新しい藁がまた浮き上がって足され、縄は見る間に長くなった。

「わぁ……ばぁば、すごいきよう！」

雪乃が器用に魔法を使う事はよく知っていたが、こうして新しい事をしている姿を見る度に空は驚いてしまう。

どんどん長くなる縄の端を持って眺めてみるが、縄はピシリと綺麗に作られていて非常に丈夫そうだった。

「うちで使う縄はこうして冬に作ってるのよ」

「そうなんだ……ぼくもできるかな？」

空のその言葉に雪乃は嬉しそうな表情を浮かべた。

「そのうち教えてあげるわ。手で綯うには、もう少し大きくなってからだから、先に魔法かしら？」

空の手はまだ紅葉のように小さく、ぷにぷにして柔らかい。この小さな手のひらでは縄どころか藁を強く擦っただけでチクチクして皮膚が傷ついてしまいそうだ。

「じゃあ、まほうがんばる……！」

「そうね。きっとそっちの方が早いわね」

空はぷにぷにの手ですぐ傍にいたフクちゃんをそっと包んで揉んでみた。

まだフクちゃんの小さな体さえ、空の手の中には収まらないのだ。早く大きくなって、色々な事が出来るようにならないかなとちょっと思う。

「ぼくのて、はやくおおきくならないかな」

「ふふ、急がなくて大丈夫よ。ゆっくり大きくなってちょうだいな」

「そうだぞー、空はゆっくり大きくなるべきだ。可愛いのが勿体ないのだぞ」

囲炉裏の傍に置いたマフラーの中でのんびり寛いでいたヤナが、ヤモリの姿の顔だけ出してそう呟く。正月休みの間に雪乃がヤナのために赤いマフラーを編んでくれたのだ。

ヤナはそのプレゼントに大喜びで、最近は丁寧に畳んで囲炉裏の傍に落ちないように置き、少し温まると中に潜り込んで寛いでいる。

首に巻かないのか、と思うがそちらの方がお気に入りらしい。

フクちゃんは暖を取られる日々から解放されて嬉しそうだ。

「かわいいのもいいけど、ぼくもかっこよくなりたいもん」

空としてはいずれは幸生と一緒に農業をしたり、道具でも料理でも、自分で何でも作れる大人になってみたい。憧れのスローライフとは多分そういうものだと思うからだ。

幸生の強さにも憧れはあるのだが、強い代わりに物作りが壊滅的らしいのでそれはちょっと困る。何事もほどほどに挑戦し、楽しみたいと空は思っていた。

「じぃじがつくれないの、ぼくがつくってあげるね！」

「……うむ」

幸生は天を仰ぎながら唸るように答えた。


縄作りを終えて片付けをし、昼ご飯を食べた後。

お腹いっぱいになった空があくびを一つ零した時、玄関がカラカラと開く音がした。

「こんにちはー！　そらいますかー？」

その声を聞いて空の目がパッと開く。

「アキちゃん？　いるよー！」

空は急いで立ち上がると、パタパタと玄関に向かって走った。玄関では明良が手を振っていて、その後ろに美枝も来ていた。

「アキちゃん、いらっしゃい！」

「そら！　あんね、いぬぞりにのれるんだって！　いっしょにいこう！」

「いぬぞり⁉」

明良の誘いに空は驚き、慌てて後ろを振り向いた。空の後を追って玄関に来た雪乃がその期待に満ちた視線を受けて微笑む。

「美枝ちゃん、田亀さんとこに行くの？」

「ううん、昨日田亀さんに会ったんだけどね。犬の運動不足解消に、定期的に犬ぞりを走らせてるって聞いたの。それで、空くんまだ乗った事ないでしょ？　この辺にも来てもらえないかって頼んでみたの」

「もうすぐくるんだって！」

その言葉を聞いて空は雪乃を見上げてその着物の袖を引っ張った。

「ばぁば、いきたい！　のってみたい！」

「わかったわ、じゃあすぐ準備しなくちゃね」

「急にごめんね。さっき急に田亀さんから、時間が空いたからこれから運動しに行くって連絡が来たものだから」

「大丈夫よ、すぐ支度するわね」

空は急いで愛用のマフラーを取りに走った。

雪乃が靴下を持ってきてくれたのでそれも履く。靴下の上からいつもの草鞋を履くという格好になるのだが、これが一番暖かい。

コートを着て、その上からマフラーを巻いて、コートのフードにフクちゃんを入れれば準備は万端だ。

「じゅんびできた！」

「よし、じゃあいこ！」

雪乃もついてきてくれるようで、空と明良、雪乃と美枝は連れだって外に出た。幸生は重すぎて犬ぞりは向いていないので囲炉裏から離れないヤナと共に留守番だ。


外に出ると、今日は確かに良い天気だった。空気は冷たいが空は晴れている。

空は明良と手を繋ぎ、急いで門の傍まで行く。門から勝手に出ない約束をしているので、その手前で止まって雪乃たちを待った。

雪乃も美枝も良い子で待っている空と明良に微笑み、それぞれ自分の孫と手を繋いだ。

「すぐに来るから、ここで待っててね」

「楽しみね、空」

「うん！」

空は頷いて、明良の方を見る。

「アキちゃん、いぬぞりのったことある？」

「うん、きょねんいっかいだけ！　いぬ、げんきではやいんだ！」

「へ～！　たのしみ！」

空がわくわくしていると、遠くから微かに犬の吠える声が聞こえてきた。

「あ、きた！」

「どこどこ？」

門から半身を乗り出すように二人が道に顔を出すと、山とは反対側の方から近づいてくるものが見えた。

現れたのは、二列に並んで懸命に走る犬たちだった。子供たちの姿が向こうからも見えたのか、ワンワンキャンキャンと賑やかな声が増える。

「よーし、止まれ、止まれ！」

犬が引いていたソリに乗っていたのは村の魔獣使いの田亀だ。

彼が号令をかけると犬たちは走りを止め、皆揃って空たちの方を見た。

「わぁ……いぬ、いっぱい！」

「かっこいいな！」

犬たちは全部で十四頭いて、どれも柴犬やそれに近いような毛足の短い日本犬だ。大きさは色々だが、ソリを引く犬として有名な犬種のような大きな洋犬は一頭もいなかった。

「あ、空だ、久しぶりー！」

空たちが犬を見ていると、その中から明るい声がかかる。

そちらを見ると丸まった尻尾をピコピコと動かしている柴犬がいた。

「あ、えっとたしか、ゴロ？」

「当たり！　今日は遊びに来たぞ！」

声をかけてきたのは秋に空と出会った柴犬のゴロだった。犬居村について教えてくれた相手だ。

空が駆け寄るとゴロがフンフンと空の匂いを嗅ぐ。

「そら、しってるいぬ？」

「うん！　ゴロっていうなまえなんだって。アキちゃんちのまえであったことあるよ！」

「パトロールしてたんだぜ！」

「ホピ……」

空が明良にゴロを紹介すると、フードからにゅっと出てきたフクちゃんが耳元で不満そうに囀る。

それを片手で撫でて宥めつつ、空はそっと視線を逸らして田亀を見た。

「たがめさん、こんにちは！」

「おう、こんにちは空くん。今日は犬ぞりだぞ」

「キヨちゃんおやすみ？」

「ああ。キヨは冬は小屋の中で冬眠してるんだ。完全に寝てる訳じゃないんだけど、ほとんど動かないよ」

「そっか……キヨちゃんは、たがめさんとけーやくしても、ねむっちゃうんだ？」

空がそう聞くと田亀は面白そうな表情で頷いた。

「空くんは難しい言葉を知ってるなぁ。魔獣は契約してもあんまり性質や習性は変わらない事が多いな。カメはカメ、犬は犬だよ」

なるほど、と納得した空の隣で、明良がその言葉に顔を向けた。

「いぬって、けーやくできるの？」

「出来るよ。この村にも何人か、犬と暮らしてる人はいるな」

けれど明良は見た事がないと首を横に振った。

「明良、犬と暮らしてる人は狩りを専門の仕事にしてたり、山守との仲立ちの仕事をしている人が多いのよ。だから普段は山小屋で寝泊まりしたり、それに近い場所に住んでて、あんまり見かけないわねぇ」

さらに美枝が言うには、この近所には今そういう仕事の人はいないから尚更会う事がないらしい。東地区で一番山に近い場所に住んでいるのは米田家で、その向こうにある山は比較的低くなだらかに奥に続いている。山守がいるような場所ではないので、その一帯の管理は幸生がしているのだ。

「じゃあ、おれも、いぬとけーやくできる？」

明良が聞くと田亀は美枝と顔を見合わせ、困ったように首を捻った。

「出来るか出来ないかで言えば……まぁ、縁があれば出来るよ。ただなぁ、これぱっかりは向こうが選ぶもんだからなぁ」

「そうなの？　おれが……こいぬとか、なかよくしたいっておもってもだめなの？」

「ああ。契約は大事な事だからな。犬たちは自分の村を持っていて自由に暮らしてるだろ？　この辺りに住む犬たちはその方が好きなんだよ。冬に俺のとこに来るのだって、獣舎があって都合が良いから居候しにくるだけで、俺と契約してるわけじゃないしな。村の手伝いと引き換えの、持ちつ持たれつってやつだな」

田亀の言葉に明良は残念そうに肩を落とした。

空もそれはちょっと残念に思う。犬を飼ったりしたことのない身としては、ちょっと憧れるからだ。

しかしそんな気持ちを察したのかフクちゃんがぐいぐいと頬に体を押しつけてきたので、空はその憧れを口にすることはなかった。

「犬も猫も賢いからな。自分が気に入った相手を、向こうが選ぶのさ。だからまずは仲良くなることだな！」

「そうだぞー！　だからまずは俺らと一緒に走ろうぜ！」

「行こう行こう！」

「オレは風になるぜ！」

「振り落とされんなよチビ！」

「しっかりつかまってろよ！」

「メシ食ったか？」

犬たちは口々に言いつのり、その合間からまだ言葉を上手く喋れない若い犬が、キャンキャンワンワンと吠え立てる。

「おっと、そろそろ行くか。よし、じゃあ方向変えるから、そしたらソリの後ろに乗ってくれ」

犬たちの後ろに繋がれたソリは、なかなか大きく立派なものだった。

一番前に田亀が座る場所があり、その後ろに板を渡した座席が間隔を開けて四列ある。板は小さな子供なら三人くらい座れそうだ。

田亀は犬たちを先導して向きを変えさせ、それから大きなソリをひょいと持ち上げて向きを変えた。

（さすが村の男……魔獣使いって、自分で戦わなそうなイメージあるけど、やっぱり力はあるんだな）

空が感心していると、雪乃に手を引かれた。

「行きましょう、空」

「ほら、明良も」

「うん……」

明良は未練がましく犬たちを眺めていたが、美枝に促されてソリの方へと向かった。

明良と空は田亀のすぐ後ろの席に並んで座った。後ろの席には雪乃と美枝がそれぞれの孫の後ろにつく。

「じゃあ行くぞー。野沢さんちにも行くからな」

「わーい！」

「やった！」

結衣や武志も連れに行くという言葉に子供たちが喜ぶ。

田亀がほーいと声を掛けると、犬たちは賑やかに走り出した。

「わわっ！」

犬たちの勢いにソリがぐんっと大きく動き、空の体がふらりと後ろに傾く。しかし後ろにいた雪乃がその背をさっと支えてくれた。

ソリは勢い良く進み、矢田家の前をあっという間に通り過ぎ、その先の野沢家の前で手を振る武志たちを見つけてまた止まる。

「こんにちはー！　あ、空と明良もいる！」

「こんにちは！　わたしものっていい？」

「お待たせ、どうぞ！」

美枝と雪乃は二人に席を譲って、一つ後ろに下がった。雪乃は武志に空の背を支えてやってくれとそっと頼む。

「よし、じゃあちょっと神社の辺りまで行って、一回りしてきたら町内の他の子と交代な」

「はーい！」

子供たちの良い返事を聞き、ソリはまた走り出す。

「うっひゃー、行け行けー！」

「あははは、すっげーはやい！」

「やだー、かおがさむーい！」

「あはは、すごーい！」

犬ぞりはいつもの亀バスや幸生の背から見るよりも景色がずっと低く、風を切って走る分速度が出ているように空は感じた。

時々雪の塊や地面の起伏に沿って軽く跳ねるのだが、それもちょっとしたスリルがあって面白い。その度に歓声が上がり、子供たちは大喜びだ。空も皆と一緒に大きな声で驚き、沢山笑った。

やがてソリは大きな道をくるりと回り、また東地区へと戻ってきた。多分二十分ほどしか乗っていないだろう。

けれど大きな声を出してはしゃいだ子供たちはすっかり満足して、大人しくソリから降りて田亀と犬たちにお礼を言った。

「いぬさんたち、どうもありがとう！」

「へっへー、オレたち速かっただろ！」

「すっげー速かった！　また乗せて！」

「またなまたな！」

「たのしかったー！」

「俺たちも楽しかったぞー！」

犬たちも嬉しそうに尻尾を振り、子供たちに頭や背中を撫でさせてくれた。空はゴロやその隣にいた犬を撫で、ペロリとほっぺたを舐められて笑い声を上げる。

その肩ではフクちゃんが一生懸命羽を膨らませ、犬を牽制しつつ自己主張していた。

明良も傍にいた犬に手を伸ばし、その背を撫でさせてもらった。どの犬も皆、子供たちに優しく親愛を示してくれる。しかし明良は途中でふとその手を止めて、小さな声で問いかけた。

「ね……やっぱり、おれのことえらんでくれたりとか、むりなのかな」

明良の密やかだが真剣な声に犬は少し考え、けれど首を横に振った。

「うーん、わかんない。なんか人と契約するやつって色々だから。会った瞬間に匂いで決めるやつもいれば、一緒に何度も遊んだりして過ごしてから、こいつにしよ！　って思うのもいるって」

「……そっか」

「あとねー、小さい子はダメだって言われてるよ？　もっと大きくなってからな！」

「わかった……ありがと」

明良は残念そうに頷くと、手を振って武志たちのいる方に駆けだした。

その背を犬が少しだけ心配そうに見送る。

そして明良の傍にいた空もまた、その背を心配そうに見ていたのだった。


それからしばらく荒れた日が続いて、久しぶりに晴れ間が訪れた日の事。

空は幸生と一緒に、家の前の道路に出てきていた。昨日から降り続いた雪が二十センチほども積もり、道路の雪かきをしなければならないのだ。空はその見学だ。

幸生は木で出来た大きな雪かき用の道具を持ってきていた。空はその道具を持たせてもらったが、重たくて全く動かなかった。

（これ何て言うんだろ。横に長くて大きい……深めのちりとりに長い柄をつけたみたいな）

前世の記憶にある、スノーダンプというものに前の部分は少し似ている気がする。（実物を使っ

たことも見たこともないのだが)

ただそれよりも横に大分長いし、後ろの持ち手も一本だけだ。お世辞にも使い勝手が良さそうには見えない。

しかし幸生は使い慣れているせいか気にした様子もなく、それをざくりと積もった雪に刺すように突っ込み、ぐいぐいと押し始めた。

「わぁ……」

雪がみるみる前に向かって押され、山盛りになってゆく。まるでブルドーザーか何かのようだ。

幸生は勢い良く雪を押して歩き、そのまま道の向こう側にずいっと押しやった。家の前から門のすぐ外へ、幸生が通った後だけ雪がなくなり歩きやすそうな道が出来ている。

(じぃじは人間ブルドーザーだった!)

空の感心を他所に、幸生は今度はそこを起点に、村の中心の方へと向かって雪を押し始めた。空は散歩も兼ねて幸生のすぐ後ろを歩いてついていった。

幸生は雪が山盛りになったら道路脇にどんどん捨てていく。見る間に道が開け、代わりに雪の土手が築かれていった。

空はそのあとをてくてくと追いながら、ふと顔を上げて山の方に視線を向けた。

風の音に紛れて、微かだが何か人の声のようなものが聞こえた気がした。

(……今、何か聞こえた?)

何となく振り向くが、誰の姿も見えない。米田家の門や道の果ての山が静かに佇むだけだ。

気のせいかと思ったが、背中でフクちゃんがもぞりと動く。

「ピピッ！」

可愛い声を上げながらフクちゃんがフードから出てきて、空の肩にちょこんと止まった。

「フクちゃん、どうしたの？　さむくない？」

「ホピピピッ」

大丈夫だ、と言うように囀り、フクちゃんは空の頬に体を擦り付けた。

「あはは、くすぐったいよフクちゃん」

空はフクちゃんと戯れている間に、さっき聞いた微かな声のことなどすぐに頭から消えてしまった。

幸生と空は百メートルお隣にある矢田家の前まで雪かきをし、そこで折り返した。行きで半分雪かきをしたので、帰り道でもう半分の雪かきをしながら幸生は変わらぬペースで進んで行く。

矢田家から先は、何軒かある家がそれぞれ手分けして雪かきをしたらしく、道路は綺麗になっていた。

空は矢田家の門柱の上や門の向こうをそれとなく窺ったが、今日は猫宮も明良も外には出ておらず、ちょっとがっかりして帰り道をてくてくと歩く。

「ねぇ、じぃじ」

「なんだ？」

「おやまのほうのみちは、ゆきかきしないの？」

この道は米田家の前を通って、山の裾野へと続いている。幸生は少し考え首を横に振って道の先の低い山を指さした。

「あの山には、冬の間は用がない。だからしないぞ」

「かりとかしないの？」

村の男達は冬の間でも狩りの為山に入ることがある。冬眠せず村の近くに寄ってきた熊や、何か危険のある魔獣を狩るらしい。

「あの山には大きな獣は来ない。狩りをする山は別の場所だ」

空は初めて知る事実に目を見開き、そして首を傾げた。

「なんでこないの？」

「ふむ……俺が管理しているから、だろうか」

「……そっかぁ」

空は深く納得して頷いた。幸生が言ったのでなければ多分信じないような言葉だ。

しかし幸生が規格外に強い事を、空はもう沢山見て知っている。

「じぃじつよいもんね。やまのかんりって、どんなことするの？」

「色々だが……害がなくても、虫や獣が増えすぎないか監視したり、種や胞子が飛んで来て生えた危険な植物を根こそぎ掘り返して燃やし尽くしたり、山を牛耳ろうとするようなおかしな動きを見せる木が出てこないか監視したり、出てきたら切り倒したり……そんなところだろうか」

「そっかぁ……」

（思ったより危険な任務だった！）

思わず空の声のトーンが少し落ちる。

すると幸生が足を止め、空の方を振り向いた。そして空の頭を大きな手でそっと撫で、また道の方へと向き直り、ぼそりと呟いた。

「山は……危険もあるが、良い事もある」

（……元気づけてくれたのかな）

幸生の不器用な優しさに、空は顔を綻ばせた。

「じぃじ、よいことって？」

「春になれば、山菜が色々採れる。あと、タケノコも」

「さんさい！　たけのこ！」

「好きか？」

「うん！　ぼくねー、てんぷらと、たきこみごはんがすき！」

去年も食べたが、この村のタケノコはえぐみがなくて本当に美味しいのだ。

山菜も、苦いものでなければ空はどれも好きだ。食べると何だか体の中が綺麗になるような気がするのだ。

また春が巡れば山菜やタケノコが食べられるのかと思うと、空は今から楽しみでならない。

こうして幸生とフクちゃんと一緒の雪かき散歩は何事もなく終わり、空は家に帰っておやつを貰い、いつものように家でのんびりと遊んで過ごした。

その次の日の昼過ぎに美枝が慌てて家に駆け込んでくるまで、外で聞いた気がした声の事など、空はすっかり忘れていたのだった。


明良はここ数日、塞いだ気分を持て余していた。

このところ保育園はずっとお休みだし、何日か前に近所の皆と犬ぞりに出かけた日から外に遊びにも出かけていない。

暇を持て余し、持っている玩具で遊んでもすぐに飽きてしまってちっとも面白くない。家には母の茜か祖母の美枝のどちらかがいる事が多いのだが、茜は最近悪阻《つわり》で体調が悪いせいか、寝ている事が増えてしまった。

祖父の秀明は外の仕事に出ている事が多く、父の芳明は役場に勤めているので昼間はいつも家にはいなかった。だが、それはいつものことなので構わないのだ。

明良の不満や不安の一番の原因は、矢田家の家守である梅の木の精霊、ウメが姿を見せないことにある。

ウメは明良が生まれるずっと前から矢田家を守っていて、明良が生まれてからはその子守をしてくれた。

明良が今より小さかった頃は毎日ずっと一緒にいて、食事の世話から遊びや昼寝まで、いつも面倒を見てくれた。

それなのに、最近ウメはもうちっとも姿を現さなくなってしまった。明良はそれがひどく寂しかった。

窓の外には、梅の老木が風に吹かれて立っている。まだ花芽《はなめ》もよく見えず、今年も花が咲くのかどうかわからない。

「ウメちゃん……しんじゃったらどうしよう」

ぽそりと呟くと、足元からニャーと細い声がした。秋からこの家に居候している猫宮だ。

「家守はそんなにすぐには死なぬから、心配するのはお止めよ」

「ねこみやちゃん……でも、ウメちゃん、もうずっとあってないんだ」

「そんな時もあるさね。植物を依り代にするものは寿命は長いが、本体やその周りの環境の影響を強く受けるからね」

一昨年、雪がひどく降った時があった。

この辺りでは冬場は平均して三、四十センチの積雪がある。しかしそれは大抵ゆっくりと降り積もってゆくもので、ドカ雪が降ることは滅多にない。

その滅多にない大雪が降った日、老木で脆《もろ》くなっていたウメの本体は夜の間に積もった雪の重さに耐えかね、大きな枝を一本折ってしまったのだ。

それ以来ウメは力を落としたらしく表に出てくる事が減り、それは今もまだ回復していなかった。

ウメは明良にとって姉のような、もう一人の母のような存在だ。生まれてからずっと一緒だった彼女がもしいなくなったらと思うと、明良は寂しさと不安でいても立ってもいられない気持ちになるのだ。

「ねこみやちゃん……あのさ、おれとけーやくして、ここにずっとのこってもらうの、だめなんだよね？」

「悪いけどダメだねぇ。アタシはこれでも村長だから、村を放ってはおけないさね。それに長く生きてて力もある。坊やじゃまだ力不足だね」

猫宮の言葉に明良は力なく肩を落とした。猫宮はそんな明良の足元に擦り寄り、小さな足の上にのしりと体を乗せた。廊下にずっと立っていて冷えた足に、猫の体温が温かい。

「何をそんなに焦るんだい？　心配しなくても、アンタの家族は皆それなりに強いよ？　だからゆっくり大きくおなり」

「……うん」

頷きながらも、明良は昨夜聞いた両親の会話を思い出していた。


「具合どうだ？」

「あんまり……食べてもすぐ気分が悪くなっちゃって。熱っぽいし眠いし、散々ね」

「そうか……代わってやれたらいいのになぁ」

布団に寝転がる妻の背中をさすりながら、明良の父である芳明は無念そうに呟いていた。

明良は端に置かれた自分の布団の上で寝たふりをしながら、薄明かりの中でぽつりぽつりと話す両親の言葉を聞いていた。

「お義母さんたちにも負担掛けちゃって申し訳ないわ……やっぱり、私たちだけでもうちの実家に行くのはどうかと思うのよ……」

「うーん……」

「ウメちゃんもずっと寝てるし、ウメちゃんに力を注いでるお義母さんだって疲れてるみたいだし。何かあっても今の私じゃ、明良とお腹の子を守れないわ」

芳明はこの家の息子だが、茜は隣の魔狩村の出身だ。そこに実家があり、明良を産むときも短い間だが里帰りをしていた。

「うちの両親は構わないって言ってたわ……魔狩村なら遠くないし、二、三年あっちにいて、赤ちゃんが大きくなったら戻ってきたっていいじゃない？」

「そうだなぁ」

魔狩村は立派な防壁に囲まれた村だ。近隣の野山に住む生き物も、魔砕村の周辺のものより少し弱い傾向にある。

その村出身の茜は、自分の強さにあまり自信がなかった。地域や学校で戦闘や魔法の訓練はもちろん積んだが、どうしても向き不向きがあるし、防壁に囲まれた環境で育った甘えもある。魔砕村の最強格を目にしては自分の弱さを実感してきた。

それ故に、家守が眠っていて自分の体も思うようではない現状で、この場所に居続ける事に不安があるのだ。

「俺がもっと強かったら、安心しろって言ってやれるんだが……」

芳明もまた、父が得意な水魔法も、母の緑の手も受け継がなかったことに負い目があった。

懸命に力を伸ばそうと色々やってみたが、自分に何が向いているのかもわからないまま、結局役場で仕事をしている。

村の世話役などを積極的に引き受けて働いているのは、村を守ることには自信がないからだ。

それで十分だと両親も周りの人も言ってくれるが、それでもわだかまりは自分の中に残るし、茜の不安な気持ちもよくわかった。

「もう一回、親父たちと相談してみるか」

「ええ。明良はこの村が好きだから、可哀想だけど……」

この村には保育園と小学校はある。しかし二、三年隣村で暮らすとなれば保育園を移り、小学校も向こうで入学する事になるだろう。

「明良は良い子だから、きっとわかってくれるさ。お兄ちゃんになるの、楽しみにしてくれてたし。生まれてくる子の安全を思えば仕方ないよ」

「そうね。わかってくれるといいんだけど」

母の呟きを聞いて、明良はぎゅっと目を瞑った。

わかるけれど、わかりたくない。新しい兄弟の存在は嬉しいのに、明良の心は嫌だと叫んでいた。

明良はこの村が好きだ。この村の何もかもが。

ここで生きる人も動物も植物も精霊や神様も、皆キラキラしていて明良の心を惹きつける。

危険が多い事はもちろん知っているし、怖い思いをしたことも沢山ある。それでも明良はこの村で育ち、いつか大きく強くなるんだと信じて疑わなかった。

（おれ、やだ……ここじゃないとこ、いきたくない！　ここで、おおきくなりたい！）

けれど起き上がって両親にそう叫ぶことが、何故かどうしてもできなかった。

「……おれが、つよかったらな」

いつか思った事を、また明良は小さな声で呟いた。足元にいた猫宮が何か言ったかという風に見上げてきたが、明良はそれっきり黙ってしゃがみ込んでその体を撫でた。

（おれがつよかったら、もっとおおきかったら）

『……ヨク……キク、ナリタ』

（そうしたら、ここでこのまま、くらしていられるのに）

『……コニ、イタイ……エタク、ナイ』

外から聞こえる風の音に、何かおかしな音が混じる。

それに気付いた明良は、窓の外を見て耳を澄ませた。

『……キ、タイ。ツヨ……リ、タイ……サ、ミシイ』

風に混じって聞こえるその音が、耳を澄ますと少しだけ鮮明になる。

それが声だと気付くまで、そう時間は掛からなかった。

『……コニ、キテ……イッショ……イ、キタイ』

その声はしきりに、強くなりたい、生きたい、ここにいたい、さみしい、消えたくない、と訴えているように明良には聞こえた。

「坊や？　どうかしたかい？」

「……ううん。なんでもない」

その声が訴える心は、願いは、明良が抱えたものと深く重なって聞こえた。

これは聞いてはいけないものだと、明良は周りの大人に教えられて知っていた。けれど、その声は明良をひどく惹きつける。

（おれも……つよくなりたい。どこにもいきたくない……ここで、おおきくなりたい。ウメちゃんやじいちゃんたちと、ずっといっしょにいたい……さみしいよ）

聞いてはいけないと思いながらも、明良は同じ気持ちを抱えて胸の内で呟いた。

明良は知らなかった。

聞いてはいけない声を聞きその心を重ねた時。

その思いは、村の結界をも超えて繋がるのだという事を。重ねた願いは道を開くのだという事を。

明良が姿を消したのは、その次の日の事だった。

六　消えた明良

その日の朝も、空はいつもと変わらない時間に目を覚まし、朝ご飯をたっぷり食べた。

それからフクちゃんと幸生と一緒に庭に出た。今朝は新たな雪は降り積もらなかったので雪かきは必要ないのだが、幸生はこまめに冬の庭や畑の様子も見ているのだ。

空はそれにくっついて裏庭に行き、未だに崩れる気配のないカマクラの点検をしたりしてうろうろと歩き回る。

歩いていると雪に足を取られて転んだりもするが、雪の上に倒れるだけだし、それもまた楽しい。

空が転ぶとフードの中にいたフクちゃんも放り出されて一緒に転がってしまうのだが、フクちゃんも意外とそれを楽しんでいるらしかった。

「あはは、まっしろ！」

「ピルルルッ！」

腹ばいに転んだ空が、雪が付いて真っ白になった自分のお腹を見てけらけらと笑う。

空のフードから転がり落ちて雪に埋もれたフクちゃんは、ぶるぶると身を振って頭や体に付いた雪を払い落とした。

楽しんでいないのは、手を出すべきかどうか悩んで傍でオロオロとしている幸生だけだ。もちろん顔には出ていないが。

空は気にせず立ち上がってまた庭をうろつき、雪が積もった低木を揺らして枝に積もった雪を落とす、という事を今日の遊びにすることにした。

降り積もって固まった雪の上を歩いて木の傍まで行き、フードをしっかり被ってから木に体当りする。すると揺れた木からバサバサと雪が落ちてきて、空はその度に声を上げてそれを楽しんだ。

フクちゃんがフードの内側に隠れているのでくすぐったいのだが、それもまた楽しい。

「はー、おもしろい！　ゆき、いっぱいおちた！」

「ホピピホピ！」

「……空、雪まみれだ。少し払うぞ」

空はフードにもコートのあちこちにも雪をたんまり乗せて、えへへと笑う。

幸生は細心の注意を払って、若干プルプルしながらそれらをそっと払い落とした。

「じぃじ、ありがとー！」

「うむ。寒くないか」

「だいじょぶ！」

元気良くそう返事しながら、空は真っ白な庭をぐるりと見回した。

もうここには雪と庭木以外、何もないように見える。畑に残っていた大根も白菜も、今は皆引っこ抜かれて集められ、家の近くに置いて雪に埋められていた。

（雪は楽しいけど……そろそろ、雪以外も恋しいなぁ）

そんな事を思いながら空は幸生を見上げた。

「ね、じぃじ、ゆきっていつまであるの？」

「む……大体、二月の頭くらいまではこのままだな。三月には多分消えている」

「そっかぁ。まだちょっとさきだね」

残念そうに言うと、幸生が空の前にしゃがみ込んだ。

「雪は飽きたか？」

「だいじょぶ！　でも、たのしいけど、ちょっとほかのこともしたいなって。ゆきがあると、みんなとあんまりあそべないし……またみけいしさがしたり、さんさいとったりしたいな！」

「身化石か……そうだな。どれ」

幸生は足元に手を下ろすと、何かを探るように目を閉じた。そして再び目を開くと、少し離れた場所に行ってまたしゃがむ。

「じぃじ？」

何をするのかと空が見ていると、幸生は手をドスッと雪の中に差し込んだ。しばらくごそごそと雪の中を探るとその手を抜きだし、握った拳を空の前で開く。

開いた手の中には緑色の身化石が乗っていた。

「わぁ……じぃじ、ゆきのうえからでも、みつけられるの⁉」

「うむ。これもまぁ、石だからな。土魔法が得意だと、石は見つけやすい」

「えー、すごい！　おもしろい！」

空が喜ぶと幸生は場所を変え、いくつかの身化石を見つけてくれた。

「ほら」

「わぁ、ありがとう……あ、これ、あきにみたやつだ！」

幸生が集めてくれた石を空は両手に乗せて眺めた。その中に秋頃に空が見つけて明良が好きそうだなと思った青い石が交じっていたのだ。空が見つけた時、青くて透明な部分はまだ三分の一ほどだったが、今はもう少しだけ増えたような気がする。

「……やっぱりこれ、アキちゃんにあげようかな」

「身化石は庭から移動させても、ゆっくりだが魔素を吸収して変化する。持っていって長く楽しむのも良いだろう」

幸生の言葉に空はパッと顔を輝かせて頷いた。

「じゃあもってかえって、こんどアキちゃんにわたす！　じぃじ、ありがとう！」

空は青い石を大事そうにポケットに入れると、他の石も吟味する。

緑の石と、黒水晶のような石、赤っぽい石もある。どれも綺麗だ。

空は緑の石と黒水晶のような石を自分の宝物箱に入れようとポケットにしまい、赤い石はもう少し庭に置いておこうと木の下に転がした。

「そろそろ家に入るか」

「うん！　きょうのおひるなにかなぁ」

「さて……昼はわからんが、夜は空の好きなはんばあぐにしようかと言っていたぞ」

「はんばーぐ！　やったー！　なにあじかな⁉」

「……味が色々あるのか？」

「そうだよ！　でみぐらすとか、わふうとか、てりやきとか！」

「でみ……？　うむ……俺は照り焼きが良いような気がする」

よくわからないのでとりあえず馴染みのある名を幸生は選んだ。

「じぃじはてりやきがすき？　じゃあ、てりやきで、めだまやきのせて、まよもかけてもらおう！」

空の具体的過ぎる提案の全てを解読できず幸生は首を傾げた。しかし空が嬉しそうなのだから多分美味しいことは間違いないのだろう。

「てりたままよはんばーぐ、たのしみ！」

「ああ、楽しみだな」

昼食前から既に夕飯を楽しみにしている、そんな食いしん坊の孫が幸生は可愛くて仕方が無かった。


少し早めの昼食に大盛りの焼きそばを三皿平らげ、少しだけ昼寝をした午後の事。

空は幸生が見つけてくれた身化石を収めるべく、寝室で一人宝物箱を開けていた。

「いち、にぃ、さん、し、ご……あと、アキちゃんにあげるやつ。いくつまでならいいっていってたっけ？」

空の宝物箱には去年庭で拾った身化石が三つと、夏に降ってきた雨石と、陸から貰った東京の自然公園の丸い石、それにパチンコとドングリ入れが大切にしまってある。

そこに今日身化石が二つ足されて、全部で五つになった。明良にあげる予定の石もとりあえず一緒に入れておく。

あまり集めすぎても良くないと言っていたので、ひとまずこの辺にしておこうかなと空は身化石を丁寧に並べた。

それから空は陸から貰ったただの丸い石を手に取った。

「りく、げんきかな……あれ？」

石を手に取ってくるりと回すと、その一部分が微かに変色しているような気がして、空はそれをじっと見つめた。

「ちょっとだけ、みどりになってる？　これもみけいしになっちゃうのかな……え、そしたらいつか、どっかいっちゃう⁉」

それは困る、と空は慌てて箱を閉め、それだけ持って立ち上がった。

「ヤナちゃんにきこう！　フクちゃん、いこ！」

「ホピッ！」

陸がせっかくくれた宝物の石がいつか身化石になって、何か別のものに変身してどこかへ行ったりしたら空は悲しくなってしまう。

その可能性があるのかどうかすぐヤナに確かめねば、と空は囲炉裏の傍を目指す。しかし、居間に入った途端玄関の方から切羽詰まった声が聞こえて空は足を止めた。

「じゃあ、来てないの？　本当に⁉」

聞こえた声は、美枝のもののようだった。

居間には誰もおらず、空はそっと玄関の方へと近づく。障子越しに聞こえる大人たちの声は、誰の声も焦ったような色を帯びている。

「いつからいないの？　気付いたのは？」

「ついさっきなの。今日は茜ちゃんが検診で隣村に行ってて、それで私が家にいたんだけど……朝食の後、明良は居間で遊んでたから、私はちょっと猫宮さんと一緒に倉庫の点検やウメちゃんの世話に行って……」

「戻ってきたときは？」

「居間にはいなかったけど、玩具が沢山ある子供部屋に移動したんだとばかり思ってたのよ。それで、お昼ご飯に呼んでも来ないから部屋に行ったらもうどこにもいなくて……！」

それっきり明良の姿が見えないのだと美枝は説明した。

明良がいないことに気付いた美枝は急いで家の敷地中を捜し回ったが、どこにも明良の姿を見つける事は出来なかった。ひょっとして近所に一人で遊びに行ったのではと野沢家を訪ね、そこでも見つからず米田家に来たのだ。

空がそっと覗くと、美枝はいつもきちんとしている髪を乱し、ひどく焦っている様子だった。

「他に心当たりは？　ご近所は全部回った？」

「まだ野沢さんとことと、ここだけなの」

美枝の言葉に雪乃は幸生と顔を見合わせて頷いた。

「手伝うわ。まず怪異当番に連絡して、それからご近所を回りましょう」

「怪異……まさか、そんな」

雪乃は、そう呟いて首を横に振る美枝の肩に宥めるように手を置いた。

「何事もなければそれで良いのよ。美枝ちゃん、まずは少し落ち着いて、ね？」

「そうだぞ。ほれ、まず水を飲んで一息つけ。怪異当番にはヤナがすぐ連絡してやる。それから、明良が行きそうな場所を考えるのだぞ」

「ヤナちゃん……ありがとう」

美枝はヤナが差し出した白湯《さゆ》の入った湯呑みを受け取り、その温かさに少しだけ表情を緩めた。それを一息に飲み干し、深い息を吐く。

「俺は先に出てくる」

「ええ、私たちもすぐに行くわ」

幸生が玄関から出ていく音を聞きながら、空は青い顔をしてふらふらと囲炉裏の傍に座り込んだ。嫌な予感が胸に湧いてきて、思わず着ていた服をぎゅっと掴む。

「アキちゃん……いなくなっちゃったの？」

小さく呟き、しかしもしかしたら水たまりに落ちたのかもと考えた。

水たまりならば空も既に経験者だ。あの時は大層ビックリしたが、すぐに村から助けが来た。

きっと明良もすぐ助けられるに違いないと思うと、少し心が軽くなる。

「だいじょぶだよね……？」

「ホピッ！」

けれどあの時、空の傍にはフクちゃんがいてくれた。明良にはフクちゃんがいない。どこかで明良が一人で泣いていませんようにと、空は一人願った。


「何だと？　異変はないのか？　本当に？」

『はい、今日の怪異当番は何も検知していません』

「わかった……ならば近所を捜してみる」

『こちらからもすぐ人を出して、近所の捜索を手伝います！』

「よろしく頼むのだぞ！」

居間の棚から通信用の術符を出したヤナは、それに手を当てて怪異当番と宛先を指定して発動させ、話しかけていた。

ああいう風に使うのかと空はそれを感心しながら見ていた。明良がいなくなったと聞いていなかったら、好奇心に目を輝かせていたような光景だ。

けれど何も検知していないという言葉には少し希望が持てる。

ヤナはパタパタと玄関に戻ると、問い合わせの結果が出るまではと待っていた二人に声を掛けた。

「怪異当番は何も検知しなかったそうだぞ。やはり近所にいるかもしれん」

「良かったわ、じゃあすぐ手分けしてご近所回ってみましょ」

「ええ、ありがとう！」

雪乃と美枝は支度をすると急いで出かけて行った。ヤナはそれを見送ってから部屋に戻ると、囲炉裏の傍に腰を下ろして心配そうな空の頭を撫でた。

「空、昼寝はもう終わりか？」

「うん……ヤナちゃん、アキちゃんだいじょぶかな」

「大丈夫だぞ、空。きっとすぐに見つかる。明良も家に籠もってばかりで飽きたのだろ」

「うん……」

空は頷き、気を落ち着けようと膝の上にフクちゃんを乗せてそっと揉む。

（きっと大丈夫、すぐに見つかる）

そう心の中で唱えながらフクちゃんと不安な午後を過ごした。

けれど、午後三時を過ぎて日が徐々に陰り始めても、明良はどこにも見つからなかった。

夕暮れが迫ってきた頃、雪乃と幸生が別々に家に一度帰ってきた。

明良は来なかったかとヤナと空に聞いたが、来ていないという答えに二人共肩を落とす。

「どこまで捜したのだ？」

「俺は東から南を手分けしたがダメだった。一軒一軒聞いて回ったが、明良は来なかったと」

「北は？」

「北の半分と西は、当番と役場の人に頼んだけど、いなかったって。西はまだ少し残ってるようだけど……」

「もう一回東を捜し直すか」

「危険区域はどうなのだ？」

「冬場は小川や池には杭を立てて簡易結界を張っている。子供は通れないはずだ」

大人たちが相談する声を聞きながら、空は囲炉裏の傍できゅっと膝を抱えた。

明良の顔を思い浮かべると、心配で涙が浮かびそうになる。

アキちゃん、と心の中で呼ぶと、ふとどこか遠くから声が返ってきたような気がした。

「……？　アキちゃん？」

空は呟いて、思わず耳を澄ませた。

『……ガウ……チガ、ノ……メテ』

やはり何か聞こえてくる。

聞いてはいけない、と何度も言われた言葉が頭を過《よぎ》ったが、聞こえてきた微かな声はひどく切羽詰まっているように思えた。

『……カ、ト……メテ、ハヤ、ク』

途切れ途切れの声は何を言っているのかよくわからない。けれど何となく、助けを求めているように空には感じられた。

『……アア……コノコ……ノミ、コ……シマウ』

「……だれ？」

「ホピ！」

呟いた問いにフクちゃんが羽を膨らませる。

「フクちゃんも聞こえてるの？」

「ホピピッ！」

ということはこの声はやはり幻聴ではないようだ。これが、アオギリ様が何度も言っていた聞いてはいけない声というやつかと思うと少しだけ怖くなる。

少しだけだったのは、その声が切実に助けを求めているような響きだったからだ。

何を言っているのかもう少し聞こえないものかと、空はフクちゃんを手の中に包んで黙って耳を澄ませた。

『ノコ……コノ、コ、タ、ケテ』

（のこ？　この、こ……この子、助けて？）

何度も繰り返される途切れがちの声を空は頭の中で繋ぎ合わせた。繰り返される音を拾っていくと、少しずつ意味が繋がり、理解出来るようになってゆく。

『……トマ、ナイ、ノミコ、デ、マウ』

（止まらない、呑み込んでしまう……!?）

空の脳裏に明良の顔が浮かんだ。

まさか、と思うがそれはどう考えても正解である気がしてくる。

空は慌ててフクちゃんを下ろし、誰かにこの事を伝えなければと玄関の方に顔を向けた。

「とりあえず幸生と雪乃はもう一度東の町内を捜すのだ。ヤナは隣に行って、ウメを起こしてくる」

「ウメちゃんを？」

「ああ、ウメなら明良が生まれた頃から知っている。あやつなら明良の居場所がわかるはずだ」

空は玄関から聞こえてきた会話に慌てて立ち上がった。

急いで玄関に行くと、ちょうど三人が玄関から出るところだった。

「ヤナちゃ……！」

「空、ちょっと留守番をしておるのだぞ。すぐ帰ってくるからな」

「え、まっ、まって！」

「大丈夫だ、すぐだからな！」

「良い子にしててね！」

かなり焦っているのか、三人は空の言葉を最後まで聞かず、大急ぎで玄関を閉めて行ってしまった。

空はどうしようかと焦った。

声は相変わらず途切れ途切れに聞こえてくる。しかしそれは音として聞こえているというより、どこかうんと離れた場所から思念が飛んでくるのだと空は予想していた。

どこか遠くで、多分村の外の山の中で、誰かが助けを求めている。

そしてそれは恐らく、明良を助けてほしいと訴えているのだ。もちろん確証はなく、空の予感だけなのだが、不思議と絶対にそうだという気がする。さらに、時間はあまり無いという予感もした。

空はしばらく考え、そしてキッと顔を上げた。

パタパタと駆けだし、まずは自分のコートとマフラーを取りに行く。それから宝物箱へ走って、ドングリ入れとパチンコを取り出して腰に付けた。

その上からコートを着てマフラーを巻き、靴下をはいて、さらにふと思いついて神棚がある座敷に行くと、神棚の下にある低い棚から風呂敷包みを取り出した。

中身はもちろん、先日鏡開きした金の鏡餅の残りだ。まだ沢山ある四角い欠片を一つ、二つと手に取り、小さな欠片も一つ選んでポケットに入れる。

次にまた居間に戻って、今度は囲炉裏の脇に置いてあった皿からおやつの残りの饅頭を二つとって畳んだまま置いてあった布巾で包み、ポケットに押し込む。明良が心配で残してしまった今日のおやつだ。

最後に忘れ物はないかと空は周囲を見回し、座っていた場所の横に丸い石が落ちているのを見つけた。

ヤナに見せようと思って忘れていた、空の宝物だ。空はそれをじっと見つめていると不思議と勇気が出る気がした。

少し考えてそれもポケットに押し込んで、空は玄関に行って自分で草鞋を履いた。

「ちょうむすび……まだうまくできないから、かたむすびでいいや」

解けないならその方が良いだろうと、足首に紐をぐるぐる巻いてぎゅっときつく結ぶ。

「ホピッ、ホピホピッ！　ビッビッ！」

フクちゃんは外に出ようとする空を必死で止めようとしていた。

空はそれを無視して草鞋を履き終えると、フクちゃんに手を伸ばして、そっと持ち上げた。

「フクちゃん……おねがい、ぼくにちからをかして。フクちゃんがいなきゃ、だめなんだ」

「ホピ……」

「おねがいフクちゃん。アキちゃんがあぶないんだ。だから、ぼくをおやまにつれていって。コケモリさまのところに」

「ホピ、ホピッ」

フクちゃんは危険だと言うように、首を何回も横に振った。

けれど空がお願いだから、と何度も何度も頼むと、やがて諦めたように鳴くのを止めた。

そして、ブルブルッと体を震わせると、わかったと言うように体を少し大きくした。

「ホピッ！」

鳩くらいの大きさになったフクちゃんはぴょんと玄関に跳び降り、すぐにニワトリくらいの大きさになる。

「フクちゃん……ありがとう！」

空は急いで玄関の扉を開け、フクちゃんと共に外に出た。

外は夕闇に包まれようとしている。家の門の前まで来ると、フクちゃんはさらに大きくなって空が乗りやすいよう体を下げる。

「フクちゃん、これたべて」

大きくなったフクちゃんに乗る前に、空は金色の小さな欠片を取り出して見せた。

「しかくいのとちいさいの、どっちがいい？」

「……ホピッ」

フクちゃんは四角い方を選んで一つ摘まみ、パクリと食べる。

空はそれを確認して急いでフクちゃんの背に乗って、首の辺りにしっかりと掴まった。

すぐにフクちゃんの体が薄《うっす》らと光りはじめる。

「ホピピピッ！　ピキュルルルル！」

フクちゃんは高らかに囀ると、さらに体を一回り大きくして突然走り出した。

空はその背に身を伏せてしがみ付き、そして夕闇に黒く浮かび上がる、いつか帰ってきた山の方を指でさす。

「あっち！　あっちの、おやま！　コケモリさまのとこまで！」

助けを求める声はまだ細く続いている。

どうかどうか、間に合いますようにと空は強く祈った。


道を走る巨大な光る鳥はすごく目立った。

そりゃもう目立ったのだが、フクちゃんはものすごく速かった。餅パワーが効いたのか、やる気が出すぎているのか、目にした誰もが何だあれと思いつつ追いつけないくらい速い。

空は羽の間に埋もれるようにして身を伏せ、しがみ付いている。

そのせいで風のように走っていく鳥の背に子供が乗っていることなど、見送った者達は気付かなかった。

フクちゃんは真っ直ぐ村を駆け抜け、あっという間に目指した山の麓《ふもと》まで辿り着いた。そして今度は山道を駆け上がる。

さすがに山道は雪かきもされていない。フクちゃんの意外と長い脚でも雪に埋もれて速度が落ちる。

しかしフクちゃんは懸命に雪を蹴散らしながら駆け上り、さほど時間をかけずに、いつか空と落っこちた小さな空き地へと辿り着いた。幸いなことに空き地は木々に囲まれているせいか、雪はあまり積もっていなかった。

フクちゃんが足を止めたので、空はやっと顔を上げた。

「もうついたの……？　フクちゃん、すごい！」

「ホピピッ！」

フクちゃんが誇らしげに胸を張り、少し小さくなる。低くなったフクちゃんの背から滑り降り、空は辺りを見回して、緊張を解すように深く息を吸った。

そして、叫んだ。

「コケモリさま！　コケモリさま！　ぼく、そらです！」

空の高い声が静かな山に響く。

「コケモリさま、きこえてたらでてきて！　おねがい！　きんきゅーじたいなの！」

空が懸命に呼びかけると、不意に辺りの空気がざわりと動いた。

フクちゃんが空をかばうように羽を広げ、周囲を警戒する。

さわさわと何かが囁きあうように空気が揺れる。空は何となく空き地の真ん中に視線を向けた。

すると、薄らと積もった雪を押しのけるように、その中央部分から茶色いものがぽこりと顔を出した。

「……コケモリさま！」

出てきたのはもちろん、椎茸だった。以前会った姿より大分小さい、普通サイズの椎茸だ。

コケモリ様はむにょ、と柄を曲げて挨拶するように傘を傾けた。

『空、空か。久しいの』

『一人か？ まさか一人か？ いや、鳥と一緒か……こんな所にこんな時季に、何用なのだ？』

コケモリ様は空を見てそれから傍にいる巨大な鳥を見て、少し傘を震わせた。

空はコケモリ様の前に膝を突き、頭を下げた。

「コケモリさま、おねがい。アキちゃんがいるばしょ、しってたらおしえて！」

『アキ？ アキちゃん？ どこのアキだ。名は？』

「やだあきらっていうこ！ コケモリさましらない？」

コケモリ様は左右に揺れるとピコッと頷いた。

『矢田家の明良、明良。知っておるぞ。幼い頃に縁を結んでおる！ 明良がどうかしたのか？』

「アキちゃん、むらからいなくなっちゃったの！ みんなでさがしてもみつからなくて……でもぼく、こえをきいたんだ」

『声？ 声だと？ ……まさか、この間からうるさく泣いておる、ナリソコネの声か！』

「……ナリソコネ？」

コケモリ様の言葉に空は首を傾げた。

『知らぬか。まだ知らぬか……ナリソコネとはな、長年生きたそこそこ力ある存在が何かの理由から依り代を失い、精霊や神霊になり損ねたというモノだ。しかしすぐ消えるほど弱くもないのが厄介だ。それ故に、いずれ消え去る運命を嘆き、新たな依り代を求めて彷徨《さまよ》うモノを言うのだ。哀れなモノだ』

「……あぶないの？」

『うむ、ううむ……危なくはない。だが危ないと言えば危ない。我らのようなモノは、依り代を失うとその力は大きく落ちる。ナリソコネは本来なら、ただ彷徨い呼びかけるだけで害を為すことはほとんどない』

空は自分が今まで何度も言い聞かされた事を思いだし、首を捻った。

「ぼく、だれかによびかけられても、こたえちゃだめっていわれたけど、そういうの？」

コケモリ様はうむ、と頷く。

『あれらは……あれらには、新たな依り代を見つけるか、誰か合う者と契約して己が理《ことわり》を変えるかしか、生き残る術はない。しかしちょうど良い空っぽの器などそうそう見つかるはずもない。そしてその声が届くのは……残念ながら、幼子が多いのだ』

おさなご、と空は小さく呟いた。明良の顔が浮かんで、鼓動が急に速くなる。

「こどもが、こえをきくとどうなるの？」

『声か、声だけなら無害だ。無視すれば済む。だがもしその声と、思いが、願いが重なれば……道が繋がってしまう。そうなればその子は、ナリソコネに会うだろう』

「あったら？」

『……七つだ。七つが分かれ目だ。子が七つより育っていれば、大抵は無事に戻る。そう言われておる』

空はヒュッと息を吸った。その先を聞くのが怖くて、手が震える。しかし、聞かなければならないと、空は震える手を強く握りしめた。

「ななつより、したなら」

『恐らく、恐らくは呑み込まれるだろう。そして、ナリソコネに身も心も食われ……その子は二度と帰らぬ。ナリソコネはその子の姿を写しとり、山に帰る』

「そんな……そんな、アキちゃん」

空はふらりと座り込んだ。

コケモリ様はそんな空を見て、嘆くように椎茸の傘を震わせた。

『……矢田の明良は、ナリソコネに呼ばれたのか。いつだ、いつごろだ？』

「わ、わかんない。きょうのあさごはんたべてから、おひるごはんのあいだくらい？」

『遅い……遅いか？　いや、まだ間に合うか？』

「まにあうの⁉　アキちゃん、どうなってるの⁉」

コケモリ様はしばらく沈黙し、それから傘をひょいと上げた。

『声。声はどんなだった？　我は波長が合わぬゆえ嘆いていることしかわからぬ。空に聞こえた声を教えよ』

「こえ……たすけてっていってた。このこをたすけて、とまらない、のみこんでしまう、って」

『まだか？　まだ聞こえているか？』

空はそう聞かれて慌てて耳を澄ました。ここはコケモリ様の領域であるせいか、声は山に入ってすぐの時よりも遠い気がする。

けれど確かに、まだ声は聞こえている。

「まだきこえてる……いやだ、このこを、けしたくない……ここにきて、だれかとめてって」

『抗っておるか。抗うならまだ希望はある』

「どういうこと？　どうしたらいいの？　そばにいって、アキちゃんをひきはなせない？」

助けられるなら何でもすると空が勢い込んで聞くと、しかしコケモリ様は傘を横に振った。

『空、空は無理だ。空はまだ七つではない。空も呑まれるぞ』

「なんで⁉」

『弱いのだ。七つまでは、まだ自我が弱い。しっかりしているように思えても、まだ心が弱く柔らかいのだ。その柔らかい心がナリソコネと触れると、結ばれるはずの契約は逆流し、幼子の魂を呑み込むのだ』

「たましい……のまれちゃう？」

『そうだ、そうなのだ。だがそれはナリソコネも望んでいない。望む形ではない』

コケモリ様はナリソコネという悲しい存在について空に聞かせた。

長い時を生き抜きもうすぐ精霊になるはずだったのに、その依り代を突然失ってしまった存在の悲劇を。

ナリソコネには大抵がそれぞれ、なりたかった形がある。

やがて個としての意思を持ち、意思ある隣人と交流し、己の領域を守って長く生きる。

そういう存在になることを彼らは望んでいる。

契約者の魂を呑み込みその意思を失わせ、それと引き換えに形を得ることをほとんどのナリソコネは望んでいない。そうやって生まれたモノは大抵の場合どこか歪んでいて、その後で神や人間に討伐されてしまうことが多いからだ。

しかし一度それが始まれば、ナリソコネにももはや止めることは出来ないという。

そして当然ながら人と触れ合ったことのないものほど、己の声に応えた相手が七つを過ぎているかどうか、判断する事も出来ないらしい。


そこまで聞いて、空はゴクリと唾を飲み込んだ。

（心が……魂が子供は柔らかい）

それは何となく理解出来るような気がした。誰が言ったことか知らないが、空の前世の記憶では七つまでは神のうちというような言葉もあった気がする。

言葉として記憶しているだけでその本当の意味を空は知らないが、けれどそれならばそこに微かな希望があるように空には思えた。

（……じゃあ、僕なら？　前世の記憶があって、ちょっとだけ子供っぽくない、僕なら、どうなる？）

最後に会った時のアオギリ様の言葉が空の脳裏を過る。

『お主はちと珍しい魂の色をしておるから、もしかしたら大丈夫かもしれぬ。だが、子供は守られてしかるべきもの。そのもしかに頼る必要はないのだ』

（そのもしかが、今かもしれない）

空は明良よりも小さい。それでも今この時だけは、前世の記憶があるという自分の魂の可能性にかけたい。

空は震えを止め、顔を上げた。

「コケモリさま。アキちゃんのいるとこ、わかる？　わかったら、いちばんちかいとこまで、ぼくをおくってください」

空の願いにコケモリ様は驚いたように傘をあげ、ぶるぶると横に振った。

『ならん！　ならんぞ！　空が行ってどうするのだ！　明良を助けようとして、一緒に取り込まれるか……空の方が相性が良ければ、身代わりになるだけだ！』

強い拒絶に、けれど空も首を横に振る。

「アキちゃんをよぶの！　そんで、アキちゃんのこころがのまれるの、おくらせるの！」

『む……む、それは。それなら……いや、しかし明良に声が届くかどうかはわからぬぞ？』

「それでも、なんにもしないよりいいよ！　そうしてたら、きっとだれかがきてくれるもん！」

空の説得にコケモリ様は傘を左右に揺らしてしばらく悩んだ。

空に何かあれば、今度こそこの山が更地にされるかもしれない。しかし明良の存在が失われる事も、村の子供と縁を結んでいるコケモリ様にとって悲しい出来事だ。

『……声を、声をかけるだけだぞ？　なるべく近づかず、声をかけるだけにするのだぞ？』

「ぜんしょします！」

『何⁉　何なのだそれは⁉　何かようわからぬが不安しかない！』

「いいからはやく！　まにあわなくなっちゃうよ！　おねがい、コケモリさま！」

ぴょんぴょんと体を大きく揺らしたコケモリ様は、しかし仕方なく頷いた。そして大きく体を震わせる。

『うぬぬぬぬ……ふぬぅん！』

コケモリ様が大きな声を上げると、茶色い傘がばっと裏返って、バフッと胞子が飛んだ。

白っぽい粉が周囲にふわりと広がり、やがて薄れて見えなくなる。

空がじっと見守っていると、やがて胞子が落ちたところからポコポコと白いきのこが生え始めた。

コケモリ様を中心に大きく円を描くようにきのこが次々生えて、綺麗に並ぶ。コケモリ様は完成したきのこの輪に頷くと、空の方を見上げた。

『これだ。この輪が、空を我の領域の端まで送る。そこから真っ直ぐ、声のする方を目指すが良い。

多分近い』

「ちかくにいるの？」

『我と、我のような強きものの領域の間には僅かだが境目がある。領域が接して干渉せぬよう、細い隙間があるのだ。恐らくナリソコネと明良はそこにおる。細い谷間、風も魔素も澱《よど》み、少しだけ濃い、そんな場所におる』

移動先から近い場所にいると言われて、空はホッと息を吐いた。それならばもしかしたら間に合うかもしれない。

「コケモリさま、ありがとう！　これおれい！　よかったらたべてね！」

空はポケットに入れてあった饅頭の包みを取り出し、コケモリ様の横にそっと置いた。

コケモリ様はその包みを受け取って良いものか悩むそぶりを見せたが、今はそれどころじゃないと思いなおし、傘をぷるんと横に振って空を見上げた。

『空、空よ。良いか。空を送ったら我もすぐに村に連絡をする。大人が駆けつけるまで、明良を呼ぶのだぞ。呼ぶだけだぞ』

コケモリ様がそう言うと、周りのきのこがチカチカと光り出した。空は頷いてフクちゃんを見上げる。フクちゃんは心得たというようにすぐに身を低くしてくれた。

空がフクちゃんに乗ると、きのこたちが一際大きく光った。

『くれぐれも、くれぐれも気をつけよ！　良いか、傍で明良を呼ぶだけだぞ！』

「まえむきにけんとーします！」

『だから、だからそれは一体――』

コケモリ様が最後まで言い切る前に、きのこの光は地面に広がり、空とフクちゃんを包んだ。

空はその眩しさに目を瞑り、次に目を開けた時にはそこはさっきまでとはまた違う、暗い森の中だった。

七　ナリソコネ

「……フクちゃんがひかってて、よかった」

「ホピ……」

真っ暗な森の中、空は温かなフクちゃんの首に抱きつきながらぎゅっと目を閉じた。

まだここでは声は遠いが、方向は何となくわかる。

「フクちゃん、あっちいって」

指をさした方向にフクちゃんがゆっくりと歩き出す。コケモリ様の山の端であるこの場所は比較的傾斜が緩やかで、冬枯れした森は雪はあるが見通しも良く移動しやすい。

少し進むとひやりと周囲の空気の温度が変わったように空は感じた。そして声が大きく、近くなる。

『カ……キテ……コノコ、ノミコミタクナイ……ケシタクナイ』

「フクちゃん！　いそいで！」

空が叫ぶとフクちゃんが走り出す。声がはっきり聞こえたためかフクちゃんの足取りにも迷いがない。フクちゃんは木々の隙間を縫うようにして坂を駆け下りた。やがてどこからか細い水の音が聞こえてくる。

空はハッと息を呑み、フクちゃんの背から顔を上げて乗り出すように前を見た。


『……ガウ、チガウ。コウジャナイ、チガウノ。アア……イヤ、イヤダ』


悲しい声はもう、すぐそこだった。

「……フクちゃん」

空が指示せずとも、フクちゃんは足を止めた。もうすぐそこに、捜していた明良と、ナリソコネがいる。空はフクちゃんの背から慎重に滑り下り、声のする方を見た。

暗い谷間に、周囲の闇よりももっと濃く暗いモノがうずくまっている。

大きく歪な形をしたその何かは、空の存在に気付いてもぞりと体を動かした。闇の固まりとしか見えなかったそれが、ぐぐっと身を起こす。

「……ひぇっ」

空は思わず小さく悲鳴を上げ、隣にいたフクちゃんの羽を掴む。しかし湧き上がる恐怖をどうにか堪えて、ソレを見た。

その奇妙なものを何と表現したら良いのか、空にはよくわからない。身を起こし体を伸ばしたソレは、思いのほか縦に細長かった。

足元は地面に溶けるように広がって境目がはっきりせず、体はストンと真っ直ぐで、頭は体より少し大きい球状だった。全体的に見れば頭が丸い棒が地面に刺さっているような感じだ。

そして、その丸い頭の中心に、白く大きな目とおぼしきものがある。まん丸で大きく白い部分を目だと思うのは、その真ん中に瞳のような丸い部分があるからだ。その部分だけ色がはっきりと黄色い。そしてそれがきょろりと動いて空の方を向いている。

黒と白と黄色で出来た三重の円のような奇妙な頭を空はしばらく見つめてから、ゆっくりと視線を下ろした。

その目の少し下の方、体とおぼしき部分の途中に明良はいた。体から出た手らしきものに横抱きにされ、目を瞑って動かない。

「……アキちゃん！」

明良は、その何かに抱きかかえられて確かにそこにいた。

「アキちゃん……アキちゃん！」

空は大きな声で呼んだが、明良はピクリとも動かなかった。

それを確かめた空はもう一歩、明良とナリソコネに近づく。空が近づいてもナリソコネは動かない。ただ空をじっと見つめている。

空はそれに少しだけ安堵し、明良がどうなっているのかよく見ようとさらにじりじりと少しずつ近づいた。そして、気がついた。

「あっ……⁉　アキちゃん、はんぶんくっついてるの⁉」

空が思わず声を上げると、ナリソコネがビクリと体を震わせる。

そして叫び声を上げた。

『トメテ……トメテ！　コノコ、トケル！　イナクナル！』

ナリソコネが嫌々をするように頭を横に振る。

ソレに抱えられた明良の体は、その三分の一ほどが黒い体に埋もれているのだ。そしてその境目はじわじわと広がっているように空には見えた。

「アキちゃんっ……やだ、だめ！」

空は慌てて走り寄り、明良に手を伸ばした。するとナリソコネが身を縮め、明良の体が空に届くよう近づけてくれる。

『ハヤク、ハヤク！　コノコ、タスケテ！』

「……うん！」

空はナリソコネの行動に驚きながらも、強く頷く。そしてだらりと下がったままの明良の手をしっかりと握った。掴んだ手は、ぞっとするほど冷たかった。

次の瞬間、空は家の中にいた。

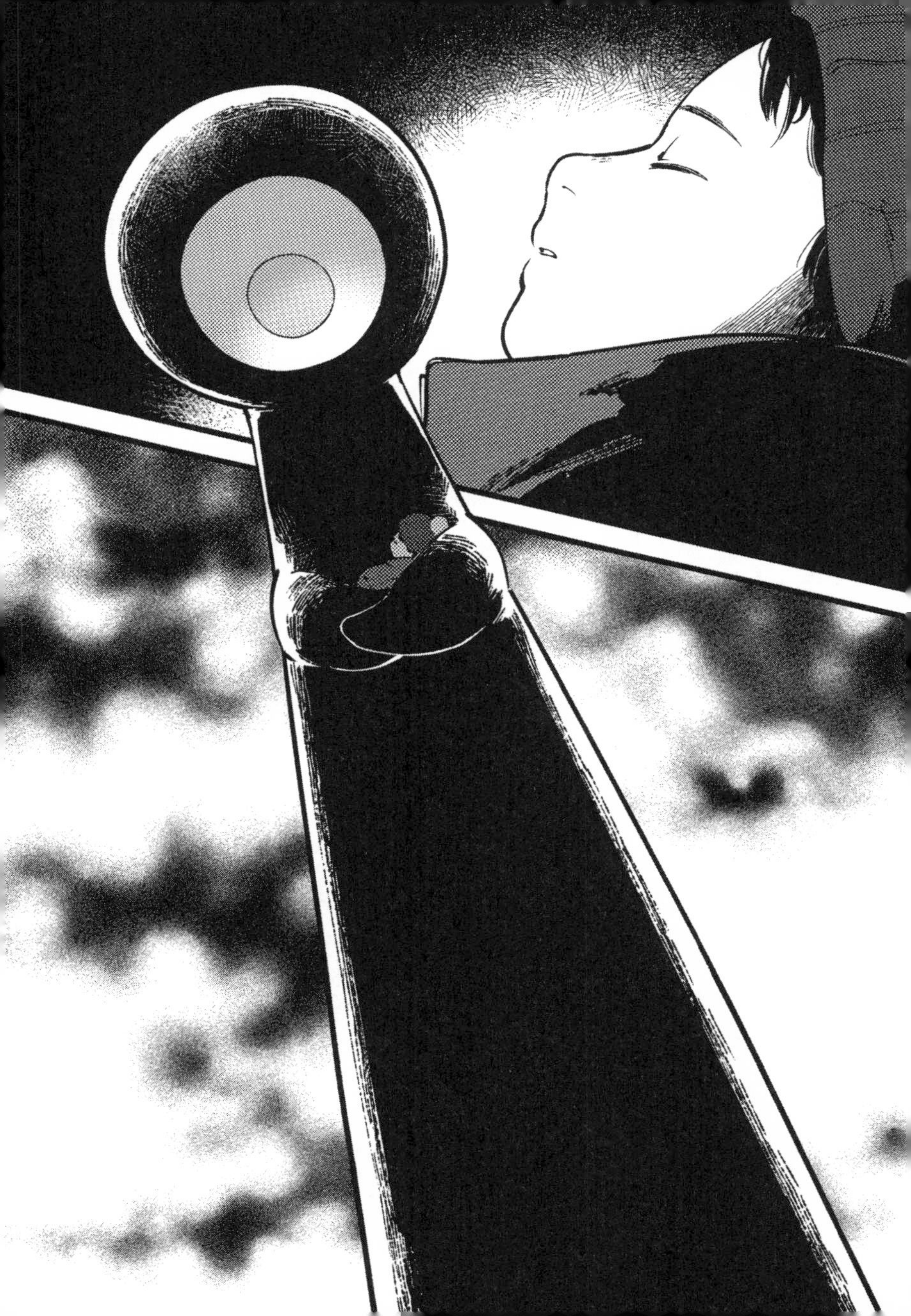

「……え？」

驚いて周囲を見まわすと、見覚えがある場所だという事に気付く。

「ここ……アキちゃんちだ」

そこは何度も遊びに行ったことのある、明良の家だった。

けれど家はひんやりとして、静まりかえっている。空は歩き出し、とりあえず目の前にあった障子を開けてみた。するとそこには、捜していた明良がいた。

「アキちゃん！」

けれど縁側に座った明良はこちらの声に反応しない。隣に座る誰かに、一生懸命に話しかけているのだ。それに、よく見れば今の明良より大分幼く見える気がする。

「……からね、ウメたん、あきね、ゆーまにめってしたの。そしたら、ゆーまないちゃったの」

「あらあら。それで、ごめんなさいしたの？」

「してくれたよ！　あきも、めってしてごめんねってした！」

「えらいわ、明良。優しい、良い子ね」

「えへへ」

明良の隣にいる人は、空にはぼんやりとぼやけてよく見えなかった。

けれど幼い明良の信頼しきった表情を見ていれば、その人がどれだけ明良にとって大切なのかがすぐにわかる。

「あきねー、おっきくなったら、つよくなって、いえ、まもるんだ！」

「そうなの？　頼もしいわ」

「ウメたんも、あきがまもってあげる！」

「あら、私が明良を守りたいのに？」

「じゃあ、まもりっこしよ！」

「ふふ、それも素敵ね」

「あきは、ウメたんも、むらもまもる、つよいこになるんだ！」

「明良は、ずっとここにいるの？」

「うん！　ここすきだもん！　ずっとここで、おっきくなる！」

空は無邪気に笑う明良の言葉に目を見開いた。そして、いつか明良が零した願いを思い出す。

『おれ、やだ……おれ、ここにいたい……きょうだいはうれしいけど、おれ、ここがすきだ』

村で生まれ、家族や家守に大事に愛され、明良は大きくなった。

このまま村で大きくなり、いつかここを守るくらい強くなるのだと願って。その未来を純粋に信じて、疑いもせず。

優しい縁側の風景がぼやけて薄れ、明良の願う声がどこからか響いた。そして、重なるようにもう一つの声も聞こえる。

『おれがもっとおおきかったら、かあちゃんもきょうだいもまもってやれるのに……おれがもっとおとなで、つよかったらよかったのに』

『ココニイタイ……キエタクナイ。オオキクナッテ、ツヨクナッテ……モット、ズット、ココニ』

強くなりたい、ここでずっと生きていきたい。たったそれだけの二つの願いが重なり、響き合った。

そして二人の姿は徐々に薄れ、空気に溶けるように消えてしまった。

「アキちゃん……でも、そのねがいは、このままじゃかなわないよ」

空は呟き、辺りを見回す。

微かな物音が聞こえて、空は駆けだした。

家の奥、明良たち親子が寝室としている部屋にそうと知らずに空は駆け込み、そこで明良を見つけた。

「アキちゃん！」

明良は敷かれたままの布団の上に横たわり、目を閉じて眠っていた。周りには明良の玩具や宝物が散乱している。

宝物や玩具を踏まないように走り、空は明良の傍にしゃがみ込んで肩を揺すった。

「アキちゃん、アキちゃん！」

「……そ、ら？」

何度か揺すると、明良が薄く目を開く。

「アキちゃん！　よかった……おきて、かえろう！　ね、おきて！」

しかし明良の反応は薄く、合わない視線はどこか遠くを見ている。

「おれ……つよくなって、ここにいたい……」

「つよくなるよ！　ここにいられるよ！　だから、かえろうよ！」

「でも……おれ、ねむい」

明良の反応は芳しくない。幾ら揺すってもすぐに目を閉じてしまう。空は焦った。

「アキちゃん、だめ！　ねちゃだめ！」

「そら……ごめ……」

「アキちゃん……！」

目を閉じてしまった明良を見ながら、空はどうしたら良いのかと必死で考えた。

ここで明良を眠らせてはいけないことだけはわかる。そして、空が諦めれば明良が永遠に失われるだろう事も。

（そんなの……絶対やだ！　アキちゃんは、僕の初めての友達なんだもん……もっと色んな事一緒にいっぱいやって、一緒に大人になるんだ！）

空は顔を上げ、天井に向かって声を張り上げた。

「フクちゃん、フクちゃん！　ぼくのことひっぱって！」

自分と繋がるフクちゃんならこの声が聞こえていると、空は心のどこかで確信していた。

「ホピッ！」

「わっ⁉」

どさ、と体が投げ出されて、空は驚いて叫んだ。目の前には自分の顔を心配そうに見つめるフクちゃんの顔がある。

ハッと気がついて慌てて立ち上がれば、そこはさっきと同じ暗い森の中だ。フクちゃんの光る体だけが周囲を照らしている。

「フクちゃん……きこえた？　ありがとう！」

「ホピピッ！」

フクちゃんは嬉しそうに頷いた。

空はそんなフクちゃんをじっと見つめ、その首にぎゅっと抱きついた。フクちゃんは温かくてふわふわで、いつだって空の心を癒やし勇気をくれる。

空はぐっと唇を引き結ぶと、もう一度ナリソコネと明良の方を向いた。

二人はさっきと変わらず、ただそこにいる。

さっきと違うのは、眠る明良を巨大な目で見つめ、ぽたり、ぽたりと涙を流すナリソコネの姿だった。

空はもう一度二人に近づき、ポケットに手を入れた。

そして、金色の鏡餅の欠片を二つ取り出す。

小さな欠片と、四角い欠片。それをぎゅっと握って、空はナリソコネに話しかけた。

「アキちゃんを、のみこみたくない？」

『ノミコミタク、ナイ……チガウ……コウジャナイ』

「……なら、ぼくがかわりになる。ぼくが、きみと、けーやくする」

「ホピッ!? ビッ、ビッ！」

後ろでフクちゃんが慌てている声を聞きながら、空は手にした四角い欠片を自分の口に放り込んだ。少しでも自分の力が増すように願いながら。

真四角の鏡餅は硬かったけれど、ぐいぐいと噛んでいると少しずつ柔らかくなる。幾つかに砕けたところでゴクリと無理矢理飲み下し、温かいものが胃から体に広がるのを空は目を閉じて感じた。

それからまた目を開ける。

「アキちゃんを、すこしおろして」

空がナリソコネを見上げて頼むと、ナリソコネがぐっと身を屈《かが》めた。

「アキちゃん……ごめんね。アキちゃんのほしかったけーやく……ぼく、よこどりするね」

空は明良の頬に触れる。頬は冷たく、今にも凍り付いてしまいそうだ。

空は明良の口に小さな金の欠片をぐいと押し込んだ。飲み込むかどうかはわからないが、それが助けになると信じて。

空は自分が薄らと光を帯びつつあることを確かめ、そして明良の体に手を伸ばす。

明良の体と、その向こうの、融合しかけているナリソコネの体に。

どうすれば良いのかは、何故だか何となくわかる気がした。

「ビビビッ！　ビーッ！」

フクちゃんがいつになく低い声で鳴き、空のコートを引っ張った。

空は慌てるフクちゃんに振り向き、笑って見せた。

「だいじょぶだよ、フクちゃん。ぼくは……ぜったいだいじょうぶ！　だからアキちゃんをおねがい！」

「ビッ⁉」

「アキちゃん、すごくつめたいから、あたためてあげて！」

空はそう言うと、片手をナリソコネの腹に当て、もう片方の手で明良を引っ張り、思い切り押しやる。

「アキちゃんは、あげない！　だから、かえして！」

ナリソコネは戸惑ったように身を震わせた。空は構わず、明良をぐいぐいと引っ張り、押し、僅かに動いた隙間に自分の体を少しずつねじ込んだ。

「けーやくは、ぼくがかわる！　アキちゃんは、きみにあげない！」

空は自分の中の魔力が、自分の意思に従って勝手に伸びてゆくのを感じた。

それが明良とナリソコネの間に出来かけていた道に割り込み、繋がっていた部分を少しずつ解くように切り離し、ナリソコネから伸びる力の端を捕まえる。

なるべく明良に影響がないよう、空はそれを願いながら力の糸を解き、結び直していく。

意思が全てだというのなら、願えば、望めば叶うのだと、空は強く強く信じた。

そうしていると、明良の埋もれかけていた部分が少しずつ引き剥がされ、その体がナリソコネから離れていく。

「アキちゃんは、ぜったい、いえにかえる！　きみは……きみはぼくと、おしゃべりしよう。そんで、もしなれたら……ともだちになろう？」

空の力は、空の願いを確かに叶えた。

やがて明良の体はナリソコネから解放され、ずるりと下に落ち雪の上に転がった。

その代わりに、空が伸ばした手の先は、ナリソコネにすっぽりと埋まっている。

けれど空には不思議と恐怖はなかった。それどころか、解放された明良を見て安心して笑顔が零れた。

「フクちゃん、アキちゃんをおねがい。だれかくるまで、まもってね」

「ホピ……」

フクちゃんは諦めたように空を見て、そして横たわる明良をクチバシで引きずり、自分の羽の下に包み込んだ。

ふかりとした羽毛に包まれた明良を見て空はいいなぁと暢気に思う。

「それ、かえったらぼくにもしてね」

そう言って笑顔で振り返った空を、黄色い瞳が戸惑ったように見つめている。

（……目玉焼きみたいだ）

空の意識は、そんな場違いな感想を最後に白く染まった。


一方その頃、村の神社では弥生が夕飯の支度をしていた。

龍花家の家事は弥生と大和の当番制で、そこに祖母である澄子の助けがちょくちょく入る。

両親が隣村に出向してからもう数年経つので、弥生の手つきは慣れたものだ。

澄子は笑顔を絶やさない穏やかな人だが、礼儀作法や家事に関してはとても厳しい。その澄子の手ほどきを受けた弥生も大和も、料理は結構得意だった。

「ったく、大和ったら、急に変わってくれって何なのよ……」

弥生はブツブツと呟きながら味噌が溶けきった事を確かめ、ぐるりと鍋をかき回して小皿を手に取る。

お玉で味噌汁を少し注ぐと、その出来映えを確かめた。

「うん、美味しい。こんなもんでしょ」

頷いて鍋を火から下ろすと、弥生は窓の外をちらりと見た。

もう外はとっくに真っ暗だというのに、大和はどこへ行ったのか。

夕方の少し前に、村で何かあったらしいから出かけてくると言ったきり、未だに戻らないのだ。

お陰で今日の夕食は弥生が作る羽目になってしまった。

料理は別に嫌いではないのだが、帰ってこない大和のことは気に掛かる。

「お祖父ちゃん、何か知らないかしらね」

弥生はそう思いつき、社務所にいるはずの祖父を探そうと台所を後にする。

しかし戸口を出たところで、突然頭に走った刺すような痛みに思わず足を止め、その場にうずくまった。

「いった⁉　いた、いたたたたた！　何これ、誰⁉」

『──い、──！』

弥生の頭に誰かが直接思念を飛ばしているのだ。だが焦っているのか上手く届いていない。

「痛い、痛いって！　ちょっと待ってよ！」

弥生は頭痛を振り払うように頭を横に振り、急いで走り出した。

行く先は、境内にある手水場《ちょうずば》だ。

弥生は急いでそこに走り寄ると置いてある柄杓《ひしゃく》を手に取って水を汲み、くるりと回って自分の周りに水を撒いて円を描いた。

それから柄杓を置いて、場を清める為に高らかに柏手を打つ。

パン、パン、と大きな音が響く度、頭痛が少し減っていく。

四度ほど打ったところで、波長が合ったのかいきなり聞こえが良くなった。

『弥生！　弥生、聞こえぬか⁉』

「うるっさい！　聞こえた、聞こえたからちょっと声落として！　ってか誰⁉　コケモリ様？」

『我だ、コケモリだ！　弥生、急ぎ村から人を寄こせ！　今すぐだ！』

コケモリ様のいつになく切羽詰まった必死な声に、弥生の表情がスッと真剣なものになる。

「コケモリ様、何があったの？」

『ナリソコネだ！　子供が二人、ナリソコネのところにおる！　矢田の明良と、米田の空だ！』

「はぁ⁉　何それなんで⁉」

『明良がナリソコネに呼ばれ、消える寸前だ！　空はそれを助けに行き、呼びかけると言っておった！』

「やっば！　どこ！　遠いの⁉」

『我の領域と隣との狭間だ！　そこで空が何かしたらしく、狭間に住む化生の者どもが子らに気付いた気配がしておる！　村人を、早く！　一番近いところまでの座標を送るゆえ急げ！』

「すぐ送る！　ちょっと待ってて！」

弥生は大急ぎで自分の着物の袂《たもと》を探った。そこに緊急用の術符が何枚も入れてある。その中でも一際大きく複雑なものを二枚選び出し、そしてもう一つ、首に掛けたお守り袋を引っ張り出した。

きつく封印してある袋の紐を引きちぎり、口を開けて手の上で逆さまにする。

お守り袋の中から転がり出てきたのは、青く透き通る、小さな鱗だった。

弥生はそれを迷わず己の額にぺたりと当てた。鱗は弥生の額に吸い付くように貼り付き、ほんのりと光を帯びる。

弥生はそれを確かめもせず、手にした術符のうちの一枚を手に取り、力を込めた。思い切り、そ

の符の限界ギリギリまで。

そして、大きく息を吸った。

『緊急事態発生！　緊急事態発生！　龍花弥生より、急ぎ告げる！』

その声は村にいる全ての人間のもとに即座に届いた。誰もが手を止め、足を止め、表情を変えてその声に耳を傾ける。

『苔山近くの領域境にて、ナリソコネと子供が二人立ち往生中！　一人は既に取り込まれかけている模様！』

その言葉に、東地区で明良を捜していた美枝が息を呑んで立ち尽くした。

傍にいた雪乃も顔色を変える。

『狭間に住む化生の者が動いているとの報あり！　これより戦闘員及びそれに準ずる必要と思われる者を座標近くに送る！　全ての者は装備を確認、陣が前に出た者は現場に急行！　それ以外は手薄になる村の防備を担当せよ！』

明良を捜して村に散っていた大人たちが、表情を引き締めてその指示を聞いた。

そして誰もが即座に自分が今身につけている装備を確認し、固唾を呑んでその時を待つ。

緊急の通信を終えた弥生は役目を終えた符を投げ捨て、もう一枚を手に取って自分の額に当てた。

そして、額の鱗を通して、身のうちにあるアオギリ様の力の欠片に手を伸ばす。

アオギリ様は全ての村人のことを知っている。誰がどんな力を持ち、どれだけ戦えるかも。

その知識を通して、弥生は村に意識を向けた。

弥生の頭の中に村の地図が描かれる。そしてそこに光点のように映る、全ての村人たち。

さっき去ったはずの頭痛がまたぶり返すが、気にしている暇などない。

その光点の中から、弥生は幾つもの強い光を次々選び出した。

山奥の領域の境目で行動出来る者、その暗闇の中でも十全に戦える者、結界や治療など、必要と思われる力に秀でた者。

それらを選び終えると、今度はそれぞれの前に転送の為の陣を飛ばす。

もちろん座標は、さっきコケモリ様が教えてくれた場所だ。

「くぅ……きっっ！」

使う術の難しさに、数の多さと掛かる負荷に、弥生は低く呻いた。しかし術を止めることはしない。

選んだ全ての村人の前に次々に転送陣が現れ、準備が出来た者がそこにどんどんと飛び込んでいくのが伝わる。

選ばれた者たちは一切のためらいもなく、その陣に真っ直ぐ飛び込んだ。

全ての陣が正しく役割を果たしたことを確認した途端、弥生はふらふらとその場に崩れ落ち、そしてぱたりと倒れた。

遠くで、祖父母が自分を呼ぶ声が聞こえた気がした。

空はふと気がつくと部屋の中で横になっていた。

よく知っている、懐かしい天井が見える。空が去年までずっと見ていた天井だ。

首を捻って窓の外に目をやれば、窓とベランダに切り取られたような狭い青空と隣のマンションが見えた。

「ここ……とうきょう？」

空は寝ていた体をうんしょと起こした。頭を乗せていた氷枕がたぽんと揺れる。

空はとりあえず布団から出て立ち上がり、隣の部屋へと向かった。

ダイニングはしんと静まりかえり、誰もいなかった。

「まま……？　りく？」

名を呼んでみるが、応える者はいない。

誰もいない静かな部屋は、空が寝込んでいた日々を思い出させる。

「なんか……なつかしいな」

空は東京のマンションをくるりと見回し、懐かしい景色にくすりと笑った。

今までの事は夢だったのだろうかなどと、空は思わなかった。周りの全てが少しずつ薄く、どこか現実味がないからだ。

これは幻とか、その類いのものだと空には何故かちゃんとわかる。

「ここは、もうちがうんだよ」

空が呟くと、景色がさらに薄れた。

「ぼくがいたいのは、もうここじゃないんだ」

空がずっと暮らしたいと思うのはもうあの村だ。景色だけは長閑《のどか》なのに、危険と刺激に満ちた、魔砕村。

空がそう思うと景色はゆらりと村に移り変わった。

空の好きな……一番好きになった、初夏の頃の青い田んぼの景色だ。

「うん、ここ。ここが、ぼく、すきだな」

空が好きだと思えば、村の景色は色濃くなる。

空はその景色の中をゆっくりと歩き始めた。自分が伸ばした魔力が繋がっている先が、今の空には何となくわかる。

その指し示す方向へ、独り言を呟きながら歩く。

「きみは、ここにいたいんだよね。ここってどこ？　このむら？　おやま？」

すると途中から村の景色がゆらりと歪み、今度は木々が生い茂る森が現れた。

「もり？　きみのもり？　きみがうまれたとこかな」

そこは山の裾野かそれに近い場所のような、木々の合間から緩やかに日が射す、明るい雰囲気の森だった。一際背の高い木が目の前にどっしりと立ち、風がさわさわとその枝葉を揺らしている。

空がその木を見上げていると、どこかから小さな鳥がやって来た。

小鳥は空の頭の上を通り過ぎて、真っ直ぐ大木に向かって飛んでゆく。

やがて一本の枝に小鳥が止まり、チュルチュルと可愛い声で囀る。その歌を喜ぶように風が吹き、枝が揺れて木漏れ日がチラチラと瞬いた。

「……ここに、いたかったんだね」

森の空気は爽やかで、光も、風も、そこにある全てが優しく心地良い。

こんな場所で芽吹いて育ち、精霊に近づくほどの巨木になるまで、この木はどれだけの時間を過ごしたのか。

その全てを突然失い、形を失って放り出されれば。

「それは……あきらめるの、むりだよね」

空が呟くと強い風が吹き、木々がザザザ、と強く揺れた。

そして、また景色が揺らぐ。

山の風景が消え失せ、次に現れたのは——

「……だれ？」

——都会のオフィスのような場所で、ぼんやりと窓の外の空を眺める、一人の青年だった。


「ホピ……」

フクちゃんは小さく鳴いて、体をふわりと膨らませた。

大きくした体の下に明良を抱き込み、目の前をじっと見つめている。

目の前にいるナリソコネも、それに抱きつくようにして立っている空も、さっきからずっとピクりとも動かない。

ナリソコネは大きな目を閉じて身を屈め、空を抱きしめるようにしてうずくまっていた。

空はその大きな体に片腕を埋めるようにして寄りかかり、同じく目を閉じている。

ナリソコネの目が閉じていると、大きな闇に空が呑み込まれていくようで、フクちゃんは不安で仕方がない。

フクちゃんと空は繋がっていて、それは切れても揺らいでもいない。だからまだ大丈夫だとわかっている。それでも、フクちゃんは不安げにじっと二人を見つめていた。

不意に何かが近くに来た気配がして、フクちゃんは顔を上げた。

すっかり日が暮れた山は完全な闇に包まれ、まだ光っているフクちゃんと、空の周囲が僅かに照らされているだけだ。その闇の中から何かが近づき、こちらを窺っている気配がする。

フクちゃんは羽を逆立て、体の向きを変えてジリジリと少し下がった。

ナリソコネの少し手前まで下がり、空の体を隠すように立ちはだかる。腹の下の明良の体もそっと動かし、外から見えないように慎重に隠す。

暗闇の中から何が来るとしても、絶対に己が主とその大切な友達を守ってみせる。

そんな気概を持ってフクちゃんは闇を見据えた。

その視線の先の闇がぞろりと動き、キチキチと何かが軋むような音が微かに聞こえてくる。

フクちゃんの明かりに薄らと浮かび上がるように現れたものは、大きな蜘蛛《くも》の姿をしていた。

「ビッ、ビビッ！」

フクちゃんは低く警戒の声を発した。

しかし蜘蛛は構わず近づいてくる。フクちゃんは立ち上がり、いつでも飛びかかれるよう身を低くして構えた。

そして双方が今にも飛びかかろうかという、その瞬間――

「かしこみ、もうす!」

――声が響き、白いものが暗闇の中から飛来した。

パン、と音高く蜘蛛の頭に白い符が当たりぺたりと貼り付く。途端に蜘蛛は動きを止め、ギチギチと顎だけを軋ませる。そして今度は突風が吹き、銀色の光が蜘蛛の頭ごと夜闇を断ち割った。

「あっぶね! 間一髪!」

「良夫、まだ動くぞ!」

頭を割られた蜘蛛はそれでもまだしぶとく動く。

しかし蜘蛛が足を前に出そうとした途端、今度はフクちゃんと蜘蛛の真ん前にドカン、と巨大な氷の柱が突き立った。上から落ちてきた柱は次々に数を増やし、空たちを中心に、守るように周囲をぐるりと囲んで行く。

良夫はその隙に低く跳び、すれ違いざまに蜘蛛の片側の脚をまとめて一列切り払った。蜘蛛の体は大きく傾き、前には進めなくなる。もぞもぞと足踏みする間に良夫が再び飛びかかり、その頭を鎌でスパンと切り落とす。蜘蛛は今度こそとどめを刺され、その場に崩れ落ちた。

「どぉりゃぁあ！」

今度は暗がりから雄叫びが聞こえてフクちゃんはそちらを振り向いた。

近くまで忍び寄っていた巨大な蛇の尾を幸生が掴み、振り回して傍の大木に叩きつけている。

「ホピピッ！」

フクちゃんは頼もしいその姿に嬉しそうな声を上げ、立ち上がりかけていた体をまたそっと下ろした。もう安心だ、とばかりに再び明良の体を羽毛で包み込む。

そんなフクちゃんの周囲に、次々と村人たちが駆けつけた。

「そっちの奥にまだ何か隠れてるぞ！」

「おう！」

「結界張ります！」

「こっち、数が多いっぽい！　誰か援護頼む！」

「アタシに任せな！」

幾つもの声が暗闇に響き、村人たちが手分けをして周囲に寄ってきたものらと戦い始める。声の中には和義や善三のものも交じって聞こえた。

フクちゃんがそれを追ってキョロキョロしていると、そこに雪乃が全速力で駆け込んできた。山を駆け下りながら空たちを守るように氷柱を投げたのはもちろん雪乃だった。

「フクちゃん！　フクちゃん、空は⁉　明良くんは⁉」

「ホピピピッ！」

フクちゃんは雪乃の姿に大喜びで、そして後ろを振り向いた。

「空……!?　ああ、何てこと……！」

ナリソコネと重なった空を見て雪乃が青ざめる。ふらふらと近づき伸ばそうとした手を、走ってきた大和が慌てて掴んだ。

「雪乃さん、待ってください！　急に干渉してはかえって危ないかもしれない！」

「でも、大和くん！　急がないと、空が、空が！」

しかし大和は冷静にナリソコネと空を観察して、首を横に振った。

「見てください、ナリソコネがこんなにも静かだ。空くんも、腕は呑まれているけれど浸食が進んでいる様子はありません」

「じゃあ、空は……」

「ええ。多分、ナリソコネと契約するため、対話している可能性が高い。今無理に引き剥がすのは止めた方が良いです」

人ならざるものと人の契約というのは、その魂を繋げることだ。そのために繋いだ力の流れを無理矢理引きちぎれば、双方の魂が欠ける可能性があるのだ。

そうなればどんな障害が出るかわからない。

「空……」

雪乃は呟き、両手で顔を覆った。

何かを堪えるようにしばし俯き、そして再び顔を上げた。

「空が戦っているなら、こうしていられないわね。フクちゃん、明良くんは？」

「ホピッ！」

その問いにフクちゃんが体をモソリと動かす。

フクちゃんの体で温められていた明良は、少しだけ体温を取り戻して顔色も良くなっていた。

「明良くん！」

雪乃は慌てて明良をそっと抱き起こしその体に触れた。そしてその低い体温に驚き、すぐに魔法で周囲の空気を温めて明良を包む。

「呼吸はある。外傷なし、脈拍と体温低下……これは何とかなるわ。魔力もひどく少ないけれど……何か摂取したのかしら、ゆっくりだけど回復している。けれど、これは……」

空が明良の口に押し込んだ鏡餅の欠片のお陰で、枯渇寸前だった明良の魔力は回復しつつあった。体に傷があるわけでもない。しかし明良は目を覚まさない。

「これはまずいですね」

横から明良に触れて状態を把握した大和が、そう呟いて表情を曇らせた。

「大分深く呑まれかけたんだわ。魂が欠けて、ヒビが入ったみたいになってる」

「ええ。これには治癒魔法も効きません……」

雪乃はしばらく明良の様子を診て、この状態から助け出す方法を必死で考えた。

「……大和くん、転移符はある？」

「あります」

「それで私とこの子を、矢田家に送って。欠けた魂を癒やして繋ぎ止めるには、生まれた時から明良くんのことを知っている家族の力がいるわ」

「わかりました。すぐ繋ぎますので少し待ってください」

周りではバチバチとあちこちで光が走り、戦う村人たちの雄叫びや指示が響いている。

雪乃はそれらに視線を巡らせ、それからもう一度空を見た。

可愛い孫をここに置いて戻るのは、雪乃にとって苦渋の決断だ。けれど明良を助けるには、雪乃が運び向こうで治療する以外の選択肢はない。

「フクちゃん、空を頼むわ。じぃじも、他の人もいるけれど……どうか、空をお願い」

「ホピッ！　ホピピピッ！」

フクちゃんは任せろとばかりに頷き、羽を膨らませた。

「繋がりました！」

符を構えていた大和の目の前に魔法陣が現れる。雪乃は明良をしっかりと抱きかかえると、大和に頭を下げた。

「大和くん、空をお願いします」

「任せてください」

「もし……もし浸食が進むようなら、その時はどうか、切り離してちょうだい」

「……わかりました」

覚悟を決めた眼差しで頷き、雪乃は魔法陣へと足を進めた。その姿がたちまちかき消え、陣も消え失せる。

周囲ではまだ戦いの音が続き、止む気配はない。

大和は空とナリソコネの周りに張った結界を強化し、油断なく周囲を見回しながら、眠る神に祈った。

（どうか……どうか、無事に。空くんも明良くんも、無事に目覚めますよう。アオギリ様のご加護を）

八　空の宿題

その人は、ぼんやりと窓の外を見ていた。

年の頃は三十くらいか、もう少しいっているだろうか。顔色が悪く、目の下には濃いクマがあって痩せている。そのせいか見た目からは年齢がはっきりしない。もしかしたら、空が思うよりも大分若いのかもしれない。

空はその顔を見て、そして周りを見回し、その正体に気がついた。

トコトコと歩いて近づき、彼のすぐ隣に立つ。

けれど青年は何の反応も見せず、ただ窓の外を見ていた。窓枠に切り取られた、青空を。

「これ……きっと、まえのぼくだね？」

空は椅子に座ったその人の顔をじっと見つめた。その顔には見覚えがあるような無いような、不思議な気分だ。

鏡を見るのは髭を剃るときくらいだった気がするから仕方がないのかもしれない。それすらも時間に追われてまともに見ていた記憶も薄い。

「ぼく……なんか、さちうすそう……」

見るからに働き過ぎて過労死寸前というその風情に、空は何だか悲しい気持ちになってしまう。

空の存在に気付いているのかいないのか、瞬きもろくにしない彼の姿にため息を吐き、空はその視線の先に自分も目を向けた。

あるのはただ窓枠と青空。その青空だって、隣やその向こうのビルに切り取られ、見えるのはほんの僅かだ。

けれど空には、そうやって仕事の合間に外を見るかつての自分が何を思っていたか、何となく思い出せるような気がした。

「……こんなにてんきがいいのに、どうしてここにいるんだろう」

空が呟くと、青年の肩が微かに揺れた。

「こんなひに、そとをあるいたら、きもちいいだろうな」

青年の顔がゆっくりと空の方を向く。

「ああ、ここじゃない、どこかとおくへいきたい」

青年と、初めて視線が合った。

空はぐっと歯を食いしばった。胸の奥から湧いた記憶と気持ちに、押し流されないように。

「ぼくは……ぼくは、ずっと、ここじゃないどこかにいきたかった。なのに、いけないとおもってたよね」

青年がこくりと頷いた。そんな青年に空は微笑む。

(きっと君が、僕の宿題なんだね)

ならば、このかつての空だった男は、一体どんな未練を心に強く残したのか。

田舎に行きたい、スローライフがしてみたいという願いも嘘ではないが、心の一番奥底に残したものは、多分そんなことじゃなかったのだろう。

「……ぼく、こんなきおく、なくしたいって、ずっとおもってたんだよ」

空は痩せた男の顔を見ながら呟いた。

彼が暮らした世界と今空がいる世界は、見た目はよく似ているのに本当は全然違っていて、そのせいで空はずっと驚いたり怯えたり、そんな事ばっかりだ。

「はっきりおぼえてないし、やくにたたないし。そのせいでぼくはこわがりだし……じゃまだっておもった」

その言葉に、青年が少し顔を曇らせたような気がしたが、空は続けた。

「でも……でもいまは、あってよかったって、おもってる。だって、ぼくのなかにまえのぼくがいたから、ぼくはアキちゃんをたすけられた」

もし空が今の空でなかったなら、消えようとする明良を前にしてもきっと何も出来なかっただろう。

それどころか明良を助けに行くことも思いつかず、今頃誰も帰ってこない家でぼんやりと留守番をしていたかもしれない。

「ぼく……ぜんせのきおくがあって、よかった。ぼくのなかの、きみは、むだじゃなかった」

手を伸ばすと、青年は戸惑ったようにその手を見た。

空は気にせず膝に置かれた彼の手に触れ、その指先を握った。体温の低い、エネルギーが足りていない感じの冷たい手だ。

「……ぼくのこえがよくきこえるって、オコモリさまも、アオギリさまもいってたんだ」

たった今、空にはその理由がわかった気がした。

目の前にいる、恐らく空の前世だった男をじっと見つめる。

どこにでもいそうな風貌の、そんな男。気が弱そうで上司にものも言えない、仕事を押しつけられて家に帰れない、いかにもそんな悩みを抱えていそうな顔をしている。

今の空には、窓の外を見ていた彼がその胸の中に抱えていたであろう、本当の願いがわかる。

「ぼくは……ううん、きみはきっと、たすけてっていいたかったんだ」

日々に流されて、押しつぶされ、どこにも行けず立ち止まったままで。

男だから、大人だから、社会人だから、会社に世話になってるから。

自己管理だとか自己責任だとか、そんな世に溢れる沢山の常識ぶった言葉に縛られ、そんな簡単な言葉一つ、口にすることができなかったのだ。

「おとなになったら、たすけてなんて、いっちゃいけないっておもってた。でもほんとうは、ずっとずっと、いいたかったんだ」

こんなに痩せ細る前に声を上げたなら、例えば実家に電話してそう言えたなら、きっと家族は手を差し伸べてくれたと思う。

けれどどうしてか、そんな事言ってはいけないのだと思い込んでいた。

一度二度と我慢すれば、その思い込みと、何とかなったという気持ちに縛られ、ますます言えなくなった。

きっと世の中には、そんな人が沢山いるのだろう。

我慢しているのは自分だけじゃない。男も女も、子供から老人までも、この世の中では皆が当たり前のように我慢して暮らしている。きっともっと辛い人だっている。だから仕方がないんだ。

そう思うこともまた、声を上げる妨げだったに違いない。

空は両手で、青年の冷たい手をしっかりと握る。今の空の温度を分け与えるように、小さな手で。

「ぼくね、もういえるよ。だって、まだちいさいし」

この村に来てから、いや、来る前もずっと、空は家族や周りの人に沢山助けてもらってどうにかこうにか生きてきた。

「こわいのやだし、しんじゃうのもやだから、いつだって、ちゃんというんだ」

東京の大事な家族、雪乃と幸生、ヤナとフクちゃん。

明良や結衣や武志。善三や和義、アオギリ様やオコモリ様。

親しい人もそんなに親しくない人も、まだ名前を知らない人も、この村の人はいつだって空を助け、その成長を見守ってくれる。

「ここでは、だれもだめっていわないんだ……」

それどころか皆は、何かあったらちゃんと声を上げて助けを呼べと言っていた。

「だから、ぼくはもうおとなになっても、きっとちゃんといえる」

どうしようもなくなる前に周りに助けを求める事を、空がためらう事はないだろう。

「そんなの、ぜんぜんわるいことじゃないし、はずかしくないもん。あんね、ぼくのたすけては、よくきこえるんだって！」

あはは、と空は笑う。空が言葉を紡ぐ度、男の表情が少しずつ和らいでいく気がした。

「そんでね、ぼくもぜったい、だれかをたすけるんだよ！」

だから、と空は青年の顔を見て、その黄色い瞳をしっかりと見て囁いた。

「いって。たすけてって。ぼくもいう。ねぇ、ぼくをたすけて。ともだちになって。ぼくも、きみをたすけるから」

青年はしばらく黙っていた。それからぱくりと口を開きかけ、また閉じ、そしてまた開く。

やがて長い時間の後に、その喉の奥から、山に響いていたあの不思議な声がひそりと零れたのを空は聞き逃さなかった。

『……タスケテ』

「うん。たすけるよ。きみはもう、ナリソコネじゃない。ぼくの、あたらしいともだちだもん！」

ゆあん、と空間が大きく揺れ、たわみ、弾ける。

揺れに一瞬気を取られ、気付けば目の前から青年の姿は消えていた。

周囲の景色はもうオフィスの一室ではなく、途中で見た森の中だ。

そこにいたのは、あの暗い谷間で見たものだった。黒い棒のような姿に、大きすぎる白と黄色の一つ目。

空は彼の姿を、まじまじと見つめた。もう怖いとはちっとも思わない。

ここにいるのは、ただ生きたいと願い、自分をこの世にとどめる縁《よすが》を求める、寂しい命だ。

彼は大きな瞳で空を見下ろし、それからポロリと涙をこぼした。

『……モウスコシダッタ』

「うん」

『モウスコシデ、チガウモノニナレタ』

「ちがうものになったら、なにしたかった？」

『イツカ、ヤマ、アルキタカッタ。イロンナモノ、アウ、マッテタ』

「ぼくもおさんぽすきだよ。じゃあ、ぼくといっしょに、いろんなとこいこうね」

『ズット、イッショ？』

「うん！　いっしょに、つよく、おおきくなろう！」

『ウレシイ……ウレシイ』

大きな目を細めて喜ぶ姿に、空もまた嬉しくなる。

しかし次の言葉を聞いて、空は動きを止めた。

『ナマエ、ナマエトカタチ、ホシイ』

「なまえ？　え、なまえ、ないの？」

『ナイ。ナマエ、ナイカラ、カタチ、ナイ』

空はその言葉に、元旦に弥生と交わした会話を思い出した。

それがあるから私たちは自分として存在していられる、と弥生は言っていた。

じゃあ、普通に精霊になる時は名前はどうするのだろう？

（逆かな……すごい大木になって存在が知られて、誰かが呼び名を付けたりするのが先なのかも）

となると、名を付ければそれだけで存在が確立するのだろうか。

（そうすると……名付けって、相当重要なんじゃない？）

空は真剣な表情で目の前の彼をじっと見上げる。しかしその姿は見れば見るほどシンプルで若干不気味で、良いアイデアが浮かばない。

（フクちゃんはふくふくしてたからだったけど……黒いからクロちゃんとか、大きい目玉のタマちゃんってわけにはいかないよね？　元は、木なんだっけ？　モリちゃん？　いやいや……）

ううんううん、と悩んで唸っていると、不安になったのか白い目の縁に再びじわりと涙が浮かぶ。

「あっ、まってまって！　いまかんがえてるから！　すごくかっこいいのかんがえてるから！」

空は慌てて手を振り、それから一歩、二歩と下がって全体像をじっくりと見た。

黒い棒のような体の上に、球体を乗せたような頭。巨大すぎる白い目に、黄色い瞳。

その姿をじっと見つめているうちに、空の脳裏をふと過《よぎ》ったものがあった。

（何かに似てる……ああ、あれかも。今日ずっと楽しみにしてた……）

空はお腹をきゅっと押さえた。一度似てると思うと、段々とそう見えてくる。

「はんばーぐ……きょう、むりかなぁ……」

思わずぼそりと呟くと、その言葉にきょろりと目玉が動いた。

『ハンバァグ？』

「あ、ちがうちがう！　そうじゃなくて！　それじゃなくて、えっと」

（てりたまマヨハンバーグ……じゃなくて！　もっと精霊とか、神様っぽい名前で、照り……てりたままよ……これ、男の子？　女の子？　ひめとひこ、どっち？　いやもうどっちでもいいや！お腹空いた！）

「テルちゃん！　てるたままよひこで、テルちゃん！」

「テル……テルタママヨヒコ？」

「えっとえっと、ま、まよえるたましいをてらす、そんないみ！　それで、テルちゃんだよ！」

「テルチャン……テル、テルタママヨヒコ！」

空命名、テルちゃんは、貰ったばかりの名を嬉しそうに繰り返した。

空は腹ぺこに負けてやらかした気持ちでいっぱいだが、本人はすこぶる嬉しそうだ。

「テルハ、テルチャン！」

喜ぶテルちゃんの姿がゆらりと揺らぎ、どんどんと小さくなる。

形、と言っていたのを空は思い出して、急いで付け加えた。

「め！　めはふたつのほうが、いいとおもう！　あと、ええとはなとかくちは……どっちでもいいかな。くちがあると、ごはんたべられる？　ちいさい、きのようせいみたいなかんじとか……あ、でもひとみたいじゃないとふべんかなぁ」

空はぼんやりと、頭に葉っぱや花がついていそうな木の妖精の姿を思い浮かべた。それから、人の形をしていないと不便だろうかとつい何となくヤナを思い浮かべる。

（ああでもヤナちゃんは同じ姿にしたらすごい怒りそう。ちょっと違うのが良いと思うけど、どう違うのが良いんだろう。顔を隠す……？　いや、なんか変かな）

お腹がすごく空いてきたせいか、空の考えは一向にまとまらない。

そうこうしているうちにテルちゃんはどんどん小さくなり、やがて目の前にちんまりとした可愛い生き物が現れた。

「あ、きの……ようせい？　なんか、いや、うん。い、いいとおもう。めもふたつあるし」

小さくなったテルちゃんは、全体的に木の幹のような薄茶色をしていた。

頭には大きな葉を逆さまにしたような帽子をすっぽりと被っていて、すぼまった天辺《てっぺん》には小さな葉っぱが一枚ちょこんとついている。

深く被ったその帽子の奥には黄色い宝石のような瞳が見えた。目は無事に二つに増えたようだ。その瞳の少し下には切れ込みのような小さな口が一つあって、鼻はなかった。

体はちょっと丸っこくて何だか少々歪《いびつ》で、手足の形に根っこが分かれた大根に少し似ている。短い脚がちょこちょこ前後に動いて、空のもとに歩いてくる。その姿が何だか愛らしく思えて、空はテルちゃんを抱き上げて微笑んだ。

「テルちゃん。ぼくは、そらだよ。すぎやま、そら。よろしくね」

『ソラ！　ソラ、ヨロシク！』

テルちゃんに名付け、空が名乗ったことで、二人の間に流れる魔力の糸が、太くしっかりと繋がったような気がする。

『ソラ、ソラ。テルハ、ヨリシロホシイ』

「よりしろ？　えっと……どんなの？」

『ソラノモノ、ダイジナモノ。コワレナイモノ』

「ぼくの、だいじな……こわれないもの？」

空は少し考え、その答えをすぐに思いついた。

ポケットに入れていた、空の一番大事な宝物。

取り出したそれはただの丸い石だ。光っても透き通ってもいない。でも、空にとっては他のどんな石よりも大切だった。

「これ……ぼくのたからもの。これをテルちゃんにあげても、なくならない？」

『ナクナラナイ。テルガヤドルダケ。ソレ、ソラノモノ』

「ならいいよ。じゃあこれがテルちゃんのよりしろね！」

空が差し出した石にテルの根っこのような手が触れる。その途端、石が強く光り輝いた。

「わっ」

空は一瞬目を閉じ、それから慌てて石を見た。

「わぁ……半分だけ緑になったね」

「テルノイロ！」

石は真ん中で割ってくっつけたかのように、半分だけ透明で深い緑色に変わっていた。

「……もりのいろだね」

その言葉に、テルちゃんが嬉しそうに体を揺らす。

空は石を大切にポケットにしまい、それからテルちゃんを抱いたまま疲れたようにその場にぺたりと座り込み、さらにごろりと寝転がった。

「はぁ……おなかすいた。あと、ねむいや」

お腹が空いているせいか、魔力を沢山使ったせいか、どちらかはわからないがひどく眠い。けれどどこで眠ってしまっても、きっと大丈夫だと空には何となくわかっていた。

少しずつ森の景色が薄れ、全てが幻のように消えていく。

空は薄れる意識の端で、自分が沢山の人に囲まれ、見守られているように感じて微笑んだ。

傍にはきっとフクちゃんと、幸生もいる気がする。

だから眠っても大丈夫。

空はそう呟いて、安心して意識を手放した。

最後に感じたのは、大きな手に優しく抱え上げられる、そんな感触だった。

九　騒動の終わり

夜の森での戦いは終息に向かおうとしていた。

まだ時折襲ってくるものはいるが、警戒している村人たちの敵ではない。

大きな熊にとどめを刺し終えた善三は辺りをぐるりと見回し、周囲の気配を確認すると人々が集まりつつある場所へと戻った。

集まった者たちは周りを警戒しながら、その輪の中心の様子を窺っている。

和義や良夫といった空を知る者たちも、空と直接面識のない者たちも、誰もが村の子供の無事を願い、心配そうな祈るような表情をしていた。

「幸……」

善三はかけようとした声を呑み込み、黙ってその背に近づいた。

その少し後ろには和義が立ち、幸生の背を皆と同じように心配そうに見つめている。

幸生は黒い巨体の前にしゃがみ込んでいた。闇より黒いナリソコネと、そこに埋もれた自分の孫を、瞬きも呼吸も忘れたように見つめている。

微動だにしないその体に、心配そうに白い鳥が身を寄せていた。

善三は幸生の肩をポンと叩くと、大丈夫だと呟いた。

「戻ってくるさ。お前の孫だ」

「……」

「臆病なくせに変なところで度胸が良くて……最初は似てないと思ったが、やっぱりお前によく似てる」

「よく食うところもそっくりじゃねぇか」

善三と和義の言葉に、幸生は微かに頷いた。

善三は大きく黒い、歪な体を見上げてため息を一つ零した。

ナリソコネが出るかもしれない事は村の大人たちに周知されていたが、結局こうなってしまった。

もともと滅多にあることではないし、ナリソコネはその元の生き物によって習性や行動が大きく異なる。その中でも植物に由来するものの場合、気配が森に紛れてとてもわかりづらいのだ。そのため非常に見つけづらい。広大な山の中では、警戒するにも限界がある。

だがそういうものは人に切り倒された場合を除き、大抵が人間に対して友好的なのが僅かな救いなのだが。

空の一番近くには大和がいて、空の様子の変化を僅かでも見逃すまいと見つめている。

浸食が始まれば無理矢理にでも切り離すつもりで、手には術符を持っていた。

しかし、しばらくするとその大和が不意に顔を上げた。

「……契約が、成った⁉」

ざわ、と周囲の空気が動く。

幸生だけが微動だにせず、ただじっと空を見つめている。

大和はナリソコネの体を見上げ、それが少しずつ薄れていく事に気がついた。

暗いのでわかりづらいが、確かにその存在が薄れていく。

「変化している……」

やがて誰の目にもわかるほどナリソコネは薄く、小さくなっていった。

黒い体は灰色に、そして向こうが見えるような半透明に。

その巨体は少しずつ縮み、やがて立っている空とほぼ同じくらいになる。

そしてそこからはまるで空気に溶けるように、ナリソコネはふっと姿を消した。

消える瞬間まで黙って見ていた幸生が不意に手を伸ばす。

支えるものがなくなった空の体がふらりと傾き、倒れる前にその大きな手で抱き留められた。

幸生は初めて深い息を吐き、それから空の体を呆然とする大和の方に差し出した。

「あっ、はい！　ちょっと待ってください……」

大和は急いで空の額《ひたい》と胸に手で触れる。そしてその魂や魔力の様子を慎重に探った。

「……大丈夫です。魂はどこも欠けてないし、傷もない。魔力はかなり減っていますが、身を損なうほどではない……魔素の器も、何もかも……無事です！」

わぁっ、と周囲から歓声が上がる。

たった三つの子供がナリソコネと遭い契約を果たすなど、前代未聞の快挙だった。

だがそれよりも、無事だったことの方がとにかく喜ばしい。

幸生は空の小さな体を大切に抱え直して抱きしめた。伏せた目元に光るものがあったが、それは誰にも見えなかった。

善三は幸生の背をポンと叩き、そして辺りを見回す。

「さて、じゃあそろそろ帰るか」

「そうだな。腹減ったしな」

「ええ。俺も腹が減りました……多分今頃、姉が倒れて寝ている気がします」

「こんだけの人数送ったらそうだろうな。弥生ちゃんは、大分無理しただろう」

「多分しばらくは俺が食事当番を押しつけられますよ」

大和はそう言いつつも笑顔だった。姉の頑張りが無駄にならなかったことを、早く帰って教えてやりたいと思っているのだ。

「苔山を経由して、下まで送ってもらいましょう。コケモリ様も心配してるでしょうし」

「そうだな」

「おーい、行くぞ、集合だ！」

和義の号令で村人が集まり、それぞれに動き出す。

「フク」

「ホピッ！」

幸生が声を掛けると、フクちゃんの体が元通りにぎゅっと小さくなった。そして幸生が抱える空の体の上にパタパタと飛び乗る。

空の上に乗ると、フクちゃんはすぐに目を瞑った。どうやらフクちゃんも大分疲れていたらしい。落ちないことを確認して、幸生は坂を上り始めた。その両脇を善三と和義が歩く。

行きに飛ばされたコケモリ様の領域の外れを目指し、ぞろぞろと皆で坂道を上った。


弥生が緊急連絡をしてきた時、幸生は空を捜しに村道を爆走していたところだった。

矢田家のウメを起こしに行くというヤナに付き添っていたのだが、そのヤナが梅の木に語りかけている途中で空が家を出たと血相を変えて叫んだのだ。

慌てて家に戻ったが、空とは入れ違いになったらしくその姿を見つける事が出来なかった。

どこに行ったのかと焦って村に飛び出し、その辺にいた村人に聞いたが、子供の姿は見ていないという。

何人かに聞いて回って、子供の姿は見なかったが、巨大な光る鳥を見たという話を聞いた。

それで幸生は大慌てでその鳥が走っていった方へ向かっていたのだ。

空が山奥にいると聞いた瞬間、幸生は倒れるかと思うほどの衝撃を感じた。そんな思いは初めてだった。

今、この腕の中の温かな存在が何も損なわれなかったことは、まさに奇跡のように幸生には思える。

「……寿命が縮んだ」

空の寝顔を見ながらぼそりと呟くと、隣にいた善三が頷いた。

「全くだ……子供ってのは、大人しく見えても侮れねぇなぁ」

「ははは、紗雪ちゃんだって、お前のとこの息子らだって予想外のことアレコレやらかしたじゃねぇか」

「いや、お前、自分の息子をはぶくなよ。あと孫も」

笑う和義に善三が突っ込むと、和義は心外そうに首を横に振った。

「いやいや、俺んとこの孫は大人しくてそりゃあ可愛い……」

「お前、この前雪だるまの裏側に顔を描かれかけたって言ってただろうが」

自分の孫がしたばかりのいたずらを思い出し、和義が黙る。

「それはまあ……だがすぐ気付いて動き出したのを壊せたし、俺らが昔作った雪だるま軍団に比べれば……」

「自分の悪行と比べんな。あとアレは俺はやってねぇ」

「いや、お前だって見てて止めなかったんだから同罪だろ⁉　協力もしたじゃねぇか！」

「……くっ……ふ、はは」

善三と和義の会話に、幸生が微かに声を上げて笑う。

「うわ、めっずらし……」

「幸生が声を上げて笑うなんざ、明日は神様でも降るか？」

驚く二人に、幸生は微かに口角を上げる。善三と和義が自分を元気づけようとしてくれていると、幸生は知っていた。

悪友たちのそんな軽口や憎まれ口に、人生の辛い時を何度も慰められ、救ってもらってきた。

これからも、きっとお互いに何度も助け合い、罵り合って過ごすのだろう。

「……あの子は、無事だろうか」

気になるのは、空の大事な友達である明良の事だ。

どうか、明良がまた空の隣で笑う日々が早く戻ってくるように。

自分の隣を歩く二人のような存在を、空が失うことがないように。

幸生はゆっくりと祈るように山道を進んでいった。

『空！　空は無事か！　あああ、良かったぞ！』

コケモリ様の領域に着くと、コケモリ様がそこで待っていてくれた。

近くにはきのこで出来た輪があり、先に着いた者からそこに入って村の近くまで送ってもらっているらしい。

コケモリ様は送った者達から空の無事を聞いていたようだが、実際に姿を見て安心したらしい。

くたりと柄を曲げ、しおしおと椎茸がくずおれる。

「コケモリ様、そんなに嬉しいのかよ。ヤケに肩入れしてんな」

『嬉しいぞ、嬉しいとも！　これで我の山は守られた！』

ああ、そういう……と善三も和義もコケモリ様の喜びように深く納得した。

確かに、孫に何かあればその祖父母の存在が恐ろしい。

『さ、さ、早く帰るが良い！　雪乃もさぞ心配しておろう。麓《ふもと》に送ってやるゆえ、我の領域から疾《と》く出るが良いぞ！』

さっさと帰らせたいという露骨な態度を気にもせず、幸生は渡りに船とばかりにスタスタときのこの輪に入った。それを慌てて二人も追う。

「コケモリ様、騒がせたな」

「ありがとうな」

『良い良い。ゆっくり休め。しばらく来なくて良いからの』

コケモリ様はピコピコと傘を振って三人を見送った。

残る村人はもう僅かだ。

それらを順に送ってやり、最後に大和が声を掛けた。

「コケモリ様、ありがとうございました。お陰様で、一応皆無事でした」

『いや、いやいや無事で何よりだ。空は寝てるだけと聞いたが、明良はどうなのだ？』

「……少し難しいですね。魂が揺らいでいるのですぐに目覚めるかどうか……恐らく今家族が必死で呼びかけていると思います」

『やはりか。やはり呑まれかけたか。それは難儀だの。無事に目覚めるよう、我も祈っておるぞ』

コケモリ様の言葉に大和は頭を下げ、もう一度礼を告げて苔山を後にした。

送ってもらった場所は山のすぐ入り口だ。

ここから神社に帰るにはもう少し歩かなければいけないが、村の人間にとってはさほどの距離でもない。

大和は矢田家を気にしつつ、一旦神社に帰ることにして歩き出す。

明良には雪乃と家族がついているだろうし、恐らく倒れているだろう弥生のことも気になった。

村人が皆帰ってきたことで、魔砕村の空気はまた元の穏やかなものに戻りつつある。

冷えた空気の中を急ぎながら、大和はまたアオギリ様に祈る。

(どうか、明良くんが無事に目覚めますよう)

それは、今この村の多くの家で人々が同じように抱いた祈りだった。


(……良い匂いがする)

ぐうっとお腹が鳴る音が聞こえた気がして、空は眠りながらもぞもぞと自分のお腹を押さえた。

(ああ……テリタママヨハンバーグ。僕のハンバーグ……)

空は夢の中で出来たてのハンバーグに齧り付く。

『空。そーら、はんばーぐだぞ。空が食べたいと言っていた、てりたまだ。空、起きるのだぞ』

「て……り、たま」

ううん、と唸って空はもごもごと口を動かした。

『起きないならヤナが食べてしまうぞ。そーら』

「だ、だめ……まよ、まよは……」

『もちろん、まよもたっぷりだ。ああ、美味しそうなのだぞ。いただきまーす』

「だ、だめぇ！　ぼくのはんばーぐ！」

空はガバッと起き上がり、手を伸ばした。その手は当然宙を掻き、ハンバーグに触れる事はない。

パチパチと瞬きをして、空は呆然とその手を見つめた。

そして視線を横に向ける。そこには大きなお盆を持って、泣きそうな顔で微笑むヤナと、空に顔を擦り付けるフクちゃんがいた。

「空……おはよう」

「ピルルルル！」

「ヤナちゃん、フクちゃん……おはよう」

おはよう、と空が言うと同時に、そのお腹がぎゅるるるとすごい音を立てる。それを聞いてヤナはぶはっと噴き出した。

「空、ほら朝ご飯だ。昨日のおやつから何も食べてないだろう？　夕飯に食べ損ねたはんばーぐだぞ」

「はんばーぐ！　たべる！」

空は完全に覚醒し、手を伸ばす。

ヤナはそれを落ち着かせ、用意していた小さなテーブルにお盆を載せて箸を渡した。

「沢山食べろ」

「いただきまっす！」

空は大きな口を開けて、夢にまで見た照り焼きソースに目玉焼きを乗せ、細くマヨネーズを回しかけたハンバーグに齧り付く。たちまち口に広がるその美味しさに、空は満面の笑みを浮かべた。

「ごちそうさまでした……！」

ハンバーグ二つをおかずにどんぶり飯を四杯平らげ、空は心から満足して手を合わせた。

「美味かったか？」

「てんごくだった！」

「そうか、それは良かったのだぞ」

お腹が満足して心に余裕が出ると、空はハッと気がついて部屋を見回した。

「ヤナちゃん、ぼく、いえにいる⁉」

やっと気がついたかとヤナは呆れ混じりでくすりと笑う。

そして無事に帰ってきた愛し子の頭を優しく撫でた。そのあと、その手で空の額にピシッとデコピンを放った。

「いたっ！」

「これは勝手に家を出た罰なのだぞ！　まったく、空はヤナや年寄りの心臓を止める気かと思ったぞ！」

「……ごめんなさい」

「頼むからもうこんな思いはさせないでくれ……とは言っても、幸生も紗雪もそうだったからなぁ。幾ら止めても、いざ友達が危ないとか、面白い事があるとなれば勝手に飛び出して行ってしまったのだぞ」

「そうなの？」

「ああ。だが、さすがに空の年ではなかった気がするぞ？　まったく、普段は大人しい良い子なのに、そんな記録は更新せずとも良いのだぞ！」

空はもう一度ごめんなさいとヤナに謝った。さすがに空も今回は無茶をした自覚がある。フクちゃんがいたから出来た無茶だ。

「フクちゃんも、たすけてくれて、ありがとう！」

「ホピ、ホピピッ！」

しかしあのタイミングで覚悟を決めて飛び出さなければ、きっと間に合わなかっただろう事は確実だった。そう考えて空はハッと顔を上げた。

「アキちゃん！　ヤナちゃん、アキちゃんだいじょうぶだった⁉」

友情よりハンバーグを優先した己を反省しつつ、空はヤナを見上げた。

しかしヤナの表情は優れない。

「……ヤナちゃん？」

「何と言えば良いのかの……体は無事なのだぞ。だが呑まれかけた影響が魂に残り、まだ目覚めぬのだ」

「そんな……！　それ、治るの⁉」

空の問いにヤナは頷かず、難しい表情で首を捻る。

「魂の……傷とか欠けとか、そういうものは難しいのだ。今雪乃が治療しておるが……外部から魔力を与えて、それを変化させ、霊力……魂に似た力で、その傷を塞いだ。しかしまだ目覚めぬ」

「めがさめないの、なんでなの？」

「それは……うむ、例えばだが、綺麗な絵皿が割れて一部分が欠けてなくなったとする。その部分を漆などで埋めて形だけは元に戻しても、器に描かれた絵は欠けたままだ」

その例えは空にもよく理解出来た。

欠けやヒビを埋めたとしても、そこにあったものは失われたままで完全に戻ったわけではないということだろう。

「それを何とか治す為、注ぐ力は生まれた時から共にいる家族のものが使われる。家族らの記憶が、その欠けを修復してくれるはずなのだ」

「……はず？」

空が呟くと、ヤナが困ったように眉を寄せた。

「ウメがな。ウメが、目覚めぬ。ウメは明良の姉のように、もう一人の母のように過ごした。ウメの記憶が無ければ、明良は恐らく目覚めないだろう」

「そんな……じゃあ、ウメちゃんはなんでめざめないの⁉」

その言葉に、ヤナはわからぬ、と腕を組んで首を捻った。

「実はな……ウメはもとから、そろそろ本体を更新する頃合いだったのだぞ」

「こ、うしん……？」

ああ、と頷いて、ヤナは植物の家守によくある現象について教えてくれた。

たとえ寿命の長い木に宿っていても、やはり長く家を守って古木になると家守としての力が落ちる。枯れれば当然消えてしまう。普通はそうなる前に予《あらかじ》め特別な種を作り、苗木を用意して、そこに魂を移すものなのだという。

準備には時間が掛かるため、ウメももう十年以上前から、それこそ明良が生まれるずっと前から新しい木を自分の本体の隣にひっそり育てていたというのだ。

「それで……新しい木が育ち、魂を移して馴染ませるにも、それなりに時間が掛かる。ウメは本当なら、五年くらい前に眠り、二、三年ほどで目覚める予定だったのだ」

「ごねんまえ……アキちゃんが、うまれたころ？」

空が気付くとヤナがその頭を撫でた。

「空は聡いの。そう、ウメは生まれた赤子が可愛くて、その世話が楽しくて、眠るのを遅らせたのだ。だがその間にも本体は少しずつ年を取る。そこで魂を移す作業を、子守の傍らに起きたままし 始めた」

しかしそれが無茶だったようだとヤナは苦い表情を浮かべた。

時折眠って作業し、明良が会いたいと言えば目覚める。

そんな事を不定期に繰り返し、やがて少しずつウメは目覚める時間が短くなっていったらしい。

「その上一昨年《おととし》の冬に古木の枝が折れ、ウメはそれで大きく力を落とした……多分、今は魂の移動はほぼ完了しているのだぞ。だが、力が足りず目が覚めぬ。ウメの魂は新しい本体の奥深くのどこかにあるが、消えぬよう殻にでも閉じこもっておるのか、それとも迷っておるのか出てこれぬのだ」

空は、明良の記憶の中で見た、二人が過ごした日々の姿を思い出した。あんな風に愛し愛され、大切な時を沢山重ねたのだろう。

それがたった五年と少しの中の短い時だとしても、明良の魂の大切な部分を形作っていたに違いない。

空は一生懸命頭を巡らせた。

何か自分にも出来る事がないかと、今まで見聞きしてきた事を頭の中で混ぜて考える。

「あたらしいきはげんき?」

「うむ」

「でも、ちからがたりない?」

「そうだぞ」

「ウメちゃんは、とじこもってるか、まよってる?」

「多分な」

「……」

空はしばらく黙って考え、そして閃き、立ち上がった。

「ヤナちゃん、ちょっときて！」

「お、うむ？」

空はフクちゃんを肩に乗せ、ヤナの手を引いて廊下へ飛び出した。そのまま真っ直ぐ神棚のある座敷を目指す。そして昨日も見た棚を開け、風呂敷包みを引っ張り出した。

「ヤナちゃんは、これ、いちどにどのくらいたべられる？」

風呂敷包みから乱暴に引っ張り出され転がった金色の鏡餅の四角い欠片を、ヤナは驚いたように見つめた。

「ヤナなら……ううむ、四つ……いや、五つくらいはいけるかの？　ただ、多分すごく光るぞ」

「ひかるくらい、いいとおもう！　じゃあ、いつつ、ウメちゃんのねもとにうめよう！」

「それは……そうか、それなら良いかもしれん！　年神様が分けてくださった力なら、恐らく我らとも反発せぬ！」

「かないあんぜんだし、むびょーそくさいだよ！」

ヤナは頷き、金の欠片を一つ二つと手に取り、四つ目で止めた。

「ウメの新しい体はまだ若いからな。様子を見てこのくらいだ」

「じゃあ、いこ！」

空は大急ぎでパジャマの上からコートを着ると、そのコートに昨日入れた物が入っているのを確かめてヤナを急かして靴を履いた。

「ごめんください！」

「邪魔するぞ！」

隣の矢田家に走って玄関に一応声を掛けると、二人は一目散に庭に向かう。

矢田家の庭には確かに梅の古木があった。大きな枝を失った痕跡が残り、バランスが悪くなった姿が痛々しい。

その後ろの少し離れた場所に、もう一本若木が生えている。

ヤナは急いでその木に駆け寄り、持ってきた小さなスコップで根のありそうな辺りを小さく掘り返した。

「空！　目が覚めたの!?」

「あ、ばぁば、おはよう！」

後ろから声を掛けられ空が振り向くと、縁側に疲れた様子の雪乃が立っていた。パタパタと手を振ると、その姿を見た雪乃とその後ろにいた幸生がホッと息を吐く。

雪乃の横には憔悴《しょうすい》した様子の美枝がいて、空の姿を見て膝をつくと、深々と頭を下げた。

「空ちゃん……ありがとうね。明良を助けてくれて、ありがとう」

空は美枝に一つ頷き、けれど首をプルプルと横に振った。

「みえおばちゃん……あんね、それ、もうちょっとあとでいって！」

「え？」

空はそれだけ言うとヤナの方にまた向き直る。

ヤナは少しずつ場所を変えて四つの欠片を地面に埋め、丁寧に土を戻して様子を見ている。空もその木をじっと見つめた。

やがて変化は突然に、しかも劇的に起こった。

若木が突然じわりと光を帯び、めきめきと音を立てだしたのだ。そして見る間にそのほのかな光は強く神々しい輝きとなって、梅の木全体を包み込んだ。

「うわぁ……まぶし」

「だから言ったのだぞ」

しかも光り輝く梅の木は音と共にじわじわと大きく、太くなってゆく。

見守っていると、大体二回りくらい幹や枝が太くなり、一割くらい背丈が伸びたところでその変化は終わりを迎えた。

「大分安定したか……ウメ、ウメ！　起きろ！」

ヤナが声を掛けたが、光る梅の木からは誰も現れない。

「駄目か……」

「……うん、じゃあ、こんどはこれ！」

空は頷き、コートのポケットに手を突っ込んだ。底にあるものを掴んで取り出し、パッと手を開く。その手のひらには、半分だけ深い緑に透き通った丸い石が乗っていた。

「空、それは？」

「これは……ぼくのたからもので、あたらしいともだち！」

ヤナの問いに答えて、空はその石を両手できゅっと包む。そして声をかけた。

「テルちゃん、テルちゃん、たすけて！　ちからをかして！」

空が呼びかけると石がチカチカと光り、そしてそこからシュルリと木の色をした小さな妖精のようなものが現れた。空の目の前の地面に二本の根のような脚でちょこんと立っている。

「ソラ！　ソラ、オキタ！」

「うん、おはよう！」

突然現れた空の新しい友達とやらに、ヤナも大人たちも目を丸くする。

空はテルちゃんを両手で持ち上げ、そっと梅の木の根元に運んだ。

「テルちゃん、あんね、このこ、たましいがまよってて、おきないんだって。テルちゃん、なんとかできないかなぁ」

空は食欲に負けて、テルちゃんにテルタママヨヒコなどという名を付けた。漢字にすれば、照魂迷彦だ。

あの時は苦し紛れに迷える魂を照らす、などと言ったが、もしかして本当にそんな事が出来るのではないかと考えたのだ。

空と契約し、名を交わし、新しい理を得たというのなら、もしかしてと。

「テル、デキル！　ヤッテミル！」

テルちゃんはピッと手をあげると、梅の木の前に行ってその幹にピタリと張り付いた。

するとその小さな体が、梅の木と一緒に光り出す。テルちゃんの体は梅の木に半分埋まり、幹に

こぶが出来たようだ。

そのこぶのようなテルちゃんを包む光は、やがてチカチカとテンポ良く明滅を始めた。まるで蛍の光か、あるいは何かの信号のようにテルちゃんが光る。

空が固唾を呑んで見守っていると、不意にどこからかふわりと流れてきた良い香りが鼻をくすぐった。スン、と鼻を動かして、空は周囲を見回してその香りの元を探した。

「……あ！」

気付けば、梅の若木にぽつりと一つだけ、可愛い花が咲いている。

何もなかった梅の枝の先に一つだけ、まるで明かりが灯るように、白く香《かぐわ》しい五弁の花が咲いていた。

しかもそれを皮切りに、他の枝でもどんどんと花芽が生まれ、膨らみだした。

一つ、二つ、三つと花芽が次々膨らみ、そして花開く。

「花が……ウメちゃんの花が……！」

花が咲く姿を見た美枝が、感極まった声を零した。

花は見る間に全ての枝の先まで広がり、可憐に咲き誇る。

そこにいる誰もがその光景に見とれ、感嘆の声を上げた。


一足早い春が、矢田家の庭にようやく訪れたのだ。

エピローグ　僕の大事な

あきら、と誰かに優しく名を呼ばれた。

温《ぬる》い風呂の中を漂うような眠りの中にいた明良の意識が、少しだけ浮上する。

あきら、とまた優しい声で呼ばれ、今度は頭を撫でられたような気がした。

明良はその声を知っていた。明良の記憶にあるものと少し響きが違う気がしたけれど、そんな風に優しく大切そうに、まるで宝物を手の中で転がすように名を呼んでくれるのは一人だけだ。

あきら、ともう一度呼ばれて、今度こそ明良は眠りからゆっくりと抜け出した。

ずっとずっと会いたかった人が、この先にいる。そう思うと明良の心が動く。

自分の名を呼ぶ人の名を明良は呟き、そして目を覚ました。

「……メ、ちゃ」

「明良……明良？」

明良が目を覚ますと、目の前に知らない人がいて自分の顔を覗き込んでいた。

鶯色《うぐいすいろ》の髪がゆらりと揺れ、同じ色の瞳が涙で潤む。

その瞳を見て明良はすぐに、それが知らない人ではないことに気がついた。

「……ウメちゃん？」

「ああ、明良！　良かった、明良、目を覚ました！」

「ウメちゃん……ウメちゃんも、おきた？」

「そうだよ！　ウメだよ！　ウメも起きたよ！」

自分に向かって伸ばされた手に、明良は安心したように身を委ねた。

抱き起こされてぎゅっと抱きしめられ、幼い頃からずっとそうしてきたように背中をぽんぽんと叩かれる。

「ウメちゃん……ちぢんだ？」

その腕の細さや、寄りかかった肩の薄さに明良はぽつりと呟いた。

覗き込んでいた顔も、明良の子守をしてくれていた頃のウメよりずっと若く、幼いと言って良いほどだった。ヤナちゃんと同じくらい？　と明良は考え、不思議に思う。

「若返ったと言ってよ！　ウメはぴちぴちになったのよ！」

「ぴちぴち……そっか。ぴちぴちでもぴかぴかでもいいよ……ウメちゃん、あいたかった」

「ウメもだよぅ……」

ぐすぐすとウメが鼻を啜って泣き声を零した。

声が違うと何となく感じたのも若返ったせいのようだが、その泣き声は明良の記憶にあるものとそっくりだった。

幼い明良が転んで怪我をして泣いたりすると、ウメは明良をあやしながら自分も半泣きになって寄り添ってくれた。そんな時、いつもこんな泣き声を零していたのだ。

何だか全てが久しぶりで、懐かしくて、明良の目からもほろりと涙が零れる。

重い体を動かし、明良はウメに支えられながらぐるりと周りを見回した。明良が寝ていた布団の周りには、家族が皆揃い、泣きそうな顔や涙でビショビショの顔で明良を見ていた。

祖父母がいて、両親がいて、ウメがいる。

明良の大事な居場所がここにあった。


「そらー！　おれ、げんきになったよ！　ありがとな！」

三日ほど後。

目を覚ました後も念のため安静にしていた明良が、ようやく外出許可をもらって空に会いに来ていた。

明良は自分がナリソコネに呼ばれて村を出てしまった前後の事を、よく憶えていなかった。

けれど、自分がどうなっていたのか、そして何故助かったのかを家族から教えてもらった。

「アキちゃん……よかった……！」

空は明良の元気な姿を見て既に半泣きだった。

目を閉じて動かない明良を思い出すと、今でも空の胸は痛む。

大事な友達を失わずに済んで本当に良かったと、空は何度も思った。けれど同時に、空は少しだけ表情を曇らせた。

「おれがかえってこれたの、そらのおかげだってきいたんだ！　ありがとうな！」

「ううん。アキちゃん……ごめんね。ぼく、アキちゃんがほしがってたけーやく、よこどりしたの」

空がそう言って肩を落とすと、明良は首を横に振った。

「ううん、いいよ。だって、おれきえちゃうとこだったんだろ？　そらがひっぱってくれなかったら、おれ、いなくなってた」

「うん……でも、ごめん」

「いいって！」

明良はパタパタと手を横に振って明るい笑顔を見せ、雪見障子越しに見える縁側に視線を向けた。

今日は天気が良く、窓越しに縁側に日が当たっている。その縁側にちょこんと並んで日光浴をしている、木の妖精と白い小鳥の姿が見えた。

「おれじゃぜったいむりだったって……ちゃんとわかってるから、いいんだ。それにな、うち、ひっこさなくてよくなったんだ！」

「ほんと!?」

「うん！　ウメちゃんがおきたし、いえをまもってくれるから、ずっとここにいていいって！」

明良の両親は、明良がナリソコネと共鳴してしまうほどここにいたいと思いつめていた事を知って、引っ越しを考え直してくれたらしい。

ウメも目を覚ましたし、やはりこの村で生きていける強い子供を育てたいと思ったようだ。

「とうちゃんも、じぶんをきたえなおすってはりきってるんだ！　かあちゃんも、あかちゃんうんだら、おれといっしょにしゅぎょーするって！」

　さすがは田舎の村人だ。弱いと言ってもその気になれば魔砕魂に火がつくようだ。

「じゃあ、アキちゃんどこにもいかないんだね！　よかったぁ……」

「えへへ、ありがとな！　おれもそらみたいにつよくなれるように、がんばるんだ！」

　明良はそう言ってくれたが、空は自分が強いなどと欠片も思っていないので、ちょっと面映ゆい。

　今回は確かに空も頑張ったが、前世の記憶がある事が珍しく役に立っただけで、運が良かっただけのような気もする。

「ぼく、ぜんぜんつよくないよ？　たぶん、えっと……せいれいとなかよくするのとかが、あってるとかなのかも？」

　空は自信なさそうにそう呟いた。

　人ならざるものと仲良くなりやすい才能というのも、もしかしたら少しはあるのかもしれないが。

「そっかー、そうかもな。おれ、そういうのむいてないのかも……」

「アキちゃん……」

　空が心配そうに名を呼ぶと、しかし明良はあっけらかんとした表情でいいんだ、と胸を張った。

「おれ、そういうのむいてなくてもいいんだ！　みずまほうとか、とくいだし！　おれはおれのやりかたでつよくなる！」

「アキちゃん……うん、それがいいとおもう！　アキちゃん、ぜったいつよくなるもん！」

　空が強く頷くと、明良は照れたようにニコッと笑った。

「うん……おれ、つよくなって、おおきくなったら、ウメちゃんとけっこんするんだ！」

「ウメちゃんと？」

「ウメちゃん、わかがえって、ちっちゃくなっただろ？　だから、おれがおとなになったらまもってやるんだ！」

そう言って拳を握る明良の頬はほんのり赤く染まり、瞳は輝いていた。

どうやら明良の抱いていた親愛は、今回の騒動の中で初恋へと変わったらしい。

以前のウメの姿は妙齢の女性だったと空は聞いている。本体を若木に移したことで若返り、今はヤナと同じ、十歳くらいの可愛らしい見た目だ。木が育つと共にその見た目も徐々に変化するという。

自分よりちょっとだけお姉さんという感じになった彼女に、明良はすっかり惚れ込んでいる様子だ。

人と精霊は結婚できるんだろうかとちょっと心配になったが、空はすぐにその心配を頭から追いやった。

何せここは、神様が人を口説くような村だし、空だって雪女の血を引いているらしいのだ。

多少の障害があっても、信じて努力すればそれなりに何でも叶うのだろう。

「じゃあ、ぼく、アキちゃんのけっこんしきで、おいわいするね！」

「うん！　よろしくな！」

二人は約束だ、といって指切りをした。

小さな指を絡め合わせ、こうして未来を約束する相手がいることを、失われなかったことを、そしてそれを成したのが自分である事を、空は何より誇りに思う。

（僕……前世の記憶があって、良かった！）

空は今は心からそう思う。

春が来れば、空がこの村に来てから一年になる。一年近く経って、ようやく空はそう思えた。

春になったら、きっと家族もやってくる。

東京の家族が来たら、この村で新しくできた沢山の友達や大事な家族を、何て言って紹介しようか。

空はそんな事を楽しみにしながら、明良と心ゆくまで今や未来のことを語り合った。

空の田舎生活はもうすぐやっと一年で、まだ始まったばかりだ。

何かと不思議の多いこの田舎には、空が馴染めないような出来事がまだまだ沢山待っている。

「僕……やっぱり今すぐ前世の記憶を捨てたい！」

などとまたすぐに心の中で叫ぶことになるのだが……それは今の空は知らない、いつかの話なのだ。

Boku wa Imasugu
Zense no Kioku wo Sutetai

おまけ

ママは今すぐ
ダンジョンに行きたい 三

年が明けて子供たちの学校や保育園が始まってすぐのこと。

「はー、空気が気持ち良いわね」

「ホントだね。ちょっと寒いけど……」

紗雪と隆之は有給を利用して東京都郊外にある高緒山《たかおさん》自然ダンジョンにやってきた。

小さめの要塞のような造りの麓の駅に降り立ち、紗雪はおおきく伸びをする。

都内とはいえ郊外に出ればさすがに空気も澄んでいて、魔素も増えて心地良い。

今日は天気も良いが、季節は冬でしかもまだ何となく新年の空気が残る日付のせいもあって、周囲の人影はそれほど多くなかった。

隆之は周囲を見回し、何となく自分が場違いな所に来たような気分を抱いていた。

紗雪も隆之も今日は軽い山登りでもするような格好で出かけてきている。

しかし周りを見るとポツポツといる探索者たちの多くがしっかりした防具を身につけたり、武器が入っているらしい大きなケースを持っているのだ。

紗雪に相談してこの格好で良いと言われて出かけてきたが、何となく隆之には居心地が悪い気がした。

紗雪は気にせずさっさと駅前の案内表示板のところに近寄り、それを物珍しそうに見上げている。

「えーと、初心者から中級者、その上くらいまで区分けされてるのね。この辺はガイドブックで見た通りね」

ここに来る前に、隆之がガイドブックを買ってきたので二人で予習してきた。

この世界でダンジョンといえば人工的に作られた迷宮を意味するのだが、ここ、高緒山自然ダンジョンは、厳密に言えばその範疇にはない。

ここは東京郊外の低くて登りやすい山で、交通の便が良く、安全が確保しやすく、そこそこ魔素資源が手に入る、という条件のもと長い時間をかけて開発された地域なのだ。

周囲の山から危険すぎる生き物が入り込まないよう結界で取り囲み、探索者のレベルごとに利用できるよう区分けをし、最寄り駅を始めとした安全地帯を幾つも設け、買い取り所も設置し。

そういった様々な手を加えて作られた、半天然のダンジョンというべき場所だ。

自然があるので都心よりは大分魔素が濃く、魔石化が進んだ石や高価な植物が見つかりやすい。

戦いを経験するのにちょうどいい強さの魔獣も数多く生息していて、他の場所よりも強くなりやすい。

そういう条件の良さもあって、今では東京近郊の初心者から中級上位くらいまでの幅広い探索者に大人気のスポットとなっていた。

さすがに時期によっては空いているが、雪が積もるということもないので一年中探索者の姿がある。

そういうわけで、紗雪と隆之も半ばデート気分でここに出かけてきたのだが。

「さて……隆之、どの区域にする？」

「うーん、僕の訓練になって、紗雪が退屈しない場所……なんてのはないか」

「そうね。六区か、稲荷山区とかでも……どうかしら？」

そんな話をしていると、近くを通りかかった探索者が鼻で笑って声を掛けてきた。

「アンタたち、そんな格好で稲荷山とか正気か？　冗談でもやめとけよ。舐めてると死ぬぜ？」

「あ、こんにちは！」

「え、こ、こんにちは……」

紗雪は声を掛けてきた重たそうな剣を背負った男に朗らかに挨拶をした。男も何故かつられて挨拶をしてしまった。

「これから探索ですか？」

「え、あ、はい……」

「どちらまで行くんですか？」

紗雪に明るい笑顔で問われて、男はドギマギしながらつい素直に頷いて答えてしまう。

「ろ、六区です……」

「あら、強いんですね！　行ってらっしゃい、頑張ってくださいね！」

「あ、は、はい、ありがとう……じゃ、ども……」

男は完全に紗雪のペースに呑まれ、ぺこりと頭を下げると仲間達のもとに走って行った。仲間達に揶揄《からか》われながらチラチラとこちらを見ているが、紗雪は意に介した様子もない。

「紗雪……すごいな」

「え？　何が？　それより、とりあえず一区から行ってみましょうか。途中にこの山の結界を管理している場所があるって言うから、ご挨拶に行きましょ」

「う、うん」

紗雪は隆之の手を引いて、マイペースに決めたコースを歩き始めた。隆之は武器も手にしていないのに良いのだろうかと戸惑いながらもついて行く。


一区は道もかなり整備され、歩きやすい場所だった。

その分魔獣はほとんど出ないし、いても鼠やイタチくらいの小さなものばかりだ。

そういった小さな魔獣は、気配を抑えていても紗雪を怖がっているのか襲ってこない。

隆之は周囲を見回しながら、困ったな、と小さく呟いた。

「どうしたの？」

「いや、また何も出てこないだろ？　紗雪が強すぎて怖がられてるのかなって。訓練したかったんだけど……」

「あら、私じゃないわ。隆之よ、きっと」

「え、僕⁉」

隆之は紗雪の言葉に目を見開いた。

「だって隆之、最近魔力が大分増えたもの。小さいのになら強いと思われてもおかしくないわ」

「え⁉　増えたって……何で⁉」

魔力が増えた理由に全く心当たりのない隆之は思わず驚いて声を上げた。その声で近くの木に止まっていた鳥がバサバサと逃げて行く。

「何でって言われると……空が田舎に行ってから、近況を知らせてくれる手紙と一緒に、色々田舎の食べ物とか送ってくれてるでしょ？」

「う、うん」

「多分あれを食べてるせいだと思うのよね。あんまり一度に食べ過ぎると良くないから、少しずつ料理して出してるけど……どれもすごく魔素が濃いし」

そう言われてみれば確かに杉山家では、米をはじめ果物や芋や栗など、田舎から送ってもらった物を色々食べている。

「あと私は気にしてなかったんだけど、身化石とかドングリとかトンボの羽とか。アレも、大分魔素が濃いみたいなのよね。で、どれも部屋に飾ってあるでしょ。あそこからも少しずつ魔素が出てるんじゃないかなぁ」

「じゃあそれを浴びてる……から？　だ、大丈夫なのかな。子供たちが魔素アレルギーとかになったりしない？」

隆之が心配そうにそう聞くと、紗雪は首を横に振った。

「大丈夫よ。田舎の魔素はすごく綺麗だもの。アレルギーって、濁った魔素が原因でなるらしいわよ」

「そうなんだ……それならいいけど」

とりあえず子供たちが大丈夫ならいいかと隆之は頷いた。考えてみれば、魔力が増えること自体は悪いことではないのだ。今年は空に会うために田舎に行くのだから、少しでも強い方が良いに決まっている。

技術が全く追いついていないのが心配だが、それでもないよりは良いかと隆之は自分を納得させた。

山道をしばらく歩くと、やがて目の前に大きな木とお寺が見えた。

ここがこの山の結界を管理している場所らしい。かなり由緒正しく、昔はここは修験者の修行場だったとガイドブックには書いてあった。

その頃は殺生《せっしょう》は禁じられていたらしいが、ここが一度森や魔獣に呑まれて崩壊しかけてからその禁は解かれ、今では強くあらねば衆生《しゅじょう》は守れぬという信条を掲げて、結界の維持と探索者の支援を行う場所となっているようだ。

その入り口付近にさしかかったとき、紗雪がふと足を止め、顔を上げて大きな木を見上げた。

「紗雪?」

何かあったのかと隆之もつられて上を見たが、ただ木がそびえるだけで何も見えない。

しかし紗雪は上を見たまま、誰かに向けて手を振った。

「こんにちはー!」

誰かいるのか、と隆之も紗雪の視線の先をもう一度追う。しかしやはり何も見えない。

すると紗雪が視線を急に下に戻した。

「あ、どうも、お邪魔してます!」

「えっ?」

隆之が慌てて目の前の木の下を見ると、そこには困ったような顔をした若い男が一人立っていた。

「あー、えーと……どうもその、ようこそいらっしゃいませ……」

男は一見どこにでもいる普通の若者のように見えた。綺麗に鼻筋が通った顔はなかなかの美形といえるが、それ以外は服装にもコレと言って特徴が無い。

あえておかしなところを探すなら、妙に腰が低いように見える点と、山にいるのに薄手のＴシャツにジーンズというのは少し普通すぎる格好をしている、ということくらいだろうか。

と考えたところで、そういえば今は冬だと隆之は思い至った。

「えと……寒くないんですか？」

隆之が何となくついそう聞くと、男はぱたぱたと両手を横に振った。

「いや、全然大丈夫です、お気遣い無く！　普段からこんなんなんで！」

「あ、そうですか……」

「ええと、それよりも……あの、ここに何のご用でいらっしゃったんでしょう……こ、ここはその、非常に平和な山でして、あの、わざわざお越しいただくような場所ではなくてですね……」

男は紗雪をちらちらと見て、しどろもどろに言葉を紡いだ。額には汗が浮いて、顔色もあまり良くない。

隆之はどこか具合が悪いのだろうかと心配してしまった。紗雪も同じ事を思ったらしい。

首を傾げて気遣わしげな表情を浮かべた。

「あの、もしかしてこの辺て来ちゃ駄目でしたか？」

「いえいえいえとんでもない！　決してそういう訳では！　こ、こんなクソ雑魚《ざこ》い山にお越しくださって死ぬほど光栄でございます！　だからその、力試しとかは勘弁してください！　ホントに死にます！」

今にも土下座し始めそうな勢いの低姿勢に、紗雪と隆之は頭にハテナを浮かべて顔を見合わせた。

「……と、言う訳で、私はただの田舎出身のリハビリ探索者です」

「僕はほぼ初心者で、妻に引率されて訓練です」

何か誤解があるようだ、としばし話し合い、紗雪と隆之はどうにか自分たちはごく普通の初心者探索者夫婦であるという事を説明して理解してもらう事が出来た。

「さ、さようで……あの、こ、この山の管理人をしております、末端の木《こ》っ端《ぱ》天狗《てんぐ》の飯塚鷹男《いいづかたかお》と申します……」

天狗、と聞いて隆之は目を見開いた。確かにこの山にはそういう存在がいるとガイドブックには書かれていたし、田舎には色々な人ならざるものがいるのだと紗雪からも聞いている。

けれどこの目の前の若者がそういうものだとは、見た目だけでは全然わからない。確かに鼻は少し高めだが、それも想像の中の天狗には遙かに及ばない。

しかも、天狗にしては名前まですごく普通だった。

「いや、天狗っつってももう末端も末端で！　めちゃくちゃ弱いから修行しろって親戚のジジイにここを押しつけられて住んでるだけでして……普段は見た目もこうだし、色々混じってもうほとんど人間みたいなもんなんです！」

　彼は自身の修行の傍らこの山の管理をして、気が向けば身の程知らずな探索者の手助けなどをして日々を過ごしているらしい。

　今日もいつもと変わらぬ一日だと思っていたところ、いきなりめちゃくちゃ強い気配が山に入り、しかもそんな強さなのに真っ直ぐ自分の所に向かってくるので、ものすごく焦ったという。

「いや、たまに力試しに付き合えとかこの山を寄こせとか言ってくる人もいるんで、そういうのかと……今回は絶対死ぬと思ってめちゃくちゃ焦りました」

「それはお騒がせしました……でも、そんなにかしら？」

「ええ……いやほんとに、この山にいる魔獣くらいじゃ雑魚過ぎて、多分奥さんの暇つぶしにもならないと思います」

　その評価に紗雪たちは困ったように顔を見合わせる。

「そうですか……せっかくだから猪でも狩って肉をお土産にしようかなってちょっと思ってたんだけど、じゃあ手出ししない方が良さそうね」

「いえ！　この近くに、俺がもうちょっと育ってから食おうと思って放ってあるのが何頭かいるんで、お好きなのをどうぞお持ちください！　丸焼きでも何でもどうぞ！」

　低姿勢に勧められて、紗雪は少し悩む。

「一頭分はちょっと多いから、ここの下で解体して買い取ってもらおうと思ってたんだけど……じゃあ、狩ったらここに持ってくるから分け合うって事でどうかしら？」

「ありがたくいただきます！　解体もお任せください！」

鷹男は即座に賛成し、気軽に請け負ってくれた。


ということで、紗雪と隆之は猪を求めて案内されるまま鷹男について歩いた。

道らしい道もないが冬場のせいか進みづらくはない。

しばらく行くと紗雪がふと顔を上げる。

「結界ね」

「あ、はいそうです。ちょっと強めの、その辺にいると探索者が困りそうなのを隔離してあるんです。今通り道を開けますんで」

隆之は全く気付かなかったが、とりあえず紗雪の後について言われた場所を通る。

結界の向こう側は他と変わらぬ景色で、しかし魔素が少し濃いのか何となく空気が変わった気がした。

「あ、いるいる。えーと、大きいのがいいかな。でも少し若い方が美味しいかしら」

もはや紗雪は完全に肉を持って帰る事しか考えていない様子だ。

結局今日も訓練にならなそうだな、と隆之が諦めていると、紗雪が急に立ち止まって振り向いた。

「じゃあ私が引っ張って止めるから、隆之、棒を構えててね」

「えっ!?」

突然の指示に隆之は声を上げて固まった。

「ほら、出がけに棒を渡したでしょ。あれ使ってね」

「え、えええ、あれ⁉」

隆之は慌てたが紗雪はにこにこして頷くだけだ。

仕方なく隆之は背負っていたリュックを下ろし、中から四十センチくらいの木の棒を取り出した。出がけに紗雪に渡され、持って行ってねと言われるままに荷物に入れておいた物だ。

「これ、一体何なの？」

「うわ……」

その棒を見た途端、鷹男が何故かドン引きした表情を浮かべて足を引いた。

「何ですかそれ、こわ……あ、こっち向けないでください！」

隆之が鷹男の方を向くと逃げるように下がられる。しかし隆之にはどう見てもただの赤っぽい木の丸棒だ。

「紗雪、これ何の棒なの？」

「それね、私が昔父さんに貰った、奥山のケヤキの枝から作った棒なの。田舎から出る時何となく持ってきちゃって、押し入れに入れっぱなしだったのよね」

「ど、どこの神様の神器ですか……」

「やだ、そんなすごい物じゃないわ。山の主さんに頼んで要らない枝を分けてもらって、父さんの友達が棒にしてくれただけだって言ってたし。これ、力を加減する時に便利で子供の頃はよく使ってたのよ」

紗雪の言葉に鷹男は何かしょっぱい物でも食べたような顔になり、その顔を見ていると隆之も段々不安になる。しかし紗雪は気にせず、棒の使い方を隆之に教えた。

「ちょっと魔力を通すと長くなるから、好きな長さにして使ってね。それで、倒したい！　って思って殴ると棒が勝手にちょうど良い加減で衝撃を与えてくれるのよ。肉を美味しく残したい、っていうのも追加すると完璧よ！」

「ええ、それ俺も欲しいです……マジで！」

「魔砕村まで行くと普通に手に入ると思うけど」

「諦めます！」

速攻で諦めた鷹男は置いておき、隆之はとりあえず言われた通り棒に魔力を流してみた。少し流すと棒がにょきにょきと縦に伸びる。

あまり長くしても使いづらそうなので、とりあえず一メートルほどで止めておいた。

「大丈夫かなぁ……」

「全然心配ないわよ？　もしうっかり猪にぶつかられたりしても、そのマフラーを巻いてたら多分かすり傷も付かないわ」

「どういう事!?」

今日は隆之も紗雪も先日田舎から送られてきたマフラーを巻いている。

隆之は空が染めてくれたという濃紺のマフラーをいたく気に入って、通勤や休日のお出かけにも毎日使っていた。

「そのマフラー、健康とか防御力上昇とか付いてるみたいなの。この辺で売ってる防具よりずっと性能がいいから安心よ！」

「うわ、うらやま……」

「は、はは……じゃあ、安心だね……」

隆之は何だか急に首が重たくなったような錯覚を覚えた。このマフラーを東京のしかるべき場所で売ったら一体幾らの値が付くのか、考えるのも怖い。

隆之が自分が身につけている棒とマフラーの価値について考え込んでいる間に、紗雪は地面に手を付け、魔力をソナーのように使ってちょうど良い大きさの猪を見つけた。

紗雪は雪乃のように器用な事は出来ないが、地の魔法が得意なので地面を通せば遠くまで力を伝える事が出来る。

土を操って目当ての猪の尻を後ろからパシリと叩き、驚いて走り出した猪を誘導する。方向を変えようとする猪の目の前に、土で簡単な人形を作り出すと、猪がそれに突進するのだ。

このやり方は雪乃から教わり、紗雪が自分なりに工夫して身につけた狩りの方法だ。

それを利用して紗雪は猪を上手い具合に自分たちのいる場所まで引っ張り出す。

ざざっと森の中から現れた猪は、そこにいる人間の姿を見て激昂《げきこう》し速度を上げた。

「えっ、え、でっか!?」

現れた猪は隆之の目にはとんでもない大物に見えた。しかし二メートルあるかないかくらいのその大きさは、紗雪にとっては村で毎年よく狩っていたサイズだ。

紗雪は真っ直ぐにこちらに向かってくる猪の真正面に立つように少し移動し、腰を軽く落として走ってくる猪を待った。

「ギュイイィィ！」

甲高い嘶《いなな》きを発して、猪が紗雪に突進する。

妻が強いと知ってはいても、隆之は思わず息を呑んで手を伸ばした。

「紗雪っ⁉」

「よい、しょ！」

ズドン！　と重い物がぶつかるような音を立てて、猪と紗雪が激突した。隆之は紗雪が吹っ飛ぶ、と一瞬思った。

しかし紗雪はその衝突の寸前、猪の鼻面に突き出た大きな牙を瞬時に両手で掴み、猪の巨体を軽々と受け止めて見せたのだ。

「プギィィイィ⁉」

猪が困惑を滲ませて叫び、その足が土を必死で掻く。しかし紗雪に牙を捕まえられて動くことが叶わない。

「隆之、この眉間のとこ、その棒でぽかっとやっちゃって！　早く早く！」

「えっ⁉　あっ、え、は、はいぃ」

猪を押さえ込む紗雪はちょっと足下の土がズレて動くくらいで、びくともしない。隆之はそんな妻の背後から恐る恐る近づき、間近で見上げた猪の巨体にゴクリと唾を飲み込んだ。

「大丈夫、大事なのは気合いよ！　美味しいお肉いっぱい食べて、強くなって空に会いに田舎に行くって考えて！」

「う、うん！」

隆之の脳裏を空の笑顔が過る。きっともう東京にいた頃とは比べものにならないくらい大きく、元気になっているだろう。双子の陸と同じように育っていたとしても、その成長を季節ごとでも良いから隆之だって見に行きたいのだ。

子供たちのために、と思うと隆之の心に火が付いた。

「美味しい肉を残しつつ、絶対、倒す！」

そう大きく叫び、隆之は両手で掴んだ棒を高く振り上げた。


「飯塚くん、どうもありがとうね！　猪冷やしてくれて助かっちゃった！」

「あ、いえいえとんでもない！　このくらい姐《ねえ》さんのためならお安いご用です！」

隆之によって（というか謎の棒の謎パワーによって）無事討ち取られた猪は、その場で血抜きだけして鷹男に魔法で冷され、紗雪に担がれて寺まで軽々と運ばれた。

この大きさでは解体にも時間がかかるし、切り出した肉もすぐには食べられない。

なので今日はこのまま鷹男に猪を預け、後日美味しいところを適当に宅配便で送ってもらうことで話が付いたのだ。残る肉や毛皮や牙はそのまま鷹男に礼として引き取ってもらうことになった。

「お疲れ様でした……いや、ほんと何か……俺ももうちょっと真面目に修行します……」

「僕ももうちょっと……いや、僕はいっそもう田舎産装備でがちがちに固めた方が早いのでは……？」

紗雪のパワーに当てられたのか気疲れしたのか、隆之も何もしていない鷹男も、なんだかふらふらしている。

まだ時間は早いのだが、それなら今日はここまでにしておくか、と二人は帰路につくことにした。

「じゃあ、解体よろしくお願いしますね！」

「任せてください！　完璧な肉をお届けします！」

何だか妙に紗雪に心酔した天狗を一人残し、紗雪と隆之は手を振って山を後にする。

「面倒かけちゃって申し訳ないからお礼に食べなかったお弁当あげちゃったけど、良かったかしら？」

「下に行って、駅でソバを食べて帰ろうよ」

「あ、良いわね！　そういえば私、何だかちょっとだけ自信が取り戻せた気分なのよね……私って実は意外と強かったのかなぁ」

「え、今頃……!?　いや、うん、そうだね……多分、東京都内なら敵はいないと思うよ……」

などという話をしながら、昼ご飯に名物のソバを食べて帰った二人は知らなかった。

「このおにぎり、何か光り輝いてるんですけどぉ!?」

天狗の目には光り輝いて見える幸生の米で握られたおにぎりに、鷹男が困惑して、拝んで、どうにか食べ切って、成長痛で三日ほど寝込んだ事を。

この後、一族の中では鼻で笑われるほど弱かった高緒山の天狗が、突然位階《いかい》が上がったらしいと天狗界隈《かいわい》で評判になるのだが……それはそんな界隈とは無縁な夫婦には関係のない話なのだ。

Boku wa Imasugu
Zense no Kioku wo Sutetai

おまけ

とある細工師の災難四

竹細工師、竹川善三の仕事は冬が最も忙しい。

春からずっと使われてきた様々な道具の修理や、新しく作ってほしいという依頼が方々から集まるからだ。

まして今は、迫る年の瀬に誰もが何となく気忙《きぜわ》しい日々を送っている頃だ。

いつもの年ならせっせと竹細工を作っているはずの善三は……しかし目の前に置かれた預かり物を見ながら考え込んでいた。

休憩だと自分には言い聞かせているが、それにしてはもう結構な時間悩んでいる。

「どうすっかな……」

独り言を呟きながら頭をガシガシと掻いたところで、作業小屋の戸を開ける音がした。

「ごめんくださーい」

「おう……良夫か」

善三が入り口の方を向くと、そこには雑貨屋の息子、伊山良夫が立っていた。

「注文か？」

「はい。年末の忙しい時にすいませんが」

良夫は高床の畳の上に座る善三の傍まで行き、持ってきた注文書を手渡した。

村の中心地にある雑貨屋では、善三が作る竹の笊《ざる》や籠も並べている。その補充の注文だ。

善三は良夫から紙を受け取って目を通すと一つ頷いた。

「コレなら余分に作った在庫がちっとあるから、半分は今渡せるぞ」

「あ、じゃあもらっていきます。倉庫の方ですか？」

善三の作業小屋は奥にも扉があり、そちらが作った物をしまう倉庫になっている。勝手知ったるとばかりに自分で取りに行こうとする良夫を見送り、ふと善三は良いことを思いついた。


「えーと、これで半分だと思うんですけど、確認してください」

「おう、深笊が大中小、浅いのは大が三枚、あと籠がひぃ、ふぅ、み……ああ、ちょうどだな。じゃあ一応納品書な。残りの出来上がりは年明けだな」

「ありがとうございます。よろしくお願いします」

良夫は礼儀正しく頭を下げ、受け取った笊や籠を自分の魔法鞄にしまい始めた。

それをしまい終わったところを見計らって、善三は良夫に声を掛けた。

「お前、今時間あるか？　ちっと相談に乗ってほしいんだけどよ」

「はい？」

まぁちょっと座れ、と勧められて畳に腰を下ろした良夫の前に置かれたのは、厚みのある長方形の板だった。

「何です、これ？　あ、広がるんすね」

良夫はその板を手に取ってひっくり返し、蝶番《ちょうつがい》で繋いであり半分に折りたたまれていることに気がついた。広げて裏表を確かめると、三十センチ四方ほどの板の表には何やら複雑な魔法陣が描かれている。

「どうもそれが、最近都会で流行ってるとかいう玩具らしいんだがよ。使い勝手が悪ぃんで、改造してくれとか幸生がまた無茶を言いやがって置いてったんだ……このクソ忙しい時期に！」

「はあ、玩具……」

善三はそれを畳の上に置くように言い、一緒に幸生が置いていったコマを一つ良夫に渡した。

「今渡した赤いのを盤面に置いて、んで、そっちの角の赤い石に魔力を少し入れるんだ。ものすごく少しだぞ」

そう言いながら青いコマを拾い、板の上に置いて自分は青い石に指を当てる。

「少しですか？　どのくらい？」

「あー、どのくらい……指先一本分くらいか？」

「それ逆に難しいな……」

良夫は魔法はあまり得意ではないが、魔力はそれなりに多い方だ。そんな少量の魔力を意識して使う事など逆にほとんどない。

四苦八苦しながら少しだけ魔力を入れると、赤いコマがもぞりと動いた。

「お……おう？」

動いたコマは善三が同じように動かしたコマにカチンとぶつかり、ジリジリとしばらく押し合って、最後には両方ころりと転がった。

「コレ……相撲ですか？」

「一応な。だがこの通り、一回に込められる魔力が少なすぎるし、動きも遅すぎる。かといって魔力の量を増やすとコマがいきなり動いて明後日の方に飛んでいくんだ」

「えええ……微妙」

良夫の感想に善三も深く頷いた。

子供の玩具にしても面白さに欠ける、というのがコレを見た村の人間全員の評価なのだ。

コレが都会の探索者育成のための、英才教育用知育玩具だという事は誰も知らなかった。

「幸生のやつが、せっかく紗雪が空の為に送ってくれたんだから、もっと楽しめるようにしてやってくれとか言いやがってよ。確かにコレが面白いとは思えねぇが、具体的な案もなしで、何すりゃ良いのか悩んでんのさ」

渋い表情を浮かべる善三に、良夫はなるほどと頷いた。

「うーん……とりあえず、このコマの動きがつまんない気がすげぇします……何かもっと戦ってるって感じの方が良いんじゃないですかね」

「そりゃそうだな」

「あと、入れられる魔力の量が微妙すぎて逆に難しいんで、できればもっと増やしたいっすね」

善三と良夫はアレコレと相談を重ねた。

入れられる魔力をもっと増やすのはありとして、入れた量を計り、三段階くらいの違いを付けて、その段階ごとにコマの動きが変わるのはどうだろうという事になった。

正確な量の魔力を注ぐことが出来るとコマが技を繰り出す、みたいな物なら面白いし魔力操作の練習になりそうだ。

「そうすっと……まずこのガラス玉みてぇな安もんの石を適当な魔石にすっか」

善三は立ち上がると、作業場の道具置き場から箱を一つ取ってきて、その蓋を開けた。

中には色とりどりの魔石が入っていた。狩った魔獣の体内から出てきた物や、山奥で採れる質の良い身化石に完成間際で変化を止める加工をしたものなどだ。

その中から適当な大きさの物をいくつか選び出し、目の前に並べる。

「よっ」

善三は石を一つ手に取り、両手で包んで魔力を纏わせ、ぐっと力を込めた。

パキン、と硬い音がして、手を開くと石が見事に真ん中から二つに割れている。割れた断面は磨いたように美しい。

「さすが、器用ですね」

「こんくらい出来なきゃ細工師にはなれねぇさ」

善三は笑って、二つになった石に魔法をかける。半分に割れた石をそれぞれ対として、片方に入れた魔力をもう片方に伝えるという役目を持たせるのだ。

元々はめてある石には、その下に描かれた小さな魔法陣で同じような役目を持たせていた。

しかし善三は石の加工を済ませると、盤にはめてある物を全部取り外し、底にある魔法陣までさっと消して書き直してしまった。

「ここで魔力の量の確認をして……指令を飛ばす、と」

「コマはどうするんです？」

「それなんだよなぁ……このちゃちなのじゃすぐ壊れちまうし、丈夫さと、もう少し機動力もほしいよな」

何をコマにするべきかと二人が頭を悩ませていると、また戸口からごめんください、と声がした。

「こんにちは。この前頼んだ手水場の新しい柄杓、受け取りに来たんですけど……」

「大和……ちょうどいいところに。ちょっと上がれや」

「……何です？」

善三はいぶかしげな大和を手招き、座らせて事情を話した。

「はあ、なるほど。で、このコマが気に入らないと」

「そう。お前、式使うの得意だろ。アレ、応用できねぇかな」

稲刈りの時に、大和は紙製の式神に稲を集める事を手伝わせていた。ああいう技術が応用できないかと善三は言うのだ。

「うーん……符と石とを合わせるんですか？　式符はペラペラだからどうかな。どういう動きをさせたいんです？」

「そりゃお前、こう……戦う感じで……殴るとか、蹴るとかか？」

自分で言っていて何だが具体的な想像が出来ず、善三の言葉は尻すぼみになった。

考えてみれば、善三には相撲や格闘技的なものの心得は特にはない。

善三が得意とするのは付与魔法をかけた道具での急所攻撃だし、他に身近にいるのはとりあえず一発殴れば割と終わる派の幸生と、その時の気分で武器を色々使うのが好きな和義だ。

「あー……良夫、頼んだ」

「俺ぇ⁉」

良夫ならまだ自分よりは普通の戦いが得意だろうと善三は丸投げすることにしたらしい。

善三に無茶ぶりされ、良夫と大和は仕方なくコマの動きをどうするか話し合った。

「うーん、とりあえず殴る、蹴る、突進、とかっすかね」

「見本を見せてくれれば、式に真似させる事くらいは出来るかな……」

最初は面倒臭がって、適当に二、三通りの型を入れたらと話していた良夫と大和だが、しかしそこはやはり男の子だった。

「そういや、この魔石だとどんくらいの事が出来るんすかね」

「そうだな……多分結構色々指令を詰め込めるとは思うぜ」

その言葉で良夫と大和はふと考えた。

善三が使った魔石の質の良さなら、今までとは比べものにならないくらい複雑な魔法が付与できるのではないか。そうなるとそれを使わないのは大分無駄な気がしてくる。

「ってことは、簡単な型を仕込んだだけの式だと魔力が大分余るから……もったいないっすね」

「そうだな……ペラペラなのもつまらねぇし、そこに幻術かぶせて何か別の姿を映すか？」

「それならむしろ紙は使わず、土台の魔石から幻術が浮かび上がる方が簡単そうだし、複雑な動きも出来そうですね」

「となると動きは俺一人じゃつまらないし、とりあえず後で格闘の型稽古《かたけいこ》出来そうな奴探して……」

「お、ならいっそこの盤面に半円をかぶせる形で幻が映る領域を展開するのはどうだ」

「何それちょっと意味がわかりません」

「謎技術……」

などなどと、アレコレと案が出て。

段々と楽しくなってきた三人は、ふと顔を見合わせて頷いた。

「面白くなってきたじゃねぇか」

「良い物が出来そうですね」

「俺も一つ欲しいっす。怪異当番の詰め所に置きたいんで」

――というような経緯をへて、その後日。

「なにこれ!?　おもちゃ、おっきくなった！」

後日、空の所に戻された玩具は、最初の黒い盤面の周りに白い板を継ぎ足し、元の倍以上の大きさがある代物に改造されていた。

しかも、人形のコマがなくなり、半球状の石を盤面に向かい合わせて置くだけになっている。

「いいか。前と同じくこの角の石に魔力を込めるんだが、これに一から五までの段階がある」

「いちからご？」

「まず、自分の石を真ん中に置いて、それからそれと同じ色の片割れの石に指を置いてみろ」

空は言われるままに適当に青の石を選んでその片割れを盤面に置き、対になる部分に指を置いた。

すると指を置いた石が勝手に僅かな量の魔力を吸い取り、盤面の石が光り出す。

「で、もう一人、対戦相手の準備が出来ると、だ」

同じように善三が向かい側で準備を終えると、中央の黒い盤よりも一回り大きい位置にぐるりと円を描くように光が立ち上った。

徐々に高さを増す光は黒い盤を半球状に覆ってゆき、中心で収束してシャボン玉をかぶせたような光沢のある透明なドームに変わる。

そして、そのドームの中にものすごくリアルな熊が二頭、向かい合って立ち上がっている。

「くま……さん？」

「おう。そしたら魔力を強弱付けて流してみろ。指置いてるとこの脇に小さい石が五個並んでるだろ。それが目安だ。一なら一つ、三なら三つの石をきちんと過不足無く光らせれば、技が出る」

「わ、わざ……!?」

空は言われるまま、とりあえず少しだけ魔力を流してみた。すると小さな石が一つ光った。

そこで止めると空の熊は突然グオォー！　と吠え、善三の熊に突進した。

「よしよし、じゃあ避けろ！　で、殴れ！」

善三が魔力を込めると、赤い熊が突進してくる青い熊をひらりと避け、次いでその鼻面を殴った。

青い熊はズザザ、と何歩か弾かれたが、倒れるまでにはいかない。

自分の熊の攻撃は止められてしまったが、空はそれらを見て大興奮していた。

「えええ、かっこいい！　まえとぜんぜんちがう！」

「そうだろう！　渾身《こんしん》の改良をしてやったぜ！」

改良どころかどう考えても相当な魔改造だ。もはやほとんど原形を留めていない。

「もっかい！」

空がまた魔力を込めると、今度は力みすぎたのか五を通り越してしまった。すると熊がシュンとしょげて動かなくなる。

「あっ、つよすぎてもだめなの？」

「おう、適量の魔力を操る訓練を兼ねてるからな。ほら、待ってやるからもう一回やってみろ」

「うん！」

善三に待ってもらってもう一度魔力を込めると、今度は熊がパンチを繰り出した。しかしそれは距離が合わずに空振りする。

横で見ていたヤナや雪乃も、すっかり変わった玩具に感嘆の声を上げた。

「これは前のよりすごくいいな！　ヤナも後でやってみたいのだぞ！　動きは五つだけか？」

「もうちっと色々入れたかったが、最初からあんま複雑にしても難しいって意見が出てな。とりあえず子供用に簡略化してある」

「面白いわねぇ。これはどうなると決着なの？」

「コマに体力が設定してあるから、それを削りきった方が勝ちだな」

完全に前世の格闘ゲームだな、と空はその説明を聞きながら思った。

(そうなると……一が突進、二が避ける、三がパンチ、四がキック、五が噛みつき？　じゃあこっちを先にして、そんでこうして、こう、とか)

空はどのくらいの魔力を流すと一から五へ変わるのかを何度か試して確かめ、その切り替えでの熊の動きなどを確認した。

さらに石に置く指を一本から二本に増やし、両手の指それぞれから魔力が流せるようにする。

そして善三が油断しているのを良いことに、空は一気に仕掛けた。

「えーい、とっしん！　からのきゃんせるぱんちぱんちきっく！　もっかいとっしんで、まうんとかみつきこんぼー！」

「なっ、何ぃっ⁉」

空の熊が繰り出した華麗なコンボにより、善三の熊が一気に地に沈む。空は前世がインドア派だったせいで、ゲーム経験だけは豊富だった。

「やったー、ぼくのかち！」

「くっ……やるじゃねぇか！　もう一回だ！」

善三はこういう勝負事になると、幼馴染たちと同じで全く大人げなかった。


その後。

空は魔法相撲盤改め、熊ちゃんファイター（空命名）でなかなかの好成績を収め、少しばかり魔力操作が上手くなった。

そして善三は。

「あああぁあ、神社と怪異当番詰め所分は仕方ねぇとして、保育所に小学校、各地区の集会所、あと隣村からもとか！　他の仕事もあるのにこんな面倒くせぇのがそんなにすぐ量産できるか！」

当然ながら大評判になった遊技盤の注文が殺到し、頭を掻きむしる事となった。

「もう絶対、絶対、幸生の持ってくる依頼は受けねぇ！」

「お前、そりゃ完全に自業自得ってやつじゃねぇか？」

「うるせぇぇぇ！　手伝え和義！」

「無茶言うな！」

「……頑張れ」

物作りに一切の適性がない幸生はその騒ぎを眺めながら、空と遊戯盤で遊びつつそっと応援したのだった。

あとがき

こんにちは、旭です。

四巻を手に取ってくださって、どうもありがとうございます！

この巻で空の一年が一区切り、と考えて書き始めた話なので、ちゃんと四巻までお届けできてひとまずホッとしています。

相変わらずよく食べる空ですが、冬はまた色々美味しいものが沢山あって書いていても楽しかったです。鍋とかシチューとか、色んな温かい美味しいものを食べているんだろうなぁ……と考えながら書いているといつもながら私までお腹が空いて困りました。


今回は空がまた一回り成長して、大切なもののために勇気を出して一人でも頑張る、という話でした。この本のタイトル回収の巻でもあります。

捨てたいと思っていたものに結局は助けられた、ということは人生に往々にしてあるのではないかと思いながら書いていました。自分が短所だと思っているものが裏返せば長所だった、などということもよくある話です。

あとは出来れば主人公には理屈を超えて、何かに突き動かされるように走り出す瞬間があってほしいなと。

私は物語を読むときに、楽しさや清々しさなどを求めているなと思うのですが、書く方に回った今は、そういうものを読んだ人に少しでも届けられたらいいなぁと願っています。

この巻でいい感じに切りよく書けたなと思っているのですが、空はまだやっと四歳になろうかというところなので、この話はもちろんまだ続きます。

まだまだ空は田舎の不思議にちょっとしか触れていないですしね。

家族との再会や、紗雪の昔話、弥生とアオギリ様の今後とか……色々書きたいことはあるのですが、まだどんな風に書いていこうかというのは考え中です。

そう遅くならないうちにお届けしたいと思っていますので、どうぞ応援よろしくお願いします！

また、ここまで一緒に頑張ってくださった担当さん、スズキイオリ先生、どうもありがとうございました。冬の表紙が最高に可愛かったです……！

それから、この巻と同じ月に大島つむぎ先生のコミカライズの一巻も発売されてます！

そちらも素晴らしく可愛く面白いので、良かったらぜひお手に取ってください！

謎の世界観がちょっとだけわかるかもしれない小説付きです

最後になりましたが、いつも読んで応援してくださる皆様に深い感謝を。

また次の巻でお会いできることを楽しみにしています！

Boku wa Imasugu
Zense no Kioku wo Sutetai

コミカライズ
第三話 試し読み

漫画 大島つむぎ
原作 星畑旭
キャラクター原案 スズキイオリ

いーやーだー!!!
ぜったいだめ!
第3話
り りく…
えっ
えっ
空いいなー! 田舎行けるの
えー! 小雪も行きたーい!

じいちゃんとこって
すっげーまじゅうとかいっぱいいて
強い狩人が日々しとーしてるんだろ!?
俺も行ってみたい!
ばぁん
兄:樹《いつき》
いなかってつよくておかねもちでしょうらいゆうぼうな
カッコいい男の子がいっぱいいるんだっていいなー!
キラ
キラン
姉:小雪《こゆき》
田舎ってそういうイメージなの?
キャッ
キャッ
そら どこにもいっちゃやだぁー!

やぁぁだぁぁ〜
じぃじとばぁばが帰ったあと
ぼくが田舎に旅立つ日が2週間後に決まった
空は遊びに行くわけじゃないのよ
元気になるためにおじいちゃん家で暮らさないとなの
おじいちゃんと暮らすのはちょっと怖いかも…
ゴク…
近いうちに遊びに行けるようになるみたいだから

そしたら皆で空に会いに行こうね
うん
ぜったいいやだっ!
それから陸はすっかり拗《す》ねて
い゛がない゛っ!!
保育園も断固拒否になってしまった
むすぅぅぅぅぅ
もしかしてぼくを見張るため…?
ずっとついて来る…
はい すみません しばらくお休みということで…

陸園しばらく
お休みにして
もらったからね
……
ねえまま
かみいっぱい
あるの
なにするの？
これ？
この紙がちゃんと
揃ってないと
空が関所を
越えられないの
……せき…しょ？

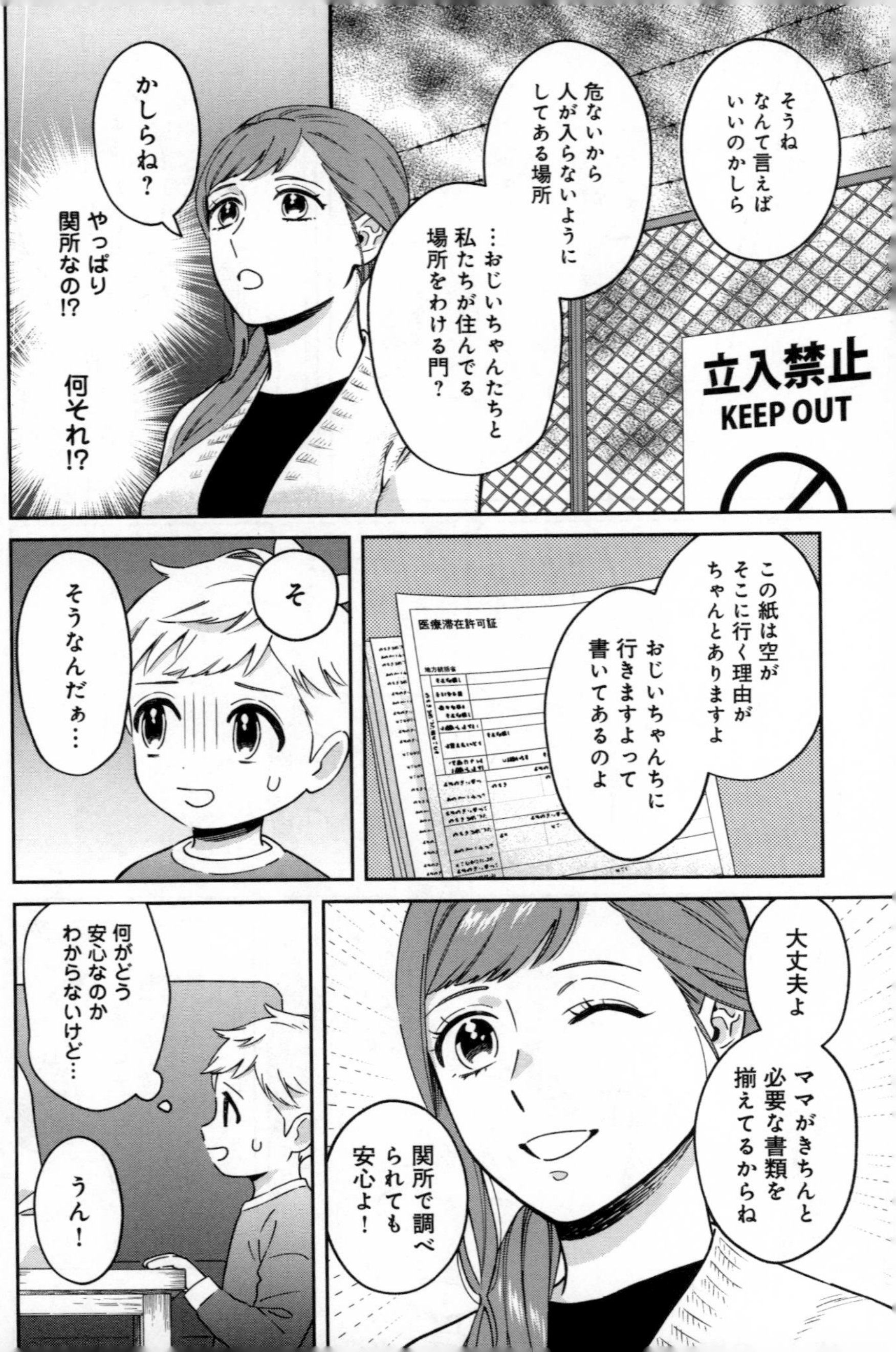
立入禁止
KEEP OUT
そうね なんて言えば いいのかしら
危ないから 人が入らないように してある場所
…おじいちゃんたちと 私たちが住んでる 場所をわける門？
かしらね？
やっぱり 関所なの!?
何それ!?
この紙は空が そこに行く理由が ちゃんとありますよ
おじいちゃんちに 行きますよって 書いてあるのよ
医療滞在許可証
そ
そうなんだぁ…
大丈夫よ
ママがきちんと 必要な書類を 揃えてるからね
関所で調べ られても 安心よ！
何がどう 安心なのか わからないけど…
うん！

靴はどうしようかしら…
たぶんすぐ小さくなるわよね
向こうで揃えてもらうかい？
うーん…
向こうの店はサイズ自動調整とか防御や速度上昇とかの
付与がかかった物が多いから子ども用でも結構するのよね
何その便利靴めっちゃおもしろそう
パアア

とりあえずサンダルでも用意しておく?
後日
ガラ
ガラ
!?
うーんサンダルだと草に足を噛まれたりしないかな…
よかった
靴が合わなくなったら向こうで用意してくれるって
謎の靴楽しみ!
荷物はこんなものかな
空何か持っていきたい物ある?

んー…と
あっ
これ!
たんじょうびにりくとおなじのもらったから
じゃあ入れておくね
りく

いっしょに
あそぼ
ポチ
子ども番組は
そんなに違い
なさそうだけど
ポチ
今日の
魔素濃度
たかめ
魔
今日の
お天気は雨で
ところにより
魔風が吹きー
本日の魔素濃度は
高めなので
敏感な方は
お守りの使用を
お洗濯は
洗浄魔法で
済ませたほうが
よさそうです

続いては
ダンジョン産資源
先物取引価格に
ついてです
新型の魔力機関を
使った列車がもう
間もなく
運行開始と
なります
ジョン
相場
気がついて
なかったけど
結構ファンタジーな
世界なんだ…
田舎に行ったら
ちょっとずつ
勉強しよう
じっ
ぎゅっ
ハッ

陸 ずっと 機嫌悪いと 思ってたけど
そうじゃ なくて これは…
泣きそうなの 我慢してたのかも
陸は ちゃんと
ぼくのこと わかってるんだ
りく…… ごめんね
ぼく いくね
…どしても？

ぼくね ここじゃ りくといっしょに おおきくなれない んだって
ねつとせきが いっぱいでて いつかしんじゃう んだって
しんじゃう…
えんのうさぎ みたいに？
ほいくえんの うさぎ… しんじゃったの？
うん…さむいひにね つめたくって めあけないって
ゆかちゃんたち ないてた
うん……
みんなで えんのおにわに うめたの……
そらも そうなるの？
しんじゃう のやだ…
でも
ぐしゃ…

ぽろ
そらがいないのも
やだぁ…
ぽろ
りく
あいにきて
ぼくきっと
げんきになるから
しなないで
まってるから
うん……
うん いく
ずびっ
ぜったい
いく！

前世の記憶が戻ってから
陸のことちょっと遠くに感じてたけど
陸はやっぱりぼくの弟だ
そらとえんであそびたかったぁ…
ぼくも！
げんきになったらいっしょにいろんなことしよ
うん する！ やくそく！
やくそくね！

出発当日
別急行のりば
ザワ
ワ
ザ
ワ

じぃじ
ばぁば
うっわかっけー！
最新型の
魔走装甲列車じゃん！
ジャーーッ
これに
乗るの？
窓に鉄格子ついて
るんだけど…
いいなー
俺も乗りたい！
里帰り
できるように
なったら
これに乗って
皆で空に
会いに行こうね
続きはコロナEXで！

皆でお花見、
楽しみだね！
二〇二四年発売予定！
コミカライズも好評連載中！→

春の魔境も
楽しみ&
びっくり満点!?
命がけ(?)
ほのぼのファンタジー第5弾!
星畑旭
Asahi Hoshihata
イラスト
スズキイオリ
Iori Suzuki
僕は今すぐ前世の記憶を捨てたい。
~憧れの田舎は人外魔境でした~
5

漫画配信サイト
CORONA EX
コロナEX
TO books
OPEN!!
詳しくはこちら！
https://to-corona-ex.com/

TOブックス
コミカライズ
連載最新話が
読める!
月額400円(税込)で
全作品が読み放題!

マインとして
ローゼマインとして
ドラマCD10
同時発売！
詳しくは原作公式HPへ
tobooks.jp/booklove

大切な記憶へ
愛する者達へ
本好きの下剋上
司書になるためには
手段を選んでいられません
第五部 女神の化身XII
香月美夜
miya kazuki
イラスト：椎名 優
you shiina
第五部ついに完結
2023年冬

小説
第14巻
2023年
9月9日
発売!
シリーズ累計
140万部
突破!
(紙+電子)
TVアニメ放送開始!
帝国物語
餅月 望—著
Gilse—イラスト
式HPへ!
原作HP
TVアニメHP

Comics
ティアムーン帝国物語
ティアムーン帝国物語
ティアムーン帝国物語
ティアムーン帝国物語
ティアムーン帝国物語
コミックス
第7巻
2023年 秋
発売!
漫画：杜乃ミズ
2023年10月より
MBS・TOKYO MX・BS11にて
ティアムーン
断頭台から始まる、
姫の転生逆転ストーリー
詳しくは公

僕は今すぐ前世の記憶を捨てたい。4
～憧れの田舎は人外魔境でした～

2023年8月1日　第1刷発行

著　者　星畑旭

発行者　本田武市

発行所　TOブックス
〒150-0002
東京都渋谷区渋谷三丁目1番1号　PMO渋谷Ⅱ　11階
TEL 0120-933-772（営業フリーダイヤル）
FAX 050-3156-0508

印刷・製本　中央精版印刷株式会社

ISBN978-4-86699-902-9

Printed in Japan